TANT DE MALHEURS

– Meurtres en Alsace 2 –

Patrick Kiyak — 2022

Du même auteur chez Amazon :

Un Magnifique Ciel Étoilé

– Meurtres en Aquitaine —

L'océan, les dunes. Dans ce décor de rêve, un surfeur trouve un corps. Le capitaine Bastian est certain de coincer l'assassin. Après avoir vu la victime, il veut la peau de celui ou de celle qui a fait ça. Mais le temps passe. Les suspects s'accumulent. Ce meurtre ne reste pas le seul. Le doute s'installe. Lui, le grand flic, va-t-il laisser échapper un tueur qui pourrait recommencer à chaque instant ? Va-t-il pouvoir protéger cette jeune étudiante qui lui paraît si fragile ? À moins qu'elle ne soit la coupable ?

Une Blessure Qui Ne Guérit Pas

– Meurtres en Aquitaine 2 —

Un éminent juriste bordelais est assassiné. Ce crime est accompagné d'une mise en scène macabre, comme un message envoyé aux enquêteurs. À moins que ce message ne soit un avertissement à de futures victimes. Les policiers vont avoir le plus grand mal à évoluer dans ce milieu privilégié. L'assassin, lui, ne chôme pas. Le capitaine Bastian sait que tant qu'il ne connaîtra pas le mystérieux mobile, l'implacable jeu de massacre pourra se poursuivre.

Une Petite Tache Blanche

- Meurtres en Alsace —

Des touristes découvrent, par le plus grand des hasards, un cadavre dissimulé dans la forêt vosgienne. Ils s'en ouvrent à la capitaine Fleur Duchemin, jeune gendarme tout juste affectée à la section de recherches de Colmar. C'est le début d'une enquête au long court, à la recherche d'un assassin qui sème la mort sans qu'on puisse lui trouver un mobile ou une logique. Les impasses s'accumulent pour les enquêteurs. Fleur s'implique dans les recherches au point de risquer sa vie et sa carrière. Il lui faudra beaucoup d'efforts et de sagacité pour espérer neutraliser le monstre qui terrorise la population.

https://kiyak-auteur.fr

Table des matières

Chapitre 1 : les vignes

Nolwenn commençait à sentir la fatigue. Elle ne voulait toutefois pas s'arrêter. Elle savait très bien que si elle suspendait sa course pour souffler un peu, le froid aurait vite fait de transpercer sa combinaison trempée de sueur et qu'elle aurait du mal à repartir. Il ne lui restait plus qu'un petit quart d'heure d'efforts avant de pouvoir profiter d'une bonne douche chaude.

Nul ne sait pour quelle raison cette pure Bretonne avait choisi de se former à la viticulture avant de trouver un emploi, son diplôme d'œnologue en poche, dans le vignoble alsacien. Le caractère possessif de ses parents n'était sans doute pas étranger à son départ pour l'est de la France. Mais il avait autant surpris ses proches que les viticulteurs auprès desquels elle avait sollicité un emploi. L'un d'entre eux, attiré sans doute par ses diplômes et la modestie du salaire qu'elle réclamait, lui avait donné sa chance. En quelques années, elle avait su se tailler une réputation qui lui valait maintenant, à trente-cinq ans à peine, de présider à la destinée des vins d'une des plus grandes exploitations de la région.

Son autre passion était la bicyclette. Elle n'était affiliée à aucun club, mais la plupart de ceux qui travaillaient dans les vignes, entre le château du Haut Koenigsbourg et Munster, avait l'habitude de la voir avaler des kilomètres sur les petites routes de montagne, vêtue d'une combinaison moulante qui ne cachait rien de sa silhouette, et arborant un casque profilé. On connaissait bien « la bretonne » dans la région et on aimait bien la voir passer sur sa bicyclette autant pour son physique que parce qu'elle était sympathique. Une des raisons pour laquelle elle ne pratiquait pas en club était qu'elle aimait répondre d'un geste du bras aux saluts qu'on lui adressait. Elle ne dédaignait pas, à l'occasion, de s'arrêter en chemin pour tailler la bavette avec un exploitant.

Ce samedi, elle venait de parcourir une cinquantaine de kilomètres à vive allure. Elle profitait d'une des dernières belles journées d'automne. Bientôt, la brume, le verglas et la neige la contraindraient à se rabattre sur le vélo d'appartement qui trônait dans le salon de son petit logis à Kayserberg.

Elle connaissait le vignoble comme sa poche et était capable de citer le nom du propriétaire de chacune des parcelles devant lesquelles elle passait.

C'est pourquoi elle fut étonnée d'apercevoir au loin, tandis qu'elle abordait une longue ligne droite, une berline sombre stationnée le long de la route. La parcelle devant laquelle se trouvait le véhicule avait été plantée, quelques mois plus tôt, de jeunes pieds qui ne donneraient du raisin que quelques années plus tard. Personne n'avait de raison d'y travailler en cette saison et le propriétaire possédait un gros véhicule tout terrain blanc.

Elle se demanda si elle avait affaire à un touriste qui sillonnait la route du vin et qui s'était arrêté pour prendre quelques clichés de la plaine du Rhin, ou à quelqu'un qui venait voler des pieds de vigne encore assez jeunes pour être facilement arrachés puis replantés.

Le fait que le coffre soit ouvert augmentait ses soupçons. Elle ne pouvait voir le logo de la marque ni la plaque d'immatriculation.

Sans trop réfléchir, Nolwenn décida d'en avoir le cœur net. Elle n'acceptait pas qu'on s'attaque aux vignes, même si elle n'était pas directement concernée par cette parcelle.

Arrivée au niveau de la berline, elle posa son vélo dans le fossé et, après avoir constaté que le véhicule était inoccupé, se redressa pour faire un rapide tour d'horizon.

Elle aperçut une silhouette courbée sur le sol. Aucun doute, c'était un voleur en train d'arracher un pied de vigne. Il portait une parka dont la capuche relevée dissimulait le visage.

– Eh ! Vous ! Fichez le camp d'ici. Vous n'avez rien à faire dans les vignes.

La silhouette se releva et se mit à courir en direction de la voiture.

Bêtement, la jeune femme s'avança pour l'intercepter. Elle voulait voir si elle le connaissait ou, au moins, pouvoir le décrire aux gendarmes.

Elle tenta de lui barrer la route.

– Arrêtez-vous ! Arrêtez-vous !

Le type, arrivé à sa hauteur, lui décocha un coup de poing dans le ventre. Elle ne s'y attendait pas. Elle n'eut pas même le réflexe de contracter ses muscles abdominaux pour amortir la frappe. Le souffle coupé, elle se plia en deux avant de tomber à genoux. L'agresseur passa derrière son dos et saisit son casque pour l'obliger à se relever. La tête ainsi tirée en arrière, il put aisément enserrer le cou de la jeune femme avec son avant-bras. Nolwenn, que la douleur au ventre empêchait de se défendre avec efficacité, commença à paniquer. Le flux sanguin qui permettait à son cerveau de fonctionner commença à se tarir.

Persuadée qu'elle allait mourir, elle eut à peine le temps de penser « Quelle conne je suis », avant de sombrer.

…

– Mademoiselle. Mademoiselle. Vous m'entendez ? Si vous m'entendez, essayez au moins de me faire un signe. N'importe lequel.

La voix trahissait l'inquiétude de celui s'efforçait de la ramener à la vie.

La jeune bretonne avait du mal à ouvrir les yeux. Une main lui tapotait la joue.

Elle avait envie de vomir. Son cou la faisait souffrir.

– Vous m'entendez ?

Toujours ces tapes sur la joue qui, même légères, provoquaient des douleurs insupportables au niveau de sa nuque.

Nolwenn avait froid aussi. Elle avait conscience d'être allongée sur le dos, sur un sol recouvert de gravillons. Sa mince combinaison ne faisait pas rempart à la multitude de petites pierres anguleuses et sa position n'était pas confortable.

À force d'efforts, elle finit par réussir à relever ses paupières. Éblouie par le ciel lumineux, elle les referma aussitôt. Celui qui lui infligeait une véritable torture la frappa de plus belle dans l'espoir de la sortir de sa torpeur.

Au deuxième essai, elle réussit à garder les yeux ouverts. Elle comprit très vite que la personne qui lui parlait en lui administrant des petites tapes était un pompier.

Le visage de celui-ci s'éclaira quand il vit qu'elle avait réagi à ses stimuli.

– Bonjour mademoiselle. Je suis le sapeur Vignault. Vous avez eu un accident. Vous avez eu de la chance. Un automobiliste vous a vue dans le fossé avec votre vélo. Il vous a couverte et a prévenu les secours. Avec ce froid, vous n'auriez pas tenu longtemps. Vous comprenez ce que je dis ?

Au prix d'un immense effort, Nolwenn réussit à répondre par un minuscule hochement de tête.

S'ensuivit une suite de questions destinées à établir un premier diagnostic avant de la déplacer. À la grande joie des sauveteurs, la jeune femme reprenait rapidement ses esprits.

– Qu'est-ce qui m'est arrivé ?

Puis, immédiatement.

– Mon vélo ! Mon vélo ! Il n'a rien ?

Le pompier ne put retenir un sourire. Très souvent, après un accident léger, les motards se préoccupaient plus du sort de leur moto que de leurs propres blessures. Mais c'est la première fois qu'il voyait une cycliste avoir une telle attitude. Son vélo valait peut-être une fortune.

– Ne vous inquiétez pas, de ce que j'en ai vu, il est intact.

La jeune femme cherchait à remettre ses idées en place. Le pompier la vit froncer les sourcils afin de se concentrer. Elle ne comprenait toujours pas pourquoi elle avait si mal.

– Si j'ai eu un accident, pourquoi mon vélo est-il intact ? Qu'est-ce qui m'est arrivé ?

– Bah ! Vous avez dû faire une chute et votre tête a sûrement heurté le sol. Je crois que vous pouvez vraiment remercier votre casque.

Peu à peu, les souvenirs remontaient à la surface. Et avec eux la terreur qui avait précédé sa perte de conscience.

Le pompier qui l'auscultait fut surpris de voir les stigmates de la peur sur ce visage qui n'exprimait jusqu'alors que douleur et incompréhension.

– Mais non ! Je ne suis pas tombée. On m'a frappée. Un type qui volait des pieds de vigne. Puis il m'a étranglée. On a voulu me tuer. Juste pour des pieds de vigne.

Le pompier tourna la tête, s'adressant aux deux gendarmes qui venaient d'arriver et qui, pendant que les secours auscultaient la victime, examinaient le vélo et les environs immédiats à la recherche de la trace d'un véhicule qui aurait pu causer l'accident.

– Messieurs, la petite dame ne parle pas d'une chute ni d'un accident, mais d'une agression.

– On peut l'interroger ?

– Désolé, mais elle a perdu connaissance pendant quelques minutes, et d'après ce qu'elle dit, elle a pris des coups et a été étranglée. Elle doit être examinée. Même si son état à l'air rassurant, on doit s'assurer que tout va bien. Vous devrez attendre un peu et aller à l'hôpital Pasteur à Colmar pour la voir.

Le pompier ne tint pas compte de l'air dépité des gendarmes. Avec d'infinies précautions, Nolwenn fut placée sur un brancard. Quelques minutes plus tard, l'ambulance quittait les lieux.

Pendant que le véhicule rouge s'éloignait, les gendarmes reprirent leurs recherches.

Après avoir exploré les alentours immédiats du vélo, ils s'engagèrent entre les rangs de vignes, plus par conscience professionnelle que dans l'espoir de dénicher un indice. Pour eux, l'agression, si agression il y avait eu, s'était déroulée sur la route et dans le fossé. Mais, des fois que, dans la bagarre, l'agresseur ait fait voler son trousseau de clés ou son portefeuille ...

Le plus jeune s'était avancé d'une trentaine de mètres. Son chef ne put s'empêcher de se payer sa tête.

– Tu comptes aller jusqu'au Rhin ?

– Pas besoin chef, mais vous devriez venir voir ! Venez voir. Mais attention où vous mettez les pieds. Ne bousillez pas des indices.

– Et pourquoi ?

– Parce que c'est une scène de crime. Et je ne parle pas de l'agression de la petite dame.

Chapitre 2 : Julia

La capitaine Fleur Duchemin, de la section de recherches de la Gendarmerie à Colmar, s'ennuyait ferme en rédigeant les procès-verbaux, fruits de son enquête concernant une bagarre qui avait opposé deux fermiers ivres.

La sonnerie du téléphone la fit sursauter. Elle décrocha en espérant que l'appel allait lui donner un prétexte pour repousser à plus tard la corvée à laquelle elle se consacrait.

De toute façon, l'affaire de la bagarre, qui s'était déroulée devant des témoins unanimes pour partager les torts, était quasiment terminée pour les enquêteurs et il appartenait maintenant à la Justice de faire son boulot.

Mais la Justice avait besoin de son procès-verbal.

– Bonjour Duchemin. C'est le colonel. Nos collègues de la départementale ont trouvé un cadavre dans les vignes. Vous allez leur donner un coup de main en attendant qu'un juge soit désigné. Prenez quelqu'un avec vous. Je vous envoie les coordonnées par S.M.S.

La capitaine ne se fit pas prier. Enfin sortir de ce bureau. Elle aimait le terrain. Tout le monde le savait.

– Jasmine, tu viens avec moi. Un cadavre dans les vignes.

– Super ! Enfin un peu d'action.

Tout le monde connaissait le franc-parler de cette jeune gendarme auxiliaire qui avait été affectée à la section de recherches quelques mois plus tôt. Cela n'empêcha pas la capitaine de la fusiller du regard.

– Le respect pour les morts, cela te parle ?

– Désolée cheffe, répondit la jeune femme en se saisissant de son blouson.

Son sourire démentait le « désolée ».

Une vingtaine de minutes plus tard, les deux femmes s'arrêtaient le long d'une route où stationnaient déjà plusieurs véhicules bleus surmontés de gyrophares.

Des gendarmes attendaient patiemment que la scientifique ait terminé ses investigations. En attendant, Fleur chercha à se renseigner auprès du chef de détachement.

– C'est deux de nos hommes qui intervenaient sur ce qu'on pensait être un accident de vélo qui ont trouvé le corps. Il est à une trentaine de mètres de la route, entre deux rangs de vigne.

Suivirent quelques explications concernant les circonstances de la découverte du corps.

La capitaine dut attendre encore près de deux heures avant que le chef de l'équipe scientifique ne s'adresse à elle.

– Salut Fleur. On n'a pas grand-chose à ce stade. J'espère qu'on pourra faire le tri entre les traces de pas. Les deux premiers collègues arrivés sur place ont pas mal piétiné les lieux, mais, pour ce que j'en sais, ils pensaient enquêter simplement sur un accrochage entre un vélo et une bagnole avec un délit de fuite.

– Et la victime ?

– C'est moche. Un gamin qui ne doit pas avoir plus de vingt ans. Il a pris plusieurs coups à la tête. Ce n'est pas un accident. Pas de papiers. Pour le reste, il faudra attendre l'autopsie et le résultat des analyses.

Il décocha son plus beau sourire à la capitaine.

– Pas besoin de me le rappeler. Je sais, je fais au plus vite.

Fleur, qui n'était pas connue pour être patiente, lui rendit son sourire et se dirigea vers le cadavre.

Jasmine était sur ses talons. En théorie, elle aurait dû attendre au volant du véhicule. On évitait de faire piétiner inutilement les scènes de crime. Mais elle ne respectait jamais cette consigne. Fleur avait renoncé à lutter et, au fond d'elle-même, n'était pas mécontente d'en profiter pour améliorer la formation de sa jeune collègue.

Le cadavre était allongé sur le dos. La victime avait effectivement l'air très jeune. Du sang coagulé souillait sa chevelure. Étonnamment, compte tenu du lieu et de l'heure, il était vêtu d'un costume, comme s'il sortait de soirée. Sa veste et son pantalon étaient froissés et déchirés. Le tissu était maculé de traces de terre. Tous ses vêtements étaient de marque. Il avait les cheveux coupés court et ses mains étaient soignées. Ce n'était sûrement pas un travailleur manuel et encore moins un marginal qui aurait pris un mauvais coup dans une bagarre entre ivrognes.

Après avoir soigneusement examiné le corps et pris quelques photos, Fleur décida de s'éloigner un peu afin d'avoir une vue d'ensemble de la scène de crime. Elle voulait prendre un panoramique.

Elle se tourna vers Jasmine.

– Tu me suis ? On va faire le tour de la scène, puis on s'éloignera un peu.

Bien sûr, tout cela était techniquement inutile. La scientifique avait fait son boulot et des collègues allaient ratisser toute la zone. Mais Fleur voulait se faire sa propre idée. Et puis, en se penchant sur les photos qu'elle avait prises elle-même, elle se replongeait plus facilement dans l'atmosphère du lieu.

Elle se dirigea vers la route. Mais elle ne sentait pas la présence de Jasmine derrière elle. D'habitude, la jeune femme la suivait de près en l'abreuvant d'observations parfois pertinentes, mais aussi de plaisanteries plus ou moins fines.

Elle se retourna.

La jeune gendarme auxiliaire n'avait pas bougé. Elle regardait le cadavre. Elle était tétanisée. Son visage avait viré au gris.

......

Deux jours plus tôt.

Jasmine remonta le col de sa parka.

Depuis son affectation à Colmar, elle s'était attachée à cette ville et ne se lassait pas de se promener dans le cœur historique. Elle adorait en particulier les ruelles bordées de maisons à colombage qui lui donnaient l'impression de voyager dans le temps et de faire une incursion au Moyen-Âge.

Elle avait adopté les salons de thé qui parsèment la ville. Leur atmosphère feutrée lui plaisait et elle ne risquait pas de s'y faire siffler ou d'y subir la drague lourde du premier imbécile venu.

Elle ne regrettait pas son affectation en Alsace.

Pourtant, le Sud lui manquait. La luminosité incomparable du ciel azuréen, les hivers doux, du moins quand le Mistral n'était pas de la partie, l'animation de certains quartiers de son Marseille natal. C'est tout l'univers dans lequel elle avait grandi qui lui manquait.

Dès qu'elle le pouvait, elle sautait dans un train et filait chez ses parents histoire de retrouver les bruits et les odeurs de son enfance, de passer des soirées à raconter sa vie à ses copines et de revoir le bleu incomparable de la Méditerranée.

Côté cœur, c'était le désert. Il y aurait bien pu y avoir Thibaut, le collègue arrivé en même temps qu'elle à la section de recherches. Mais l'amitié qu'ils avaient développée leur paraissait trop précieuse pour qu'ils risquent de la mettre en danger pour des histoires de sexe. Ils avaient beau penser parfois à passer à l'étape suivante, ils préféraient se comporter comme deux frères et sœurs.

Ce soir-là, alors qu'elle tournait en rond dans sa chambre, elle avait décidé d'aller au cinéma. Elle avait choisi sur internet un de ces films où l'action ne s'arrête jamais. Explosions, détonations, hurlement des moteurs et des sirènes laissent les spectateurs épuisés, mais ravis. Et tant pis si le scénario ne prend pas en compte la crédibilité des situations. Après tout, elle n'allait pas au cinéma pour se replonger dans son quotidien.

En sortant, elle ne s'était fait draguer que deux fois, par deux jeunes qui n'avaient pas insisté. Ce n'était pas toujours le cas.

Il était à peine vingt et une heures trente et elle n'avait pas envie de se coucher ni de se plonger dans un de ces romans à l'eau de rose qu'elle adorait, même si elle ne l'aurait avoué pour rien au monde. Elle décida de se promener.

Elle traversa l'immense parking qui jouxte le complexe d'une douzaine de salles de cinéma et se dirigea vers le centre-ville en empruntant la rue du Rempart. Elle avait l'intention de profiter des décorations de Noël qui, à cette époque de l'année, fleurissent un peu partout.

La fièvre de Noël, qui fait de l'Alsace tout entière et de Colmar en particulier un lieu si singulier à chaque mois de décembre, n'avait pas encore atteint son paroxysme. Mais l'atmosphère de la ville commençait à changer et cela plaisait à Jasmine.

À cette heure et à cette époque de l'année, il n'y a pas grand monde dans les rues. Cela lui convenait.

Elle s'approchait de la cathédrale quand son attention fut attirée par une voix de femme. Elle criait. Ou plutôt non, elle suppliait.

– Kylian, s'il te plaît, lâche-moi, lâche-moi.

La voix provenait d'une ruelle située à une centaine de mètres de l'endroit où se trouvait Jasmine. En pleine journée, le bruit ambiant aurait couvert la supplique et la jeune femme aurait passé son chemin sans rien remarquer.

Jasmine pressa le pas.

– Je t'en prie Kylian, laisse-moi tranquille. Je ne veux pas.

– Arrête de jouer les pucelles effarouchées. Tu m'as reluqué toute la soirée. Tout le monde sait pourquoi tu es venue au resto avec nous. À ton avis, pourquoi les autres se sont barrés à peine le repas fini ? Et c'est toi qui as accepté que je te raccompagne. Et t'es sapée comme une allumeuse.

Jasmine n'était plus qu'à vingt mètres de l'entrée de la ruelle.

– Je ne voulais pas aller avec les autres boire chez Laurent. J'ai cours à huit heures. Laisse-moi s'il te plaît. Je ne dirai rien. Mais laisse-moi. Je te promets, je ne dirai rien à personne.

La voix était devenue tremblante. Les larmes n'étaient pas loin.

Jasmine entrait dans la ruelle quand elle entendit le bruit de la gifle assénée par un type d'une vingtaine d'années, dotée d'une carrure impressionnante, à une jeune femme d'environ un mètre soixante.

L'homme était vêtu d'un costume sombre et portait une cravate. La femme portait un tailleur gris-anthracite des plus classiques. La jupe qui descendait jusqu'à mi-cuisse avait sans doute justifié le qualificatif d'« allumeuse » employé par le type.

L'homme tenait la jeune femme par la gorge. Il pouvait ainsi la plaquer contre un mur. L'autre main, celle qui venait d'asséner une gifle à la malheureuse, pétrissait maintenant la poitrine de sa proie au travers le tissu de son chemisier blanc.

Jasmine comprit qu'on avait sans doute à faire à des jeunes qui avaient passé le début de soirée dans un restaurant un peu huppé. L'homme avait dû se faire des idées au sujet de la jeune femme.

Au premier coup d'œil, on pouvait voir que le type avait un peu abusé de l'alcool. Mais un peu seulement. Son élocution et sa manière de se tenir droit montraient qu'il était loin d'être ivre mort. Suffisamment imbibé, toutefois, pour qu'il ne supporte pas la frustration causée par le refus de la fille dont la conquête devait lui paraître acquise.

Mais l'endroit où les deux protagonistes avaient passé la soirée et ce qu'ils avaient consommé était le cadet des soucis de Jasmine.

– Eh ! Vous ! Vous la lâchez !

Elle n'était qu'à dix mètres du couple et continuait d'avancer.

Le garçon poussa violemment la fille qui tomba lourdement sur les fesses. Jasmine ne prêta pas attention au cri de douleur.

Le type se tourna vers elle et s'avança en levant la main.

– Barre-toi ! Tu veux ta dose ? Tu vas l'avoir.

Il était à moins de deux mètres de Jasmine. Pour être franc, elle n'en menait pas large.

La vision d'une carte barrée du symbole tricolore et sur laquelle on distinguait parfaitement les mots « Gendarmerie Nationale » le stoppa net.

– Eh bien vas-y connard. Cogne. Tant que tu n'avais pas vu ma carte, tu n'étais qu'un salaud prêt à frapper deux meufs. Maintenant, si tu ne te barres pas, tu vas au moins tripler ton addition. T'auras cogné une flique.

Elle n'eut pas besoin de répéter. Le jeune homme tourna les talons et s'enfuit.

– Si tu veux un conseil, prépare une valise et va te livrer aux keufs ! Les juges en tiendront compte.

En hurlant ces paroles, la jeune gendarme se demandait si elle n'aurait pas dû lui intimer l'ordre de se mettre à genoux et d'attendre la Police.

Mais elle était en civil, sans arme, sans menottes et elle n'aurait pas fait le poids devant le solide gaillard dont l'esprit était embrumé par l'alcool. Il pouvait faire semblant de se rendre puis se déchaîner sur celle qui l'avait empêché de parvenir à ses fins avec la fille qui sanglotait sur le sol humide et glacé de la ruelle.

Elle aurait bien pris le risque pour elle, mais elle voulait avant tout mettre la jeune victime en sécurité.

Tout en sortant son smartphone pour appeler la Police, et demander une ambulance, elle se mit à genoux auprès de la jeune femme qui semblait prostrée. Elle posa doucement une main sur son épaule.

– C'est fini. Ce salaud est parti. T'inquiète pas. On va le choper. Comment tu vas ?

Pas de réponse. Jasmine était passée d'emblée au tutoiement, sans trop y réfléchir. Après tout, elle n'était que témoin dans cette affaire, et la fille avait son âge. Elle était peut-être même un peu plus jeune qu'elle.

Son visage un peu rond, encadré de mèches blondes, n'exprimait que le désespoir. La soirée, dont elle avait sûrement rêvé, venait de tourner au cauchemar.

Jasmine, par son métier, savait à quel point le traumatisme subi par les personnes agressées par quelqu'un avec qui elles se sentent bien et en qui elles ont confiance est immense. La pauvre aurait du mal à s'en remettre.

– Laisse-moi une minute, le temps que j'appelle les flics, après, je m'occupe de toi.

– Non pas la Police. De toute façon, je ne vais pas porter plainte.

– Tu déconnes. T'as vu comme il t'a frappée. On ne peut pas laisser passer cela.

– Mais ce type, c'est la coqueluche de tout l'I.U.T. Si je porte plainte, autant que j'abandonne mes études. Tout le monde va penser que je l'ai allumé.

Elle hurlait presque pour mieux convaincre Jasmine. Elle était à la limite de la panique.

Jasmine était bien ennuyée. Elle avait envie de passer un peu plus de temps avec la victime, pour mieux la convaincre de porter plainte. Elle ne voulait pas lui forcer la main. Mais elle était coincée.

Elle prit sa voix la plus douce possible, cherchant à paraître rassurante.

– Je suis désolé, mais je ne peux pas. Je suis gendarme. Je ne peux pas ne pas dénoncer un crime. Mais je te promets de ne pas te laisser tomber. Et puis ce mec doit payer. Sinon, ce qu'il t'a fait, il le refera à d'autres, et peut-être même à toi.

– Putain ! Dans tous les cas, je suis foutue. Il m'aura tout pris. Je n'ai plus qu'à retourner chez mes parents et chercher du boulot.

Voyant Jasmine lever son smartphone, elle tenta de l'arrêter.

– Cela ne vous servira à rien d'appeler la Police. Je ne témoignerai pas et je ne porterai pas plainte.

– Pas besoin. J'ai été témoin et je suis gendarme assermentée. Le procureur peut poursuivre même si tu ne portes pas plainte. De toute façon, il m'a menacée. Et il va payer pour cela.

La fille tenta de se relever pour quitter les lieux. Elle poussa un cri de douleur et retomba sur le sol.

Jasmine appela les secours. Voyant que la victime grelottait, la jeune gendarme l'enveloppa avec sa parka. C'est elle qui se mit instantanément à grelotter.

– Tu t'appelles comment ?

– Julia. Julia Despentes.

– Ce gars, tu le connais ?

– J'ai dit que je ne témoignerai pas.

– Allez. Ne fais pas l'idiote. J'ai bien vu sa tête. On fera un portrait-robot et on le montrera à toutes tes relations. Parce que j'en ai entendu assez pour savoir que vous avez dîné avec d'autres potes dans un restaurant.

– Kylian. Il s'appelle Kylian.

Elle avait capitulé.

– Kylian comment ?

– Kylian Groff.

– Et tu le connais d'où ?

– On est tous les deux étudiants à l'I.U.T. de Droit.

– Eh bien, il va avoir l'occasion d'en faire, du Droit, s'il veut essayer de sauver sa peau. Parce que comme j'étais là, on n'est pas face à des soupçons où le mec accuse sa victime de mentir. On est face à un flagrant délit. Tu sais où il habite ?

– À Neuf-Brisach je crois. Mais je n'en suis pas certaine. Il a aussi un studio à Colmar. Je ne connais pas son adresse.

Jasmine faillit se lancer dans un interrogatoire en règle, mais se souvint que ce n'était pas son enquête. Elle était dans la juridiction de la Police de Colmar. D'ailleurs, à en croire le bruit de sirène, les policiers n'étaient pas loin.

Ils arrivèrent quasiment en même temps que les pompiers. Jasmine, après leur avoir montré sa carte, leur fit un rapide résumé des évènements pendant que les pompiers examinaient Julia qui venait de réussir à se mettre debout.

À part une douleur à la fesse gauche, a priori, elle n'avait rien.

La jeune victime expliqua ensuite rapidement aux policiers les circonstances de son agression. C'était d'une banalité à pleurer.

Une dizaine d'étudiants décide d'aller passer la soirée dans un restaurant chic pour fêter l'anniversaire de Kylian, le beau mec que tout le monde courtise. Et plein de fric en plus. Julia, trop timide pour se faire rapidement des amis, ne fait pas partie du groupe, mais Kylian l'aborde à la sortie d'un cours pour l'inviter.

Elle est tout heureuse de pouvoir enfin briser sa solitude. Jusque-là, sa vie à Colmar se résume à l'I.U.T., à sa petite chambre dans le quartier de la gare, aux courses et aux footings dans les environs. Elle n'a qu'un vélo et ne peut pas profiter des montagnes ni de la proximité de l'Allemagne et de la Suisse. Elle n'a pas non plus les moyens de mener grand train. Une fois par mois, elle rentre chez ses parents, à Nancy.

Elle est un peu naïve et pense que Kylian a remarqué sa solitude et l'a invitée à cette soirée, qui va lui coûter la moitié de son budget mensuel, par gentillesse.

Il faut dire que le garçon est poli, prévenant, et ne semble pas bien méchant. Il ne la drague même pas.

Elle passe une bonne soirée, mais préfère ne pas suivre les autres quand ils décident d'aller poursuivre leurs libations chez l'un d'entre eux. Elle n'a pas confiance dans sa capacité à « tenir » l'alcool. Elle ne voudrait pas « faire des bêtises » et le regretter.

Elle est contente quand Kylian lui propose de la raccompagner. Marcher seule dans les rues désertes l'effraie. Lui aussi préfère aller se coucher. Du moins est-ce ce qu'il lui fait croire.

Dans la ruelle, il lui propose de tourner à gauche, vers le parking où est garée sa voiture et pas à droite vers le quartier de la gare. Elle refuse gentiment.

Jasmine, qui est restée à proximité, connaît la suite. Kylian n'a jamais voulu faire preuve de gentillesse. Il voulait simplement ajouter la jeune femme timide à son tableau de chasse.

Jasmine savait bien que si Kylian avait réussi son coup, tout l'I.U.T. aurait rapidement été mis au courant, faisant de Julia la risée de l'établissement.

Elle savait aussi que si elle avait accédé à la demande de l'étudiante de ne pas porter plainte, si elle n'avait pas appelé la Police, elle aurait exposé Julia à la vengeance du salopard. Parce que ce genre de type ne supporte pas l'humiliation. Et avoir été obligé, par une femme qui plus est, de tourner les talons et de fuir, surtout devant Julia qui pouvait le raconter à tous les étudiants, était une sacrée humiliation.

Malheureusement, dans tous les cas, Julia était en danger.

La justice pourrait punir Kylian. Elle ne pourrait pas protéger Julia des imbéciles qui ne manqueraient pas de s'en prendre elle.

Mais Jasmine ne pouvait pas le lui dire. La jeune étudiante était assez mal comme cela.

Après qu'elle ait répondu à leurs questions, les policiers lui demandèrent de passer au commissariat le lendemain pour déposer plainte.

Ils lui demandèrent ensuite si elle avait une connaissance ou des parents chez qui elle pouvait aller, histoire de ne pas rester seule. Ils lui proposèrent de l'emmener chez cette personne.

Elle n'avait personne à Colmar.

Pendant ce temps, Jasmine observait Julia. Elle avait pitié d'elle. Parce qu'elle avait été agressée d'abord. Mais aussi parce que depuis le début, elle se comportait comme une victime. Elle n'avait pas de répondant.

Jasmine savait que si un garçon se comportait avec elle comme l'avait fait ce Kylian, toute la rue serait réveillée par le flot d'insultes qu'elle ne manquerait pas de lui asséner. Et elle connaissait un sacré paquet d'insultes. Elle n'aurait pas hésité à répondre à la gifle par un coup de genou dans le bas ventre. Elle n'avait pas quinze ans quand elle avait dû en passer par là.

Pour l'heure, elle éprouvait un irrépressible besoin de venir en aide à cette gamine.

– Si vous voulez, je la ramène chez elle.

Elle s'était adressée aux policiers. Elle n'avait pas demandé son avis à Julia vers laquelle elle se tourna.

– Tu peux marcher ?

– J'ai un peu mal, c'est tout. Mais je veux bien rentrer avec toi.

Elle aussi, sans vraiment y avoir réfléchi, était passée au tutoiement.

Les deux jeunes femmes prirent congé des policiers qui s'en retournèrent faire leur rapport et lancer les recherches pour retrouver le salopard.

Il y avait tout juste un petit quart d'heure de marche entre la ruelle et le quartier de la gare.

Histoire de détendre un peu Julia, Jasmine évita le sujet de l'agression et lui posa des questions sur sa vie, ses projets, ses études.

Julia se sentait en sécurité avec sa sauveuse. Elle lui parlait sans retenue. Jasmine lui raconta un peu son enfance et son adolescence, très différentes de celles de Julia qui avait été une enfant choyée, mais qui, du coup, n'avait pas été préparée à affronter la vie.

Ils arrivèrent devant une de ces villas à l'architecture un peu pompeuses, jadis somptueuses, qui datent du début du siècle dernier. Les propriétaires avaient aménagé une partie de leurs caves, qui disposaient de petites fenêtres dépassant à peine du sol du jardin, en chambres pour étudiants.

On accédait à ce sous-sol par un escalier qui avait été aménagé dans la vaste ouverture qui servait autrefois à déverser le charbon. Cet escalier permettait d'accéder à un couloir qui desservait trois petites chambres d'une douzaine de mètres carrés chacune, dotées d'un lavabo. Les toilettes et la douche étaient communes aux trois chambres. Pour y accéder, il fallait emprunter le couloir qui, l'hiver, n'était pas chauffé.

Les deux jeunes femmes étaient arrivées au sommet de l'escalier. Julia rendit à Jasmine, qui claquait des dents depuis qu'elle en avait couvert l'étudiante, sa parka.

– Au revoir. Merci de m'avoir sauvée. Et te parler pendant cette marche m'a fait du bien.

Elle se dandinait et se tenait face à la gendarme qui, en bonne protectrice, attendait, après lui avoir rendu son « au revoir », qu'elle rentre dans le sous-sol et que la porte soit refermée.

Julia ne faisait pas mine d'emprunter l'escalier, comme si elle attendait, elle aussi, que Jasmine ait quitté les lieux.

– Tu veux que je passe un moment avec toi ?

– Bah, je me sens mieux, mais je n'ai pas envie d'être seule. Et puis j'ai peur qu'il me retrouve ici. Je ne sais pas s'il connaît mon adresse.

Il se faisait tard et Jasmine rêvait de se glisser sous sa couette. Elle savait que le réveil serait pénible. En plus, elle était maintenant impliquée dans une procédure judiciaire conduite par la Police. Elle ne pourrait pas échapper à la rédaction d'un rapport.

Mais, décidément, cette fille la touchait.

– Si tu veux, je reste.

Malgré sa fatigue, son stress et le traumatisme qu'elle avait subi, Julia ne fut pas loin de sauter de joie. Elle guida celle qui l'avait secourue jusqu'à sa chambre.

Celle-ci était petite. Tout juste la place pour un lit une personne, un petit bureau, une chaise, qui, la nuit, servait de table de chevet, une armoire et un lavabo qui ne délivrait que de l'eau froide. Julia avait réussi à caser un bac à linge sale au pied du lit et un minuscule étendoir à linge sous la fenêtre, devant le convecteur électrique dont la puissance permettait difficilement de chauffer la pièce. Une petite étagère était posée sous le lavabo pour stocker la vaisselle, deux tasses et deux petites assiettes, plus quelques couverts.

Une bouilloire trônait sur un angle du bureau. La plus grande partie du reste de la superficie du petit meuble était couverte par un ordinateur portable, des classeurs de cours et des livres. La majeure partie des cours et des livres était toutefois rangée dans des cartons glissés sous le lit aux côtés de quelques paires de chaussures, d'une valise, et d'un sac de sport.

Tout était propre et parfaitement rangé.

« Eh bien, heureusement qu'elle n'a pas une collection de timbres à caser », pensa Jasmine.

Julia prit un air gêné en s'effaçant pour laisser passer celle qui l'accompagnait.

– Je sais, c'est petit, mais la chambre est bien placée et je n'ai rien trouvé d'autre.

– J'espère qu'au moins elle n'est pas chère.

– Pour être franche, ce n'est pas donné, mais, au moins, il y a le WIFI à volonté.

Jasmine se demanda si louer une telle chambre était vraiment légal. Elle décida de se renseigner. Mais en y réfléchissant, elle finit par arriver à la conclusion que dénoncer les loueurs permettrait certes que justice soit rendue, mais mettrait aussi trois étudiants à la rue, en plein hiver et au beau milieu de l'année universitaire.

Julia, à peine entrée, se précipita pour retirer la pile de cours qui trônait sur la chaise et la poser sur le bureau. En rougissant, elle attrapa d'un geste vif les sous-vêtements qui séchaient devant le convecteur et les jeta dans l'armoire.

– Désolée pour le désordre.

– Tu verrais ma piaule, tu te prendrais pour une fée du logis, lui répliqua Jasmine, histoire de la mettre à l'aise.

Jasmine prit place sur la chaise.

– Tu permets que je me change, lui demanda Julia ?

– Pas de soucis. Je jure de ne pas te reluquer.

Cette dernière plaisanterie fit rougir l'étudiante. Jasmine se tourna ostensiblement vers le mur, tout en continuant à discuter avec Julia.

– Tu peux te retourner.

Julia avait revêtu un pyjama rose et suffisamment épais pour combattre la fraîcheur qui régnait dans la pièce. Jasmine n'avait pas fait mine de retirer sa parka. Elle avait du mal à se réchauffer.

– Tu n'aurais pas une infusion quelconque ? Pas un truc qui va m'empêcher de dormir le reste de la nuit.

Sans répondre, Julia montra une boîte de sachet d'infusion puis mit de l'eau à chauffer. Quelques minutes plus tard, les deux femmes se réchauffaient en serrant entre leurs mains deux mugs remplis d'un breuvage brûlant.

Une bonne partie de la nuit s'écoula en bavardages.

Vers deux heures du matin, Jasmine envoya un S.M.S au major Heitz, son chef direct, pour prévenir qu'elle arriverait tard le lendemain et qu'elle en expliquerait la raison.

– Il est peut-être temps que je te laisse dormir.

Depuis quelque temps déjà, les paupières de la jeune femme se fermaient à intervalles de plus en plus rapprochés. Julia somnolait plus qu'elle ne bavardait.

Julia sembla sortir de sa torpeur.

– Tu as raison. Il faut que je dorme un peu. Mais toi, tu habites loin ?

– Ne t'inquiète pas.

Jasmine s'était levée et s'apprêtait à faire la bise à celle qui était devenue plus une amie qu'une victime qu'elle devait réconforter.

Julia se leva, mais toute joie avait disparu de son visage. Elle sembla faire un effort surhumain pour parler.

– C'est bête, je sais. Mais j'ai peur. J'ai peur de rester toute seule.

– Non ce n'est pas bête. C'est même simplement normal. En clair, tu aimerais que je dorme ici.

Julia se tordait les mains.

– Mais non, rentre chez toi. Tout à l'heure, tu dois aller au travail.

Jasmine lui adressa un sourire.

– Pour être sincère, je rêve de me retrouver sous ma couette. Mais vu ce que ce salaud t'a fait, je veux bien finir la nuit sur une chaise. Mais tu me promets de porter plainte demain. Si tu veux, je t'accompagne.

Julia poussa un profond soupire.

– C'est d'accord pour la plainte. De toute façon, foutue pour foutue, autant que Kylian paie.

Finalement, c'est Julia qui proposa de prêter à Jasmine un pyjama aussi épais que le sien. Les deux femmes finirent leur nuit serrées l'une contre l'autre dans le lit étroit. Elles avaient un peu l'impression d'être revenues à leurs quatorze ans et de passer la nuit chez une copine.

……

– Eh ! Jasmine. Qu'est-ce qui t'arrive ? Ce n'est pas le premier cadavre que tu vois.

Fleur regretta aussitôt d'avoir apostrophé sa subordonnée sur un ton léger. C'est d'une voix aussi douce que possible qu'elle continua.

– Jasmine. Tu le connais ? C'est un ami ? Si c'est le cas, je suis désolée.

En disant cela, elle avait passé son bras autour des épaules de la jeune femme, pour la réconforter. Les autres gendarmes qui s'affairaient sur la scène de crime s'étaient redressés et observaient la scène inhabituelle.

Il fallut encore plusieurs secondes avant que Jasmine ne sorte de sa torpeur.

– Kylian. Il s'appelle Kylian Groff. C'est le type qui a agressé l'étudiante. Celui que j'ai mis en fuite et qu'on n'a pas retrouvé.

Chapitre 3 : soupçons

– Jasmine, comprends-tu quelles conséquences je dois tirer de tout ce que tu viens de me dire ?

Jasmine se tenait debout, dans le bureau de la capitaine Fleur Duchemin. Le major Heitz était assis au fond de la petite pièce, près de la fenêtre.

– Oui capitaine. Cela signifie que Julia, enfin mademoiselle Despentes, est sur la liste des suspectes. Mais je vous assure que ce n'est pas le style de cette gamine. C'est une victime. Elle prend les coups et essaie de se faire oublier. C'est juste une gosse qui a été obligée de quitter le cocon familial pour faire ses études. Je ne la vois vraiment pas estourbir un type qui la dépasse d'une tête et faire des kilomètres pour déposer le cadavre dans les vignes. Et ensuite, elle aurait étranglé une femme bien plus sportive qu'elle ? En plus, elle n'a pas de voiture.

C'est le major qui prit le relais.

– Tu n'as pas compris ce que t'a dit la capitaine. Réfléchis comme une enquêtrice, pas comme une fille qui défend sa copine. Nous sommes bien d'accord avec toi. Si cette Julia correspond à la description que tu nous en as faite, on ne la voit pas tuer son agresseur, et faire tout ce que tu as rappelé. Mais réfléchis un peu. Je te connais. Tu n'es pas une idiote.

Jasmine fronça les sourcils, comme si cela lui permettait de mieux se concentrer.

Brusquement elle se redressa, tendit le bras en agitant frénétiquement la main en signe de dénégation.

– Eh non ! N'y pensez même pas !

Elle s'était mise à trembler et son teint avait viré au gris.

– Vous me connaissez ! C'est vrai, je ne respecte pas toujours le règlement. Je n'en fais parfois qu'à ma tête. Mais j'agis toujours pour le bien de l'enquête. Et je vous suis fidèle à tous les deux. Je ne vous trahirais jamais.

– Écoute Jasmine. On a confiance en toi. Même si je ne te le dis pas tous les jours, je suis contente que toi et Thibaut fassiez partie de mon équipe. Je suis certaine que le major pense comme moi.

Celui-ci acquiesça de la tête.

– Mais je dois agir en enquêtrice. C'est aussi dans ton intérêt. Si je ne le fais pas, je serai dessaisie et je ne sais pas qui reprendra l'affaire.

– Je comprends capitaine, mais je vous jure, je vous jure que je ne suis pour rien dans ce meurtre. J'ai passé la nuit avec la gamine pour la rassurer et, le lendemain, je l'ai accompagnée pour porter plainte parce que sinon je suis persuadée qu'elle aurait flanché et que son agresseur s'en serait tiré.

– Tu dois la revoir ?

– On doit se faire un ciné demain soir.

– On te fait confiance, mais on a une enquête à mener. Tu as sans doute compris que nous n'avons à ce jour que deux suspects. Julia Despentes qui a été agressée par la victime, mais qui semble incapable d'avoir agi seule et une jeune gendarme qui a été témoin de l'agression et qui a sympathisé avec mademoiselle Despentes.

– Je comprends, mais je vous jure que je n'y suis pour rien.

– La femme te croit, mais la capitaine se doit d'agir comme une enquêtrice. Jasmine, à partir de ce moment, je t'interdis de prendre connaissance des pièces du dossier. Tu n'as pas le droit d'avoir le moindre contact avec mademoiselle Despentes ni avec un gendarme de la section de recherches, à l'exception du major et de moi-même.

Jasmine écoutait, l'air accablé, sans réagir. Fleur poussa un soupir avant de poursuivre.

– Tu vas me remettre ton arme et ta carte professionnelle. Tu es consignée dans ta chambre. Quand tu voudras faire des courses, préviens-moi ou préviens le major. Nous te ferons accompagner par un collègue.

Elle hésita un instant.

– Et acceptes-tu de nous confier ton smartphone et de nous donner le code de déverrouillage ?

Jasmine sortit l'appareil de sa poche et le tendit à sa cheffe.

– Putain. Mais je n'ai rien fait. J'ai juste aidé une gamine qui se faisait agresser.

La capitaine se leva, fit le tour de son bureau, vint se planter devant la jeune femme, lui mit sa main sur l'épaule et la regarda droit dans les yeux.

– Écoute-moi bien. J'ai toute confiance en toi. Si je fais cela, c'est pour te protéger. La moindre faille dans mon enquête ou dans les mesures de précaution que je dois prendre pourra se retourner contre toi. Tant que nous ne t'aurons pas entièrement innocentée, toute initiative que tu pourras prendre se retournera contre toi. Ce serait tellement bête de fiche en l'air ta carrière si tu n'as rien fait.

– Je ne ferais pas de conneries. C'est promis. Je vais tout de suite dans ma chambre ?

– Non. Tu commences par aller dans la salle de réunion et tu notes sur un papier tout ce que tu as fait depuis que tu as entendu les cris de cette gamine. N'oublie pas de préciser pourquoi tu étais là. Je veux savoir, en particulier, tout ce que vous vous êtes dit. Quand tu auras fini, je procéderai à ton interrogatoire officiel. Prends ton temps. Avec le major, nous allons interroger d'abord mademoiselle Despentes.

La capitaine avait failli dire « ta copine ». Elle s'était retenue à temps.

Jasmine sortit, tête basse. Le major se tourna vers Fleur.

– Vous pensez qu'elle peut avoir tué ce garçon ?

– Non. Elle aurait été capable de cogner ce type sur l'instant. Elle n'est pas mauvaise en sport de combat. Moi-même, je ne sais pas comment je réagirais si je voyais une fille se faire agresser. Mais organiser un meurtre après-coup, je n'y crois pas.

– Il y a quand même un point qui joue contre elle.

Regard interrogateur de Fleur.

– La cycliste. L'assassin aurait pu la tuer sans problème et supprimer un témoin qui a vu sa voiture et qui connaît sa carrure. Il a usé du minimum de violence pour qu'elle ne le gêne pas, mais sans la mettre en danger. Il a pris un risque pour l'épargner. Cela renforce l'hypothèse d'un assassin-justicier.

– C'est vrai. De toute façon, on va enquêter. Julia peut avoir un autre complice, ou un soupirant qui a voulu la venger sans même la prévenir.

Elle appela l'accueil pour savoir si Julia Despentes était arrivée. Avant d'entamer la discussion avec Jasmine, elle avait demandé que deux gendarmes la cueillent à la sortie du restaurant universitaire où elle avait l'habitude de déjeuner. C'est du moins ce qu'elle avait déclaré à

Jasmine durant leur longue nuit de bavardage. Julia était en route.

Fleur profita des quelques minutes qui précédèrent l'arrivée de la jeune étudiante pour détailler la situation au colonel qui commandait la section de recherches. Lui aussi était ennuyé. Jasmine, avec son accent méridional et son caractère de chiot incontrôlable, était un peu le rayon de soleil du service.

Quinze minutes plus tard, Julia Despentes pénétrait dans une salle d'interrogatoire où l'attendaient un capitaine de la section de recherches et le major Heitz.

Fleur avait le droit d'assister derrière le miroir sans tain, mais le colonel avait préféré qu'elle ne conduise pas l'interrogatoire. Elle était trop proche de Jasmine.

La victime de Kylian avait l'air d'avoir quinze ans, pas plus. Sa chevelure blonde encadrait un visage poupin. Elle était très jolie, mais ce qui frappait au premier abord était la manière dont elle s'était habillée. Un jean un peu trop grand. Un sweat-shirt à capuche, délavé et déformé. Des baskets usées sans doute plutôt destinées aux footings que la jeune femme avait déclaré pratiquer régulièrement. Ses cheveux étaient à peine coiffés.

L'œil exercé de Fleur remarqua les traces de vernis rouge qui subsistaient à la naissance de chacun de ses ongles. Elle avait dû vouloir se faire belle l'avant-veille, pour aller au restaurant. Elle le regrettait sans doute amèrement. Elle devait culpabiliser de s'être habillée de manière séduisante. C'était tellement injuste. Fleur aurait préféré assister à l'interrogatoire de Kylian plutôt que de voir sa victime assise à la place des suspects.

Le regard apeuré de la jeune femme allait du capitaine au major. Elle semblait ne pas comprendre ce qu'elle faisait là. Fleur savait maintenant ce qui avait poussé Jasmine à se comporter en protectrice de cette fille.

– Asseyez-vous mademoiselle. Avez-vous une idée de la raison de votre présence ?

Elle hésita avant de répondre, comme un élève qui craint, en cas d'erreur, une remarque moqueuse de la part de son professeur, devant tous ses camarades.

– C'est sans doute pour ma plainte. Mais je croyais que c'est la Police qui s'en occupait. Et pourquoi avoir envoyé deux gendarmes me chercher devant tout le monde ? Si vous m'aviez téléphoné, je serais venue.

Ses interlocuteurs ignorèrent ses observations.

– Avez-vous votre permis de conduire ?

– Oui, je l'ai passé l'année dernière. Mais je n'ai pas de voiture.

– Vos parents ont une voiture ? Si oui, quelle marque et quel modèle ?

– Une 307 blanche. Mais qu'est-ce que cela a à voir avec mon agression ?

– Concernant votre agression justement, avez-vous eu envie de vous venger ?

Elle fondit en larme.

– Mais qu'est-ce qui se passe ? J'ai porté plainte parce que Jasmine, votre collègue, a insisté. Je ne sais pas si j'ai eu raison. Tout ce que je voudrais, c'est tout oublier et que tout redevienne comme avant.

– Vous avez rencontré monsieur Groff depuis l'agression.

– J'ai la trouille de le croiser. J'en ai mal au ventre. Heureusement, il n'est pas revenu à l'I.U.T.

– Vous ne le croiserez plus. Il a été tué dans la matinée d'hier. C'est-à-dire le lendemain du jour où il vous a agressée.

Julia se mit à hurler.

– Mais non ! Mais non ! Je ne l'ai pas tué. Je lui en veux. Mais je ne veux pas qu'il meure. Je veux qu'il s'excuse et qu'il me promette de ne pas recommencer ni de se moquer de moi auprès des autres.

Elle mit son visage dans ses mains.

– C'est un cauchemar. Je voulais juste passer une soirée au restaurant. C'était la première fois depuis que je suis arrivée à Colmar. Ce n'est quand même pas un crime.

Même s'ils étaient touchés, les enquêteurs poursuivirent leur interrogatoire sans rien négliger.

Convaincus qu'elle n'avait pu agir seule, pendant près de quatre heures, ils passèrent tout en revue et en particulier ses relations afin d'identifier un ou une complice potentiel ou un justicier anonyme.

Fleur se concentra particulièrement quand ses collègues abordèrent l'épisode de la rencontre avec Jasmine.

– Heureusement qu'elle était là fut la première phrase prononcée par Julia quand les enquêteurs abordèrent le sujet.

Pendant les minutes qui suivirent, elle confirma en tous points les dires de la jeune gendarme qu'elle semblait admirer. Mais les deux nouvelles amies avaient pu se concerter.

À la fin de l'interrogatoire, les policiers n'avaient pas d'éléments susceptibles de la mettre en cause. Julia fut placée en garde à vue le temps qu'on examine son téléphone et ses fadettes et en attendant le lendemain matin, qu'on puisse perquisitionner sa chambre.

Le jour suivant, il était à peine sept heures quand les gendarmes arrivèrent devant la villa qui abritait la chambre de la jeune femme. Fleur et le major avaient l'impression de connaître les lieux qui avaient été décrits avec précision par Jasmine durant son interrogatoire qui s'était terminé fort tard la veille.

Ils ne s'attendaient pas à trouver grand-chose. Si elle avait prémédité son coup, Julia n'avait certainement pas caché l'arme du crime dans cette chambre.

Ils comptaient plutôt sur les analyses qui révéleraient peut-être des traces de terre issue de la parcelle où le corps avait été déposé, ou des traces de sang.

– Et Jasmine, votre collègue, pourquoi je ne l'ai pas vue depuis hier soir ? Elle m'a promis de ne pas me laisser tomber.

Fleur fut surprise par la question, venant d'une jeune femme qu'elle plaignait et qu'elle croyait totalement abattue et incapable de réagir.

– Elle a été envoyée en mission.

– Vous voulez dire que vous la soupçonnez elle aussi. Elle n'a rien fait.

Décidément, elle avait des ressources surprenantes.

– Et comment le savez-vous ?

– Elle lui aurait peut-être cassé la figure quand elle l'a vu m'attaquer. Mais ce n'est pas le style à assassiner quelqu'un. Vous l'auriez entendu parler de son métier, vous penseriez la même chose que moi.

Fleur ne put s'empêcher d'acquiescer.

– Je pense comme vous, mais une enquête a ses exigences. Vous le voyez bien pour vous.

Elle faillit ajouter qu'elle espérait que ni elle ni Jasmine n'avaient trempé dans ce meurtre, mais elle se retint à temps.

Une fois la perquisition terminée, la garde à vue de Julia, qui avait refusé l'aide d'un avocat, fut levée. On ne pouvait pas la garder jusqu'à l'arrivée de tous les résultats d'analyse.

L'autopsie, pratiquée dans la journée, révéla que le jeune homme était probablement tombé dans une embuscade. Un premier coup asséné par-derrière avait dû lui faire perdre conscience. Une fois à terre, on l'avait achevé. A priori, le meurtrier ne s'était pas acharné sur sa victime. Mais il avait frappé pour tuer de manière certaine. Un tueur froid et déterminé. Ensuite, il avait déplacé le corps.

La terre prélevée sur ses vêtements provenait pour partie de la parcelle de vigne où son corps avait été déposé, et pour partie de la forêt des Vosges où devait donc se situer la scène de crime.

Mais les enquêteurs n'eurent pas la chance de Sherlock Holmes. L'analyse de la terre ne permit pas de situer le lieu du meurtre. La superficie de la zone de recherche définie faisait des dizaines de milliers d'hectares.

Il y avait donc, quelque part, une scène de crime. Il fallait la trouver.

Ce serait d'autant plus difficile que personne ne savait où il avait pu aller après l'avertissement verbal de Jasmine lui enjoignant de se rendre à la Police.

Il n'avait pas écouté ce conseil et on ignorait où il s'était caché pendant les vingt-quatre heures qui s'étaient écoulées entre sa fuite lamentable et sa mort.

Il avait coupé son téléphone quelques minutes après avoir pris la fuite, probablement au moment de monter dans sa voiture. On ne savait donc même pas quelle direction il avait prise. Malgré un avis de recherche, son véhicule n'avait pas été retrouvé.

Ses parents, interrogés par la Police alors que Kylian était considéré comme un fugitif et pas encore comme la victime d'un crime, avaient déclaré ne pas avoir de nouvelles de lui depuis plusieurs jours. Leur fils aimait profiter de son indépendance, avaient-ils précisé. Même si le trajet entre Colmar et Neuf-Brisach ne prenait pas plus d'une demi-heure, ils ne le voyaient qu'une fois par mois. C'est toujours eux qui l'appelaient au téléphone, sauf quand il avait besoin d'argent. Ils avaient prétendu n'avoir aucune idée de l'endroit où il avait pu se cacher. L'étude de leurs communications téléphoniques n'avait pas contredit leurs affirmations.

La Police avait aussi constaté qu'il avait retiré sept cents euros en liquide, le maximum que lui permettait sa carte bancaire, avant de prendre son véhicule. Il voulait fuir. Mais où ?

Le lendemain de ce premier interrogatoire, Fleur fit le déplacement jusqu'à Neuf-Brisach afin d'interroger de nouveau les parents de Kylian, dans un contexte tragiquement différent.

Monsieur et madame Groff habitaient une grande bâtisse en grès rose située à proximité immédiate des remparts de cette citadelle bâtie par Vauban. Le long de leur immeuble stationnaient une Mercedes et un coupé BMW. La famille vivait dans une grande aisance financière qui n'avait pas, pensa Fleur en descendant de son véhicule de service, éloigné le malheur de cette maisonnée.

Elle actionna le bouton de la sonnette. Elle s'attendait à être accueillie par une domestique. Elle se trouva en présence d'un couple de sexagénaires. Leurs vêtements témoignaient, comme leur maison et leurs voitures, de leur richesse. Mais ils avaient été enfilés à la hâte. Aucun des deux n'avait pris le temps d'ajuster sa tenue ou de se peigner. Ils avaient les yeux rougis.

Fleur détestait ces moments qui faisaient pourtant partie de son travail. Elle connaissait les risques de son métier et avait frôlé la mort à plusieurs reprises. Elle ne la craignait pas. Mais elle redoutait par-dessus tout d'infliger à ses parents l'annonce de sa disparition.

Les parents de Kylian avaient appris la mort de leur fils et ils étaient effondrés.

Lorsque Fleur tenta de savoir si le jeune homme avait des ennemis ou s'ils se souvenaient d'un incident le concernant, elle se heurta à la mère du jeune homme.

Entre deux sanglots, elle hurlait sa haine de la « petite dinde » qui avait accusé son fils d'agression.

– C'est sûrement une de ces folles qui lui courraient après. Oui, mon fils était beau et les filles rêvaient de devenir sa petite amie. Celle-là n'a pas supporté d'être rejetée. Elle l'a d'abord accusé d'agression. Et comme si cela ne suffisait pas, elle l'a tué. Arrêtez là parce que sinon, c'est moi qui la tue.

– Nous enquêtons sur elle, mais nous suivons aussi d'autres pistes. Je compatis à votre douleur, mais cette jeune femme n'est pas notre suspecte principale. Et une femme a été témoin de l'agression qu'elle a subie.

– Une complice ! Faites votre boulot et mettez-les en prison.

Fleur avait menti pour les « autres pistes ». Elle n'en avait aucune. Mais elle voulait éviter que cette mère, folle de rage et de douleur, ne commette un acte irréparable. Elle préféra écourter l'interrogatoire qui ne donnerait aucun résultat et laisser les parents entamer le long travail de deuil. Elle savait aussi que ce deuil ne serait véritablement possible que si elle découvrait l'assassin et qu'elle le mettait derrière les barreaux.

Elle prit congé en promettant de tout faire pour résoudre cette affaire.

C'est le père de Kylian qui raccompagna la jeune gendarme. Il lui ouvrit la porte, s'effaça pour la laisser passer. Alors que Fleur se dirigeait vers son véhicule, il l'appela doucement, presque en chuchotant.

– Capitaine.

– Monsieur Groff ?

L'homme parlait vite, en jetant des coups d'œil par-dessus son épaule. Visiblement, il ne voulait pas que sa femme entende ses confessions. Elle n'était pas en état de supporter la moindre critique à l'encontre de son fils unique qu'elle venait de perdre.

– Capitaine, je crois que mon fils n'était pas un mauvais bougre. Mais il était beau garçon et il aimait séduire. L'argent dont il disposait lui facilitait la tâche. Je ne pense pas qu'il avait de vrais ennemis. Mais beaucoup de ses camarades devaient être jaloux. Et certaines conversations téléphoniques que j'ai pu entendre par hasard me laissent à penser qu'il ne se comportait pas en gentleman avec les filles, surtout quand il les laissait tomber. Je pense que vous devriez chercher de ce côté-là.

– Je vous remercie infiniment monsieur Groff. Vous connaissez les noms, ou au moins les prénoms de ceux ou celles qui auraient pu lui en vouloir.

– Je suis désolé, mais non. Il ne nous parlait jamais de sa vie privée. Il ne nous parlait pas beaucoup d'ailleurs. Je me sens responsable de ce qui lui est arrivé. J'aurais sans doute dû être plus ferme dans mon éducation. Mais c'était notre fils unique. L'accouchement de ma femme s'était mal passé et nous ne pouvions plus espérer d'autre enfant.

Fleur remercia encore l'homme que le chagrin faisait paraître plus vieux et plus fragile. Elle s'apprêtait à prendre congé quand il la héla de nouveau.

– Ne dites pas à ma femme que je vous ai raconté tout cela. Elle a besoin de garder une image idéalisée de notre enfant. Il ne lui reste que cela.

La capitaine lui promit de faire tout son possible, même si elle lui précisa que s'il y avait un procès, tout serait déballé.

En rentrant vers Colmar, la capitaine appela son équipe, amputée de Jasmine, pour les informer des résultats de sa visite aux parents de la victime et leur demander de réserver leur journée du lendemain à une visite à l'I.U.T. de Droit.

Elle appela ensuite le colonel pour lui demander de prévenir la direction de l'établissement d'enseignement afin qu'elle facilite l'action des enquêteurs.

Un de ses étudiants venant d'être assassiné, elle fit preuve de bonne volonté.

Alors qu'à leur arrivée dans les locaux universitaires Fleur et ceux qui l'accompagnaient ne disposaient que de deux suspects dont aucun n'avait le profil d'un assassin, le soir même ils devaient enquêter sur une trentaine d'étudiants et cinq professeurs.

Parce que non seulement Kylian n'hésitait pas à piquer les petites copines de ses camarades puis à humilier ces dernières au moment où il s'en lassait, mais il comptait des enseignants parmi ses victimes. En particulier, il avait brisé le couple d'un professeur qui avait ensuite démissionné de son poste.

Bien sûr, personne ne s'était présenté en affirmant « Je détestais ce type au point de vouloir sa mort ».

En revanche, nombreux furent ceux qui, après avoir affirmé qu'ils ne souhaitaient pas dénoncer qui que ce soit « sans certitude » finissaient balancer plusieurs de leurs camarades qui avaient de bonnes raisons d'en vouloir à la victime.

Une certitude apparut rapidement aux enquêteurs. Il n'y avait pas grand monde pour pleurer le jeune homme. La plupart ne prenaient même pas la peine de s'en cacher. Les autres étaient mauvais comédiens. Sa beauté et son argent lui permettaient d'avoir une cour autour de lui. Mais il n'avait pas d'amis.

Sur ordre de la capitaine, les enquêteurs essayèrent de reconstituer aussi précisément que possible l'emploi du temps du jeune homme durant la semaine qui avait précédé sa mort. Ils voulaient le situer afin de faciliter la tâche de l'équipe qui allait devoir rechercher les vidéos issues des caméras de surveillance sur lesquelles on pouvait le voir. Peut-être y trouverait-on un indice. Peut-être pourrait-on identifier un nouveau suspect.

Le soir même, sans se soucier de l'heure, Fleur organisa une séance de débriefing avec le major et Thibaut.

Ils n'étaient pas découragés, mais avaient un peu le vertige devant l'ampleur de la tâche qui les attendait.

Ils devaient convoquer trente-cinq personnes et enquêter sur eux. Fadettes, bornages de leurs téléphones, véhicules, le leur et ceux de leurs parents, personnalité de chacun d'entre-eux. Tout devrait être épluché.

– Il y a quand même un problème, déclara Fleur à la fin du débriefing.

– Un de plus vous voulez dire. Lequel, répliqua le major ?

– Au moment de sa mort, monsieur Groff était un fugitif. Il se savait recherché par la Police. Il n'a quand même pas envoyé un mail. à toute sa promotion pour indiquer l'endroit où il se cachait.

– Il s'est peut-être caché chez la mauvaise personne.

– Donc, il aurait été assez stupide pour se cacher chez un étudiant ou une étudiante qui avait de bonnes raisons de vouloir le trucider.

Thibaut, encore peu habitué à intervenir en réunion sans qu'on l'interroge, contrairement à Jasmine qui ne manquait jamais une occasion parler, avait piqué un fard en exposant aux autres son idée.

– Ou alors, et même plus probablement, son meurtrier n'a rien à voir avec l'I.U.T. ni les activités de séducteur de ce type.

– Si c'est le cas, après des heures d'interrogatoires, nous n'avons pas le plus petit début d'une piste.

Malgré cette observation décourageante, Fleur devait bien organiser le travail du lendemain.

– Bon, demain, on commence par envoyer une équipe faire le tour des domiciles de nos trente-cinq suspects, afin d'explorer chacun des quartiers où ils habitent pour tenter de dénicher l'Austin rouge que conduisait Kylian.

– Je sens que les heureux élus vont vous adorer.

– Je l'espère bien. Je leur offre au moins deux jours de promenade, sans rapport à taper, sauf s'ils trouvent la bagnole.

– Quant à nous, je suppose qu'on explore la vie de nos trente-cinq suspects avant de les convoquer.

– Oui, bien sûr. Et quand on les convoque, en plus des questions sur leurs démêlées avec la victime, on cherche à savoir s'ils ont aperçu notre séducteur avec n'importe qui d'extérieur à l'I.U.T.

La capitaine se tourna vers le major.

– Au fait, je n'ai pas eu le temps de me pencher sur le rapport toxicologique. Quelque chose de ce côté-là ?

– Du cannabis. Mais le contraire m'aurait étonné compte tenu de son profil.

– Donc, il faudra interroger la Police de Colmar pour savoir ce qu'on peut trouver du côté des dealers. Peut-être était-il lui-même revendeur. Un type comme lui n'a jamais assez d'argent.

– En bref, un bon mois de boulot. Et encore, si on est renforcés d'un ou deux types. Vivement qu'on ait innocenté Jasmine. Elle nous serait bien utile.

– Ménagez-la un peu quand elle reviendra. Je l'ai quand même bien secouée.

Le major lui adressa un grand sourire.

– Allons capitaine, vous me connaissez, je ménage toujours les jeunes que l'on me confie.

Thibaut, ostensiblement, se mit à regarder fixement le plafond. À vrai dire, lui et Jasmine en bavaient souvent avec le major. Mais ils le respectaient et ils apprenaient plus qu'ils ne l'avaient espéré en arrivant dans cette équipe.

Elle lui rendit son sourire.

– Justement major, je vous connais.

Il n'était pas loin de minuit quand ils se séparèrent, espérant tous qu'un élément allait surgir qui leur permettrait de ne pas devoir aller au bout du travail de Titan que Fleur venait de distribuer.

D'autant qu'il était probable que les parents de Kylian ne restent pas les bras croisés. Sous peu, les gendarmes seraient soumis à la pression d'une armée d'avocats et du parquet. Et ils pourraient se considérer heureux si leurs investigations n'étaient pas polluées par une horde de détectives privés.

Arrivée dans son petit appartement, Fleur eut envie de téléphoner à ses parents. La vision du couple Groff, les yeux rougis et les cheveux hirsutes, qui se serraient l'un contre l'autre en lui ouvrant la porte, l'obsédait.

Mais il était trois heures du matin sur l'île de la Réunion. Elle n'allait quand même pas les déranger à cette heure.

Elle avait du mal à s'endormir. Elle pensait à cette affaire.

Presque tous les témoignages décrivaient la victime comme un personnage peu sympathique. Mais la détresse de ses parents lui rappelait que ce n'était qu'un gosse. Certes, un peu pourri gâté. Mais seulement un gosse.

Il méritait une bonne sanction pour ce qu'il avait fait à Julia, mais pas ce qui lui était arrivé.

Elle devait trouver qui avait brisé sa jeune vie.

Elle finit par s'endormir en espérant que l'assassin ne serait pas un ou une autre gosse brisé par l'attitude de Kylian à son égard. En particulier, elle ne voulait pas que ce soit Julia. Cette gamine, qui ne se remettrait jamais complètement de l'agression qu'elle avait subie, l'avait touchée.

Et pas Jasmine. Surtout pas Jasmine.

Chapitre 4 : Sophie

On était au milieu de l'après-midi.

Sophie Katz avait du mal à retrouver son souffle. Elle venait de courir pendant près de trois quarts d'heure sur les chemins proches de sa maison de Labaroche.

En pleine forêt des Vosges, sa zone d'entraînement comprenait principalement des chemins étroits et pentus. Mais elle était une sportive accomplie. À plusieurs reprises, elle avait interrompu sa course pour effectuer des assouplissements ou des exercices de musculation. Elle était fière d'être capable d'entretenir un corps qu'elle jugeait parfait sans utiliser le moindre appareil. Elle courait en extérieur, utilisait des branches ou des pierres pour se muscler. Son seul luxe en matière de sport résidait dans des chaussures très haut de gamme qu'elle jugeait indispensables compte tenu de l'état des chemins qu'elle parcourait.

Pourtant, elle aurait eu les moyens de se payer une salle de sport digne des plus grands champions, et d'y ajouter une piscine olympique.

Elle aurait aussi pu caser tous les équipements dans son immense villa où elle vivait seule.

Elle ne manquait pas d'argent. Il venait principalement de ses parents, riches viticulteurs, qui la gâtaient. La villa, c'était le cadeau pour la réussite de ses études. L'argent venait aussi des quelques contrats mirobolants qu'elle avait pu signer une fois son diplôme de décoratrice d'intérieur en poche. Certes, elle était douée. Mais les relations de son père lui avaient permis d'engranger ses premières affaires et de se constituer, en à peine quatre ans, une solide réputation dans le milieu.

Elle resta quelques minutes à faire les cent pas devant chez elle, en attendant que son rythme cardiaque revienne à la normale et qu'elle cesse de suer. Elle ne voulait pas sortir de sous la douche aussi poisseuse qu'elle y serait entrée. Marcher dans son parc constituait un petit rituel qui terminait chaque séance de sport.

Tout en marchant, elle souriait en pensant à Kylian. Cet imbécile de cousin avait déboulé chez elle la veille au soir. C'est vrai qu'il s'était mis dans le pétrin.

Pour une fois, il avait laissé tomber son attitude de frimeur arrogant et semblait affolé.

Il avait raconté à sa cousine tout ce qui s'était passé en sortant du restaurant.

Elle n'avait pu s'empêcher de rire. Bien sûr, ce n'était pas la première fois que Kylian forçait la main à une fille qui hésitait à tomber dans son lit. Il s'en vantait même. Jusque-là, aucune n'avait osé se plaindre à qui que ce soit. Elles savaient qu'elles le paieraient cher et préféraient cacher leur honte.

Mais tomber sur une flique, c'était à mourir de rire.

– Mais, merde ! Elle a vu ma tête. Cette conne de Julia n'osera pas s'en prendre à moi. Mais cette flique.

– Tu t'inquiètes pour pas grand-chose. Tu sais bien que si quelqu'un ose s'en prendre à toi, les avocats de ton père n'en feront qu'une bouchée. Si ses chefs se soucient de cette gendarme, ils lui conseilleront de fermer sa gueule. À moins qu'elle ne veuille être mutée dans la gendarmerie la plus pourrie de France.

Kylian disait tout à Sophie. L'inverse n'était pas vrai.

Cela durait depuis six ans. À l'époque, elle avait vingt ans et lui quatorze. Avant, elle se comportait avec lui plutôt comme une grande sœur protectrice. C'était son « petit » cousin.

Mais elle avait remarqué que le regard du petit cousin avait changé. Ses hormones le travaillant, il ne la regardait plus de la même façon. Cela l'amusait.

Par jeu, elle l'allumait sans vergogne dès que leurs parents avaient le dos tourné. À force de jouer au jeu de la séduction, elle finit par l'initier à l'amour charnel.

Depuis, ils étaient proches, très proches. Cette expérience ne se transforma pas en idylle. Ils se comportaient comme des amis, des confidents, et prenaient plaisir à se retrouver. Parfois, sans qu'à leurs yeux cela prête à conséquence, sans que cela les empêche de mener, chacun de son côté, une vie sentimentale, ils couchaient ensemble. Elle lui avait même donné les clés de sa maison.

La veille au soir, Sophie avait donc, sans hésiter, accueilli son fugitif de cousin. L'Austin rouge avait été cachée dans le garage de la villa. Il comptait trois places et la jeune femme n'avait que deux voitures, un coupé sport BMW et un gros SUV de la même marque.

Malgré les paroles rassurantes de sa cousine, Kylian était inquiet. Compte tenu de l'ambiance du moment, qui n'était pas favorable à tous ceux qui se croyaient autorisés à forcer la main des femmes pour obtenir leurs faveurs, il n'était pas certain de pouvoir être protégé par son père.

Il n'était pas idiot. Il se doutait bien que la gendarme avait déjà fait son rapport. Même si Julia ne parlait pas, ce qu'il espérait, les flics n'auraient aucun mal à l'identifier. Quel idiot il avait été de gifler cette pétasse en pleine rue.

Il suffisait qu'une seule des relations de son père craigne d'être embarquée dans une sale affaire en le protégeant, que, pire encore, la presse s'en mêle, et il finirait devant la Justice, ce petit monde de fonctionnaires qui n'hésiterait pas à le mettre en prison, au moins pour quelques semaines.

Il ne se faisait aucune illusion sur le sort que réserveraient les autres détenus à un petit bourgeois comme lui.

Il voulait fuir, se cacher, au moins le temps d'être certain qu'il ne risquait pas la détention.

Alors que sa cousine continuait de rire et de se payer sa tête, il la suppliait de l'aider. Elle finit par renoncer à son petit jeu cruel.

– Ne t'inquiète pas, je vais t'aider. Tu te rappelles notre chalet de famille dans la Forêt Noire ? Il y a toujours plein de nourriture. Tu auras la télé et internet. Tu pourras passer au moins deux semaines sans sortir, le temps qu'on t'oublie, des fois que la presse allemande ait publié ta photo, ce qui m'étonnerait. Ensuite tu pourras faire des courses. Je vais te filer mille euros en liquide en plus des sept cents que tu as retirés. J'ai toujours une petite réserve de liquide chez moi. Dans un mois, on verra bien où en est cette affaire et on avisera.

– Et j'y vais comment ? Ils connaissent ma bagnole.

– Tu prends le SUV. Ta voiture reste planquée dans mon garage. Aucune raison que les flics la cherchent ici. Ils vont considérer l'affaire comme une simple tentative d'agression. Le genre d'enquête dont tout le monde se fout et qu'on confie à un jeune qui sort d'école.

Elle ne put s'empêcher de rire en poursuivant.

– Et tu n'as même pas réussi à la baiser. Tu vas simplement être inscrit sur la liste des personnes recherchées le temps que les avocats de mon brave tonton fassent leur boulot.

Kylian ne goûtait pas l'humour de la jeune femme, mais il avait besoin d'elle. Et le gosse, certes mal élevé, dont l'enfance n'était pas si lointaine que cela, avait besoin d'être apaisé et rassuré.

Il finit la nuit dans les bras de Sophie, sans que rien ne se passe entre eux. Pour la première fois de leur vie, ils étaient dans le même lit, serrés l'un contre l'autre, sans être nus.

Le lendemain, Kylian partit vers dix heures. Sophie, qui était maîtresse de ses horaires, n'avait pas mis de réveil et ils prirent leur temps pour leur petit-déjeuner.

Kylian était un peu apaisé. Plus le temps passait, plus il se convainquait que sa famille était intouchable.

Sophie, de son côté, n'était pas mécontente d'avoir pu jouer la grande sœur protectrice auprès de ce garçon auquel elle était attachée.

Elle pensait avoir tout organisé pour qu'il soit en sécurité. Et puis, même s'il ne devait en aucun cas rallumer son smartphone, elle pourrait avoir de ses nouvelles par internet.

Elle ne se doutait pas qu'il avait été suivi jusque chez elle. Il n'atteindrait jamais le chalet, ni même la frontière allemande.

Après son départ, elle avait travaillé quelques heures sur un gros projet de réfection d'un hôtel en Bavière. C'était le premier contrat qu'elle avait décroché sans l'aide de son père. Elle en était très fière. Elle rêvait du moment où elle n'aurait plus besoin de la générosité de ses parents pour continuer à vivre dans le luxe auquel elle était habituée.

Vers quinze heures, histoire de se détendre et de trouver l'inspiration, elle avait décidé de faire un footing.

À son retour, une fois son rythme cardiaque revenu à la normale, elle pénétra chez elle.

Elle monta dans sa chambre, s'assit quelques minutes sur son lit puis se dirigea vers la salle de bain.

Elle se déshabilla et jeta tous ses vêtements dans un bac qui serait vidé le lendemain par la femme de ménage.

Elle régla le débit et la température de l'eau avant de s'offrir à la douche à l'italienne installée à côté d'une immense baignoire. Elle aurait bien pris un bain, mais elle voulait travailler encore avant de dîner.

Elle passa plusieurs minutes à apprécier l'eau chaude qui coulait le long de son corps. Elle ne lésina pas sur le gel douche, malgré le prix astronomique que coûtait chacun des flacons.

En sortant de la douche, elle saisit un épais drap de bain et commença à se sécher le corps et, autant que possible, les cheveux. Elle n'avait pas l'intention de perdre du temps à sécher et à coiffer sa chevelure. De toute façon, elle n'attendait personne et avait l'intention de finir la journée en peignoir.

Elle se dirigea ensuite vers le lit sur lequel elle se laissa tomber sur le dos, les bras en croix. Elle ferma les yeux et se détendit quelques minutes.

Elle se leva et se dirigea de nouveau vers la salle de bain afin de prendre un peignoir suspendu à l'intérieur de celle-ci, près de la porte qui la séparait de la chambre.

Elle n'était qu'à un pas de la porte quand elle eut l'impression que quelque chose bougeait derrière elle.

Elle fit volte-face et se trouva devant un individu arborant un sweat-shirt dont la capuche était relevée, dissimulant en grande partie son visage.

Elle n'eut pas le temps de crier. De toute façon, cela n'aurait servi à rien. La maison était bien insonorisée et était isolée dans la forêt. Comme convenu, la femme de ménage ne viendrait que le lendemain. Sophie lui indiquait les jours où elle voulait se rendre à ses bureaux, dans le centre de Munster. Elle venait alors faire le ménage, la lessive et regarnir les placards et le réfrigérateur.

L'intrus propulsa avec force son poing dans l'estomac de la jeune femme qui, le souffle coupé, incapable d'émettre le moindre son, tomba à genoux.

L'homme procéda alors de la même manière qu'il allait le faire le lendemain avec une jeune cycliste qu'il voulait neutraliser après qu'elle l'ait surpris pendant qu'il déposait le corps de Kylian dans les vignes.

Il contourna tranquillement Sophie, se plaça derrière elle. Elle était à genoux, les deux bras serrés sur son ventre qui la faisait horriblement souffrir, le front posé sur l'épaisse moquette qui garnissait le sol.

Il la saisit sans ménagement par les cheveux, la forçant à se redresser et à se cambrer. Elle ne pouvait rien faire d'autre que d'offrir son cou à son bourreau.

Il passa un bras autour de son cou et serra aussi fort qu'il le put.

Sophie tenta bien, pendant quelques secondes, de se débattre. Mais le sang vint rapidement à manquer à son cerveau, le privant d'oxygène. Au bout de quelques instants, elle ne résistait plus.

Il continua de serrer pendant plusieurs minutes, jusqu'à ce que ses muscles commencent à lâcher prise.

Bien qu'essoufflé, il s'efforçait de respirer calmement pour ne pas postillonner autour de lui et laisser un indice qui pourrait le confondre.

Il finit par lâcher le cadavre de Sophie qui s'affala sur la moquette. Elle gisait sur le ventre, les bras le long du corps.

Il se recula puis s'assit sur le lit en contemplant son œuvre. Il resta assis jusqu'à ce que sa respiration soit revenue à la normale.

Elle ne bougeait plus, mais il voulait avoir une certitude.

Il s'agenouilla auprès de Sophie et prit son pouls au niveau d'un des poignets. Rien. Mais cela ne lui suffisait pas.

Il la saisit au niveau d'une épaule et de la hanche. Il la retourna d'un geste brusque.

Quand elle fut sur le dos, il prit de nouveau son pouls, mais au niveau de la veine jugulaire. Toujours rien.

Comme si cela ne lui suffisait toujours pas, il posa son oreille contre la poitrine de la jeune femme et essaya d'entendre des battements de cœur. Encore rien.

Satisfait, il se redressa et regarda autour de lui.

Il hésitait. Devait-il tout mettre en désordre et emporter quelques objets de valeur, pour faire croire à un cambriolage qui aurait mal tourné ? Mais il craignait de laisser des traces.

Il envisagea un moment de mettre le feu à la maison, pour être certain d'effacer tous les indices qu'il aurait pu laisser traîner derrière lui. Mais cette maison était faite de béton et de marbre. Ce n'était pas un chalet en bois. Et elle était si vaste que les meubles, pourtant imposants, étaient séparés de grandes distances. Rien ne disait que le feu se propagerait.

En plus, il avait aperçu plusieurs détecteurs de fumée. Leurs sirènes pourraient alerter des passants.

Finalement, il décida de tout laisser en place.

Contrairement à celui de ce fumier de Kylian, qui se comportait le plus souvent comme un mec puant, le meurtre de Sophie n'avait pas été facile.

Il ne voulait pas manipuler son cadavre comme il allait le faire avec sa première victime dont le corps se trouvait dans le coffre de sa voiture.

Il se dirigea vers la table de chevet qui flanquait l'immense lit, ouvrit le tiroir du haut et y déposa le trousseau de clés qu'il avait pris sur le corps de Kylian et qui lui avait permis d'entrer facilement dans la maison.

Si les enquêteurs avaient les moyens de compter les trousseaux existants, par exemple en interrogeant le serrurier qui les avait confectionnés, ils en déduiraient que la jeune femme avait ouvert de son propre chef. Sa nudité ferait porter les soupçons vers un de ses amants. Elle en avait sûrement. Un bon moyen de brouiller les pistes.

Sans ce trousseau de clés qui lui avait offert cette occasion inattendue, celle qui avait voulu protéger Kylian serait encore vivante.

Il allait partir quand, après une seconde d'hésitation, il se saisit du couvre-lit et en recouvrit sa victime.

Chapitre 5 : quel lien ?

Fleur et son équipe s'étaient lancés à corps perdu dans l'enquête. Et cette ardeur n'était pas liée uniquement à leur légendaire conscience professionnelle. Sans pouvoir l'afficher officiellement, tous voulaient innocenter Jasmine, entendre de nouveau son rire décomplexé, ses blagues à deux balles et la voir froncer les sourcils pour se concentrer avant de proposer une piste le plus souvent loufoque, mais pas toujours.

Elle leur manquait. Fleur et le major avaient même renoncé à l'ordre traditionnellement lancé en début de matinée, quand l'équipe au complet était au bureau.

– Les jeunes ! Café croissants ! Et que ça saute !

La tradition voulait que Thibaut et Jasmine se bousculent pour arriver en premier à la porte. Le premier sorti était en charge du café, moins coûteux que les croissants.

Fleur et le major voyaient en elle une excellente enquêtrice en devenir. Et tous appréciaient sa joie de vivre.

La section de recherches s'était vue confier, en plus de l'enquête sur la mort de Kylian Groff, celle concernant une jeune femme retrouvée par la femme de ménage, nue et étranglée à son domicile, à peu près au moment de la découverte du corps de Kylian. L'assassin l'avait couverte avant de s'enfuir. Rien n'avait été volé. Il n'y avait pas eu effraction.

Tout pointait vers un crime passionnel. Il suffisait de trouver son amant et l'affaire serait close.

C'est du moins ce que pensait le capitaine Rigaud, en charge du dossier. Nouvellement affecté à son poste, le colonel lui avait confié cette affaire qui semblait simple, afin qu'il se fasse les dents.

Fleur et son équipe consacrèrent les trois jours qui suivirent la découverte du corps de Kylian à interroger son entourage et les étudiants et professeurs de l'I.U.T. de Droit de Colmar.

Selon le regard qu'on portait aux témoignages recueillis, on pouvait estimer qu'il y avait trop de suspects ou aucun.

Trop parce que Kylian s'était comporté comme un vrai salaud avec beaucoup d'étudiants. En particulier des filles qui toutes avaient pu, pour venger une humiliation subie, se faire aider ou avaient pu déléguer le meurtre à un frère, un père ou un amoureux.

Le fait qu'une des victimes du jeune homme ait un alibi ne comptait pas si on envisageait l'existence d'un complice inconnu.

Il fallut renforcer l'équipe pour interroger des pères, des frères et, quand on réussissait à les identifier, des petits copains. Il fallut ensuite vérifier les alibis.

Faute de résultats, on étendit les recherches au lycée privé où il avait préparé son baccalauréat. Là encore, il n'avait pas laissé un souvenir impérissable.

Au bout du troisième jour d'enquête, après le débriefing de fin de journée, Fleur se demandait comment les parents de Kylian avaient pu ignorer sa manière d'agir et continuer de lui verser un argent de poche dont le montant frisait l'indécence sans rien exiger en retour.

Au-delà de l'éducation ratée, sans en avoir conscience, ils portaient une lourde responsabilité dans les souffrances que Kylian avait infligées à d'autres et, sans doute, dans sa mort prématurée. Si procès il y avait, tout cela serait déballé au grand jour et ils en sortiraient détruits à jamais.

Fleur n’était pas découragée. Son équipe devait interroger encore de nombreux témoins. Des investigations étaient lancées dans de multiples directions. Tout cela avait de bonnes chances de déboucher un jour sur un résultat. D’autant que, plus les interrogatoires s’accumulaient, plus il paraissait évident que la haine que suscitait Kylian Groff était probablement à l’origine de son meurtre. Une de ses victimes s’était vengée.

D’un autre point de vue, on pouvait estimer qu’il n’y avait aucun vrai suspect. Un grand nombre de personnes interrogées avaient des raisons d’en vouloir à Kylian, mais bien peu au point de manigancer un assassinat aussi sophistiqué. L’agresser le soir, au moment où il rentrait chez lui, okay. Mais décider ensuite de le déposer dans les vignes ? Et puis l’absence d’alibis de certains n’en faisait pas des coupables.

En parallèle, on creusait la piste du seul indice matériel dont disposaient les enquêteurs, des traces de pneus trouvées là où le corps avait été déposé.

L’expertise avait montré qu’il s’agissait de pneus bon marché, vendus dans une de ces grandes chaînes de garages dont on trouve des établissements dans presque toutes les zones commerciales de France.

Ces pneus étaient communs et des milliers de véhicules en étaient équipés.

Rien que dans la masse des personnes interrogées, en y ajoutant leurs familles proches et leurs amoureux connus, une bonne vingtaine de personnes en avait équipé leur véhicule.

Concernant l’endroit où le corps avait été déposé, on estimait que l’objectif était de retarder sa découverte.

Tous ceux qui avaient des connaissances en viticulture savaient bien qu'à la date du crime, une parcelle ainsi plantée ne nécessite pas de travaux avant au moins trois mois.

L'assassin pouvait donc faire partie du milieu de la viticulture ... ou il avait passé un peu de temps sur internet pour se renseigner.

En fin d'après-midi, quatre jours après la mort de Kylian, Fleur fut surprise de trouver le capitaine Rigaud qui l'attendait devant son bureau, alors qu'elle rentrait d'une longue journée d'enquête qui n'avait débouché sur rien, à part la récolte d'une multitude d'éléments qu'il allait falloir compiler. Il était tard.

Il avait l'air gêné.

– Fleur. Je peux te parler ?

– Bien sûr, entre, lui répondit-elle en ouvrant la porte de son bureau.

Le capitaine était connu pour être un peu timide. Elle voulut le mettre à l'aise.

– Alors, tu as trouvé l'amant de cette femme ?

– Eh bien, c'est de cela que je veux te parler. C'est sûrement plus compliqué qu'on ne le croyait tous. Et je crois que j'ai fait une connerie. Et ma connerie te concerne.

La gendarme le regardait d'un air interrogateur.

Pendant ce temps-là, le major Heitz et Thibaut, qui accompagnaient Fleur, s'étaient discrètement éloignés, ne souhaitant pas être les témoins d'un incident entre deux officiers.

– Que se passe-t-il Julien ? Raconte.

– Quand j'ai interrogé l'entourage de la victime, un témoin, son voisin le plus proche, m'a indiqué qu'elle avait un train de vie luxueux. Ce n'était pas un scoop compte tenu de la baraque où on l'a trouvée.

– Et alors ? En quoi cela concerne-t-il mon enquête ?

– Pour appuyer son propos, il m'a précisé qu'elle avait deux voitures. Comme il y en avait deux dans son garage, je n'ai pas poussé plus loin.

– Excuse-moi de le redire, mais, et alors ?

– Ce matin, un de ses amis m'a lui aussi parlé de deux véhicules, mais en précisant : « deux BMW ».

Cette fois-ci, il ne laissa pas le temps à Fleur le temps de lui refaire le coup du « Et alors ».

– Dans le garage, il y a une BMW et une Austin rouge.

Fleur comprit instantanément la signification de cette découverte.

– Tu veux dire que ...

– Oui. J'ai vérifié le numéro minéralogique des deux voitures. L'Austin rouge est immatriculée au nom de Kylian Groff. Et il y a autre chose.

Le regard que lui lança Fleur était plein de reproches.

– J'ai appelé un des frères de la victime, Jérôme, celui qui m'a semblé mieux encaisser la mort de sa sœur que le reste de sa famille.

– Et je suppose que tu as un autre scoop que j'aurai pu connaître deux ou trois jours plus tôt si tu avais tout vérifié.

Le malheureux avait un air de plus en plus abattu.

– Sophie Katz était la cousine de Kylian.

Fleur prit un air accablé.

– En résumé, moi et mon équipe, nous bossons comme des malades depuis quatre jours sur une hypothèse qui a toutes les chances d'être foireuse. Bon, qui va avertir le colonel ?

Elle eut pitié de son jeune collègue qui, à peine arrivé à la section de recherches, venait de se prendre les pieds dans le tapis.

– Okay. Je m'y colle.

Le colonel avait l'habitude de rester tard. Fleur put aller lui rendre compte de la situation. Il n'apprécia pas du tout la boulette du capitaine Rigaud. D'autant qu'il allait devoir, dès le lendemain matin, prévenir le Procureur.

Fleur tenta de défendre son collègue.

– Mon colonel, on aurait tous pu faire la bourde. Une chance qu'un deuxième témoin ait parlé des deux BMW et que Rigaud se soit souvenu des voitures qu'il avait vues dans le garage. Une chance aussi que Kylian Groff n'ait pas eu, lui aussi, une BMW.

– Une chance surtout, que la presse n'ait pas fait le rapprochement pour le lien de parenté qui lie les deux victimes. Ces gens sont bourrés de fric, mais appartiennent à une famille de merde. Concernant les parents, leurs enfants ont été assassinés et aucun n'a pris la peine de l'annoncer à l'autre. Qu'ils n'aient pas lu le journal, vu les circonstances, je veux bien. Mais en général, quand une telle tragédie se produit, l'info circule dans la famille. Au fait, les deux victimes étaient proches, ou des cousins éloignés ?

– Je ne sais pas, Rigaud s'est aperçu de sa bourde dans l'après-midi, et moi je le sais depuis cinq minutes. Nous n'avons pas eu le temps de creuser cet aspect. Mais au moins, nous savons que Kylian Groff et Sophie Katz étaient proches. C'est chez elle qu'il s'est réfugié après avoir été mis en fuite par Jasmine.

– Capitaine, vous pensez qu'on a plus affaire à un crime familial qu'à une vengeance contre un petit con qui piétinait les autres sans vergogne ?

– C'est possible, mais ce n'est pas certain. Il s'est réfugié chez mademoiselle Katz. Quelqu'un qui connaissait leurs relations et lui en voulait a pu le retrouver là-bas et le tuer. Il élimine ensuite la femme pour ne pas laisser de témoins derrière. Elle était nue, mais n'a pas subi de violences sexuelles. Son corps a été recouvert, comme si l'assassin la respectait. Le corps de monsieur Groff a été traité comme un vulgaire sac à patates.

Après un moment, elle ajouta :

– Mais ce raisonnement se tient aussi pour un membre de la famille.

– Ou alors, ce n'était pas monsieur Groff qui était visé, mais mademoiselle Katz. Il était au mauvais endroit, au mauvais moment.

– C'est possible, mais ce serait une sacrée coïncidence. Décidément, ce n'était pas la journée pour Kylian Groff. Une gendarme interrompt ses manœuvres pour se payer une de ses copines et il se réfugie chez une cousine où il sera assassiné. Vraiment pas de chance.

– Donc, capitaine, on a plusieurs hypothèses. On en voulait à monsieur Groff à cause de son attitude et mademoiselle Katz était au mauvais endroit. Ou c'est l'inverse. Ou la raison des meurtres est familiale. Ou alors il existe un mobile qui n'a rien à voir avec tout cela et que nous n'imaginons même pas.

Fleur aimait bien ces séances ou chacun exprimait librement ses idées. Elle aurait bien fait entrer le major et Thibaut, et même son collègue Rigaud, mais le colonel ne le proposa pas. Pour une fois, il pouvait délaisser ses tâches de gestion et de relations avec les magistrats ou sa hiérarchie pour se replonger dans une enquête.

– Il va falloir savoir si les deux étaient visés ou si le meurtre d'un des deux a eu pour conséquence l'assassinat de l'autre. Une dernière hypothèse existe, mais qui serait vraiment extraordinaire. Et si les deux meurtres n'avaient rien à voir entre eux. C'est vrai, l'un a été assommé, l'autre étranglée. L'un est resté habillé, l'autre était nue. Un des corps a été déplacé et on a tenté de le dissimuler dans les vignes, au moins pour quelques semaines. Le corps de la femme est resté sur place, chez elle. Alors, deux meurtres indépendants ? Ou cherche-t-on deux complices dont les modes opératoires divergent ?

– Mon colonel, vous avez raison et on a du pain sur la planche. En plus, il y a un truc qui m'ennuie dans ces hypothèses.

– Lequel ?

– Si on admet qu'on est dans le cadre d'une querelle de famille ou, pire pour nous, dans celui d'une vendetta entre deux familles, pourquoi le ou les assassins s'arrêteraient-ils à ces deux meurtres ? La liste peut être bien plus longue et il peut y avoir une riposte à l'encontre de l'autre famille. J'espère que nous n'allons pas devoir mettre la moitié du département sous protection.

– De toute façon, capitaine, je n'aurai pas les effectifs nécessaires.

Le colonel se gratta la tête.

– Bon, vous connaissez bien un des deux dossiers et vous commencez à avoir une bonne expérience. Et puis on vient de voir que Rigaud a besoin de prendre de la bouteille. À ce sujet, vous lui rappellerez que, grâce à lui, je vais passer pour un con devant le Procureur, demain matin.

La capitaine Duchemin savait que son chef prendrait tout sur lui et ne jetterait pas un de ses subordonnés en pâture au Procureur ou à ses propres chefs.

Le colonel poursuivit.

– Vous prenez la direction des deux affaires. Rigaud et son équipe passent sous vos ordres. Demain, je vous trouve trois ou quatre personnes pour vous renforcer. Je suppose que vous savez que vous allez travailler sous la pression. Quand la presse saura que deux jeunes de la même famille de notables ont été assassinés, l'affaire va faire les gros titres. Les politiques s'en mêleront. Il est possible que je sois obligé de vous faire superviser par un officier supérieur. En attendant, avancez autant que possible.

Fleur, en entendant ce témoignage de la confiance que mettait en elle son chef, sentit le rouge lui monter aux joues.

– En attendant, moi, j'ai gagné le droit de passer une bonne partie de la nuit à rédiger un rapport qui expliquera de manière claire et concise l'évolution de l'affaire. Pour le côté clair, je ne me fais pas de souci. Mais pour la concision, ce sera bougrement plus difficile.

En voyant l'air découragé de son chef, Fleur se dit que, finalement, elle n'était pas si pressée que cela de devenir colonelle.

Sans attendre qu'elle sorte, le colonel s'empara de feuilles de brouillon pour commencer à rédiger la trame de son intervention auprès du Procureur.

Fleur ne bougeait pas.

Le colonel leva la tête et lui fit un grand sourire.

– Je le savais. Je viens de vous donner la main. Vous allez me demander le bras. Et ensuite, ce sera ma voiture et probablement, plus tard, ma maison de campagne. Allez-y, mais faites vite. Comme cela je refuse tout de suite et, comme je suis colonel et vous capitaine, vous obéissez et vous me laissez travailler.

– Mon colonel, une des hypothèses est une vendetta ou un conflit intrafamilial. Tous nos interlocuteurs dans les familles des victimes, à part, a priori, un des frères de Sophie Katz, sont des gens abattus par le chagrin. Difficile d'être certains qu'ils vont être capables de nous décrire leur famille proche et éloignée sans omettre personne. Et puis s'il y a de vieilles rancœurs refoulées, ils peuvent même nous cacher des informations.

– Et en quoi puis-je vous aider ?

– Je voudrais consulter un généalogiste. Il pourra me donner les identités de tous les cousins, cousines, frères, sœurs, oncles, parents, etc. ...

– Et vous avez une idée de combien cela va coûter à la section ? Je fais couper tout de suite le chauffage pour vous être agréable et je vends les meubles ?

– J'espère que vous n'en arriverez pas là, mais cela m'aiderait beaucoup.

– Bon, vous venez avec au moins un devis et on en discute.

Fleur savait qu'elle avait gagné. Quel que soit le prix, elle saurait convaincre son chef quand elle aurait un devis. Elle n'avait aucun doute. Le colonel se replongea dans la rédaction de son rapport.

Fleur ne bougeait toujours pas.

– Vous avez vraiment décidé de me gâcher la nuit ?

– Mon colonel, vu la multitude pistes, est-il toujours indispensable de consigner Jasmine ?

Il réfléchit un instant.

– Si elle est mêlée à cette affaire, je ne pense pas qu'elle ait voulu tuer mademoiselle Katz. Mais je vous rappelle que parmi la multitude d'hypothèses plus ou moins probables que nous avons évoquées, il y a celle selon laquelle le meurtre de la femme n'est qu'une conséquence malheureuse de celui du garçon. Il y a aussi celle, moins probable, selon laquelle les deux affaires ne sont pas liées. Et Jasmine et mademoiselle Despentes forment un binôme qui aurait très bien pu tuer ces deux personnes.

– Mais on ne va pas enfermer tout le monde. Et pour l'instant, on le fait « à la bonne franquette », si j'ose dire. Mais il faudra bien officialiser la situation et on sera obligé de demander une mesure d'éloignement par voie de justice. Je voudrais lui éviter cela.

– Vous avez raison de parler d'éloignement. Le mieux, c'est qu'elle s'éloigne. Une bonne semaine de permission dans son cher Marseille lui fera le plus grand bien. Je l'envie déjà de pouvoir se balader le long de la Grande Bleue. Et vous, vous aurez une semaine pour l'innocenter totalement. Voilà, l'affaire est réglée. Maintenant, laissez-moi travailler.

Elle n'osa pas insister. Elle n'avait pas obtenu exactement ce qu'elle voulait. Mais, au moins pendant quelques jours, Jasmine était protégée d'une mesure de contrainte judiciaire qu'elle aurait eu du mal à supporter.

Elle sortit du bureau de son chef. Les autres l'attendaient.

– Bon, Julien, j'ai deux bonnes et une mauvaise nouvelles.

Elle n'attendit pas la réaction de l'intéressé.

– Première bonne nouvelle, le chef n'était pas trop en colère pour le retard dans les vérifications, même s'il va passer la nuit à préparer la présentation de l'affaire au Proc. Deuxième bonne nouvelle, tu restes sur l'affaire.

– Et la mauvaise.

– Les deux affaires sont jointes, nos équipes sont fusionnées et nous serons renforcés.

Elle hésita à poursuivre, ne sachant pas comment allait réagir son camarade.

– Je prends la direction de l'enquête.

– En clair, je passe sous tes ordres répondit le capitaine Rigaud, l'air dépité.

– Oui, mais rassure-toi. Tu comprends bien que l'affaire va sûrement prendre un tour médiatique et politique. J'ai bien été prévenue du fait qu'un officier supérieur sera bientôt désigné pour nous superviser.

Le jeune collègue de Fleur n'eut d'autre choix que de faire contre mauvaise fortune bon cœur.

Malgré l'heure tardive, Fleur consacra une bonne heure à exposer les réflexions qu'elle avait pu avoir avec le colonel.

Elle termina par un point sensible.

– Bon. Je ne vous cache pas que, dans l'hypothèse d'une vendetta ou d'un conflit familial qui a dérapé, nous ne pourrons pas faire confiance aux déclarations des membres des familles de nos deux victimes. Ils ne vont pas nous avouer d'emblée leurs turpitudes et leurs rancœurs minables. Ils risquent aussi, de bonne foi ou non, d'oublier de nous signaler tous les membres de la famille, qui, apparemment, n'est pas très unie.

– En clair, nous allons devoir nous débrouiller pour les trouver, en plus de la palanquée de témoins que toutes vos hypothèses vont nous conduire à interroger, ajouta le major.

Il se tourna vers le jeune Thibaut.

– Mon garçon. Tout le monde sait bien que je ménage mes subordonnés, même si de méchantes langues prétendent le contraire, ajouta-t-il en regardant sa cheffe. C'est donc juste un petit conseil que je vais te donner.

– C'est vrai major. Quand je rentre épuisé au milieu de la nuit, ce qui ne m'arrive que quelques fois par semaine, c'est parce que j'ai mal organisé mon travail. Quel conseil ?

Le jeune homme souriait.

– Oh, c'est très simple. Tant qu'on n'a pas trouvé le ou les assassins, tu ne regardes pas ton agenda. Tous tes rendez-vous sont annulés.

Fleur mit fin à cet intermède en reprenant la parole.

– En fait, major, j'ai demandé au colonel l'autorisation de faire appel à un généalogiste. Il ne m'a pas donné son accord formel, mais il attend le devis. Problème, je ne connais aucun généalogiste. D'autant qu'il m'en faut un qui travaille vite, et même très vite. On n'est pas dans une affaire de succession qui demande dix ans avant d'aboutir. Quelqu'un a une idée à ce sujet ?

Sans même attendre que Rigaud et Thibaut secouent la tête en signe de dénégation, elle se tourna vers le major.

Elle ne savait pas trop si c'était à cause de sa personnalité qui inspirait confiance et attirait l'amitié, ou de son implantation dans cette Alsace qu'il chérissait ou encore de son ancienneté dans le métier de gendarme, mais elle avait l'impression que le major Heitz connaissait tout le monde dans la région. Ou plutôt, en général, il ne connaissait pas directement la personne utile à l'enquête, mais il connaissait quelqu'un qui connaissait cette personne.

Et cela ne manqua pas.

– Je ne connais pas de généalogiste, mais je connais un notaire qui en connaît sans doute plusieurs. Je l'appelle demain matin.

– Okay. Merci. Il est tard. On se retrouve demain matin et on organise le boulot de nos équipes. Bonne nuit. Du moins pour ce qu'il en reste.

– Tout le monde se leva, mais le jeune gendarme auxiliaire hésitait à partir.

– Quelque chose Thibaut ?

– Capitaine, et Jasmine ? Vous ne pensez quand même pas qu'elle a pu assassiner quelqu'un ? Cela m'embête de la savoir toute seule, à tourner rond dans sa chambre.

– Thibaut, je lui fais confiance. Mais on ne peut pas la réintégrer dans les équipes. On ne peut pas non plus lui interdire de sortir sans qu'elle ait été sanctionnée ou qu'elle ait fait l'objet d'une mesure judiciaire. Le colonel est d'accord avec moi pour essayer de lui éviter cela.

– Alors, qu'est-ce qu'elle devient ?

– Elle ne le sait pas encore, mais elle part en permission chez ses parents pour au moins une semaine.

– Je pourrais la voir avant qu'elle ne parte ?

Fleur hésita.

– Pas tout seul avec elle. Vous êtes trop proches et tu participes à l'enquête. Demain, après avoir briefé tout le monde, j'irai la voir pour lui annoncer son départ. Tu m'accompagneras. Mais tu ne seras jamais seul avec elle et je t'interdis de prononcer un mot sur l'affaire. On est bien d'accord ?

Après l'assentiment du jeune homme, ils se séparèrent.

Arrivée chez elle, Fleur se demanda comment elle réagirait si, comme sa jeune collègue, elle devait rester enfermée dans son petit appartement, sans voir personne. À la réflexion, rester chez elle ne lui pèserait pas, elle s'y sentait bien. Ne pas faire de footing serait difficile à supporter. Mais le pire et de loin, serait d'être écartée d'une enquête qui la concernait.

Ne rien pouvoir faire devait être un calvaire pour Jasmine. Elle espérait que ses parents et ses copines pourraient lui changer les idées.

Le lendemain matin, Fleur et Rigaud passèrent une heure à organiser le travail de leurs équipes qui avaient été renforcées de quatre personnes.

Ce n'était pas un luxe, d'autant qu'elle devait en détourner deux pour assurer la synthèse des rapports qui s'accumuleraient tous les soirs sur sa messagerie.

Comme ils s'y attendaient, le major Heitz et Thibaut se virent confier cette tâche. Elle avait confiance en eux. Le major ne louperait pas un détail et Thibaut était capable de classer et de compiler une masse de documents en peu de temps.

Comme promis, elle embarqua ensuite Thibaut pour annoncer à Jasmine qu'on lui imposait de prendre des permissions.

Après avoir ouvert sa porte, la jeune femme gratifia la capitaine d'un impeccable garde-à-vous, pour la saluer, puis sauta au cou de Thibaut.

– Cela me fait du bien de te revoir. Euh, vous aussi capitaine, mais lui, c'est un copain, vous comprenez ?

Fleur comprenait aussi qu'à trente ans à peine, aux yeux des deux jeunes gens, elle était une « vieille ». Et elle était leur cheffe.

Jasmine était vêtue d'un survêtement aux armes de l'école de Gendarmerie où elle avait reçu sa formation initiale. Elle était coiffée et la chambre était rangée. Au moins, pensa Fleur, elle ne se laisse pas aller.

Elle avait l'air fatiguée.

– Je ne fais rien qui m'épuise pendant la journée alors, la nuit, je ne dors pas. Vous avez avancé ?

– Tu as accès aux infos par internet. Tu verras bientôt que c'est plus compliqué que ce qu'on pensait. Mais cela ne t'innocente pas.

– Le juge d'instruction peut me mettre en taule alors. Charmante perspective.

– Je ne te cache pas que, même si c'est improbable, cela reste une possibilité.

– Donc, c'est soit la prison soit rester enfermée dans ma chambre ?

– En fait, le colonel a eu une idée pour t'éviter non seulement la taule, mais aussi une mesure judiciaire d'éloignement des témoins, comme Julia Despentes, et de la Gendarmerie. Et je suis d'accord avec lui. Dès que tu as fait tes bagages, tu pars en permission une semaine chez tes parents.

– Une semaine ? Et après je retourne au taf ?

– Tu retournes au « taf », comme tu dis, dès qu'on a pu t'innocenter complètement, ce qui sera difficile à faire sans trouver le véritable assassin. À dire vrai, considère plutôt que c'est une semaine « pour commencer ».

– Et si cela dure ? Je n'ai pas des tonnes de permissions à prendre.

– Je crois que ma réponse ne va pas te faire plaisir. Le colonel te fera détacher provisoirement dans une brigade de Gendarmerie. Tu nous diras quelle région tu préfères, tant que ce n'est pas l'est de la France.

Jasmine ne protesta pas. La situation lui pesait, mais elle la comprenait.

– Au fait, j'allais oublier.

Fleur sortit de sa poche le smartphone de Jasmine et le lui tendit.

– Les techniciens ont copié tout ce qu'il y a dedans.

Et, voyant que la jeune femme était devenue rouge comme une pivoine.

– J'ai confié au major le soin de les étudier. Je n'en ai pas pris connaissance. Tout ce que je peux dire, c'est que rien ne t'incrimine dans cet appareil. Dès que tu connais l'heure de ton train, tu préviens le major qui organisera ton transport à la gare.

Elle s'apprêtait à prendre congé quand Thibaut prit sa meilleure amie dans ses bras.

– Je n'ai pas le droit de te parler, mais je te jure que je pense à toi tout le temps.

Quelques minutes plus tard, le duo était de retour au bureau. La rencontre avec Jasmine et les efforts de cette dernière pour camoufler, sans succès, la déception qu'elle ressentait d'être écartée d'un travail qu'elle aimait leur avait un peu cassé le moral, mais ils avaient du pain sur la planche. Au moins cela leur changerait-il les idées.

Thibaut se lança immédiatement dans le travail en exploitant les rapports qui avaient été rédigés pendant la première partie des enquêtes sur les deux meurtres, alors que le lien entre elles n'avait pas encore été fait.

Fleur s'était réservé les interrogatoires de la famille des deux victimes. En attendant la généalogiste, elle commença à dresser la liste des personnes connues.

Le major s'était absenté. Il revint une quinzaine de minutes après le retour de Fleur. Il arborait un grand sourire.

– Capitaine. Je suis allé prendre un café chez le notaire dont je vous ai parlé hier soir. Je lui ai expliqué notre problème. Il m'a recommandé une généalogiste avec qui il bosse souvent. Elle doit venir ici dans une heure. Je lui ai bien expliqué que, à ce stade, nous ne voulions qu'un devis. Mais elle a quand même insisté pour venir. J'ai pensé que cela vous éviterait de perdre du temps dans une bagnole.

Fleur était satisfaite. Le major et son gigantesque carnet d'adresses l'avaient si souvent aidée qu'elle finissait par trouver cela normal. Quand elle s'en rendait compte, elle se sermonnait et se jurait de ne pas oublier qu'elle devait une fière chandelle au colonel qui, alors qu'elle était nouvellement arrivée, avait mis ce type exceptionnel dans son équipe.

Elle craignait parfois que ce ne soit qu'un coup de pouce donné aux nouveaux et que le major se retrouve bientôt sous les ordres de Rigaud.

Pour l'instant, cela ne risquait pas d'arriver, elle chapeautait les deux.

En attendant, la généalogiste, elle fit le point sur les membres des familles des victimes qu'elle connaissait.

Pas grand monde à vrai dire.

Kylian était fils unique. Ses parents étaient tous deux vivants.

Sophie avait deux frères. Adrien et Jérôme.

D'après Rigaud, ce dernier ne semblait pas particulièrement ému par la mort de sa sœur. Il le soupçonnait même d'y voir l'occasion de réduire à deux le nombre des héritiers de la grande fortune de ses parents. En attendant leur mort, si Sophie n'avait pas fait de testament, ce qui est le cas général à son âge, il allait sans doute hériter d'une partie des biens de sa sœur.

Les deux parents de Sophie étaient vivants. Le capitaine Rigaud les avait rencontrés. Pour lui, il était évident qu'ils auraient préféré perdre un de leurs fils, ou même les deux, plutôt que la petite dernière qu'ils adulaient. Ils avaient aidé tous leurs enfants à se lancer dans la vie. Mais les garçons avaient dû se payer eux-mêmes leurs maisons et se faire une carrière. On pouvait aussi imaginer que la part réservataire des parents serait pour Sophie. Il faudrait rechercher et consulter leur testament.

Tout était en place pour que la jalousie ronge la fratrie Katz.

En dehors de cela, Fleur ne connaissait rien à cette famille.

Comme elle avait déjà six personnes à interroger, les parents des deux victimes et les frères de Sophie Katz, elle décida de ne lancer personne sur les recherches dans l'état civil et d'attendre de voir si la généalogiste ferait du bon boulot.

– Bonjouuuur tout le monde !

Comme l'ensemble de ses collègues, le hurlement strident fit sursauter Fleur.

Tous les regards se tournèrent vers l'entrée des bureaux.

Une femme d'environ un mètre cinquante, aussi large que haute, adressait un charmant sourire à l'assemblée. Ses cheveux d'un roux éclatant encadraient un visage à la peau tellement claire qu'elle semblait transparente. Cette peau était presque à moitié recouverte de taches de rousseur de toutes tailles. Sa blancheur était soulignée par l'intensité du rouge avec lequel elle avait maquillé ses lèvres.

Sa vue faisait immédiatement penser à l'Écosse. D'autant qu'elle était vêtue d'un pantalon et d'une veste à carreau, en laine épaisse. Mais son accent était indubitablement alsacien.

Elle se planta devant le gendarme le plus proche d'elle et lui tendit la main.

– Anne Schweer, généalogiste. C'est avec vous que je vais travailler ?

Le gendarme, un adjudant qui s'évertuait depuis le début de la matinée de décrire par écrit une escroquerie à la carte bancaire dont étaient victimes des personnes âgées de la région fut heureux de pouvoir tendre le bras vers le bureau de Fleur.

– Bonjour Madame.

Hypocrite, il crut bon de préciser, provoquant l'hilarité de ses collègues.

– Malheureusement, nous ne travaillerons pas ensemble, chère madame. Je crois que votre interlocutrice sera la capitaine Duchemin que vous trouverez dans ce bureau.

– Merci bien monsieur. Tenez, voici ma carte. On ne sait jamais, vous pouvez éprouver le besoin de mieux connaître votre famille. C'est important de bien connaître sa famille.

Elle se dirigea vers le bureau de la capitaine de Gendarmerie qui se demandait si, pour une fois, le major ne s'était pas fourvoyé.

Elle s'efforça néanmoins d'être aimable quand la femme, le sourire toujours vissé aux lèvres, lui tendit sa carte et se présenta à nouveau.

Elle la fit asseoir.

– Je vous demande une minute. Je vais chercher un collègue avec qui nous travaillerons en étroite collaboration.

Elle sortit de son bureau, s'approcha rapidement du poste de travail du major Heitz.

– Heuuuh. Dites, major, c'est un généalogiste dont j'ai besoin, pas d'une clown.

Il lui répondit en souriant.

– C'est vrai, Jean-Louis, le notaire, m'a prévenu qu'elle est un peu particulière. Mais il m'a assuré que c'est une des meilleures dans sa branche. Et je lui fais confiance.

Fleur lui répondit par une moue dubitative, avant d'aller chercher le capitaine Rigaud. Elle préférait être à deux pour affronter cette femme. Et c'était aussi une manière de faire accepter à Rigaud le fait d'avoir été placé sous ses ordres.

Ils eurent à peine le temps de s'installer face à la femme, qu'elle tendit sa carte au capitaine Rigaud.

– On m'a prévenue que vous aviez besoin d'une généalogiste. Vous ne pouvez pas mieux tomber. Je suis sans doute la meilleure de tout l'est de la France. Et peut-être même de la France.

Fleur était vraiment inquiète. La femme avait l'air de vouloir justifier à l'avance des honoraires astronomiques, que le colonel refuserait de payer.

– Et on m'a dit que c'était pour une affaire criminelle. C'est passionnant. Je n'ai travaillé qu'une fois sur une affaire criminelle. C'était il y a dix ans, à Nancy. Mais c'était pour un « cold case » comme on dit maintenant. Tous les acteurs du crime étaient morts. En particulier la victime. Mais ça, vous vous en doutiez, je pense. Un crime horrible d'ailleurs. Une vieille dame noyée dans sa baignoire. Vous vous rendez compte. Enfin, là n'est pas le sujet. Je disais donc que tous les acteurs du crime étaient morts, mais le petit fils de l'assassin, guillotiné depuis longtemps, voulait faire innocenter son grand-père ...

Fleur et le capitaine Rigaud guettaient le moment où elle reprendrait sa respiration. Elle semblait avoir une capacité pulmonaire hors du commun. Le besoin en oxygène finit par avoir raison, pour une petite seconde, du flot de paroles. Fleur ne laissa pas passer sa chance.

– Madame Schweer, s'il vous plaît. Nous avons un besoin urgent de vos lumières. Pourrions-nous vous exposer notre problème ?

La généalogiste prit la mine d'une petite fille qu'on gronde.

– Je suis désolée. Je sais. Je suis bavarde. Mais j'aimerais quand même vous raconter un jour cette histoire de vieille dame assassinée ? Vous verrez. Elle est passionnante.

Les deux officiers crurent que son besoin irrépressible de parler allait reprendre le dessus. Mais, à leur grande surprise, la femme se composa un visage sérieux et attendit que ses interlocuteurs lui exposent leurs besoins.

– Tout d'abord, madame, nous sommes dans l'administration et nous avons besoin d'un devis qui soit approuvé.

– Quand vous m'aurez expliqué de quoi il retourne, je pourrai faire un devis. Pour la Gendarmerie, il sera au minimum.

Elle se redressa et planta un regard empli de fierté dans les yeux de Fleur.

– Ce sera ma contribution à la Justice de mon pays.

Après avoir eu beaucoup de mal à ne pas sourire, la capitaine lui expliqua la situation.

La femme se dandinait sur son siège et semblait au comble de l'excitation.

– Deux morts ! Et récents en plus. Et avec un peu de chance, vous résoudrez l'énigme grâce à moi.

– Je ne veux pas doucher votre enthousiasme, mais le meurtre familial n'est qu'une de nos hypothèses.

Elle était plus lucide qu'il n'y paraissait.

– Allez capitaine, laissez-moi rêver. Vous verrez, cela ne perturbera pas mon travail.

– Ce qui m'intéresse en premier chef, c'est le lien de parenté exact qui existe entre les deux victimes et, ensuite, la liste complète de la famille. On me dit qu'ils étaient cousins, mais c'est vague.

– Capitaine, cela veut dire qu'ils ont un ancêtre unique qui a été à l'origine de plusieurs lignées. Je dois remonter ces lignées. Je ne sais pas combien de générations je vais devoir étudier pour trouver ce chaînon manquant. Je ne vous cache pas que plus le nombre de générations sera important, plus l'effectif de la famille sera grand. La tradition de n'avoir qu'un ou deux enfants n'est pas si ancienne que cela. Heureusement, si j'ose dire, les guerres et la maladie faisaient disparaître la plupart des branches avant qu'elles ne se développent.

Fleur et le capitaine Rigaud étaient étonnés. Madame Schweer avait totalement abandonné son rôle de femme fantasque. Les deux officiers avaient devant eux une professionnelle aguerrie, qui s'exprimait posément et exposait clairement les problématiques de ses futures recherches.

– Un autre point. Plus grande sera la place de la religion dans cette famille, plus important sera le nombre d'enfants fait par chaque génération et plus il y aura de branches à contacter.

Devant l'air dépité de ses interlocuteurs, elle jugea bon de préciser.

– Mais rassurez-vous, je m'en sortirai sans difficulté particulière. C'est vous qui devrez enquêter sur un plus grand nombre de personnes. Et vous pouvez rassurer votre chef, je ne vous facturerai pas à la personne. Vous avez une feuille de papier ? Pour le devis.

Elle proposa une somme forfaitaire pour les deux jours de travail qu'elle estimait nécessaire pour mener à bien sa mission. Effectivement, cette somme était raisonnable.

– Si vous êtes d'accord sur le devis, je commence maintenant. J'ai cru comprendre que vous étiez pressée. Si vous avez une table libre et une prise de courant, je vous propose de travailler ici. Comme cela, je pourrais vous communiquer mes résultats au fur et à mesure.

Fleur demanda quelques instants pour faire signer le devis par son chef. Elle en profita pour se pencher à l'oreille du major Heitz.

– Je vous dois des excuses. En fait, elle a l'air bien.

Le major ne répondit pas, mais se rengorgea.

Fleur mit une grande table de décharge à la disposition de la généalogiste.

Les gendarmes présents la regardèrent, amusés, s'installer.

Elle commença par sortir récupérer dans sa voiture, stationnée non loin de là, une immense valise à roulettes d'où elle sortit tout un bric-à-brac.

On vit atterrir sur la table un grand écran d'ordinateur, une multitude de câbles dont une grande rallonge au bout de laquelle était branchée une multiprise. Mais aussi une bouilloire, un mug rouge décoré d'illustration de Noël, une boîte de biscuits métallique, deux bouteilles d'eau minérale et un paquet de sachets de thé. S'y ajoutèrent une grande écharpe en laine épaisse, une paire de mitaines et même deux coussins. Elle ajouta à tout cela l'ordinateur portable qu'elle conservait dans son grand sac à main.

– Ne vous inquiétez pas pour le réseau, précisa-t-elle à Fleur qui l'observait avec amusement. J'ai une carte SIM dans mon ordinateur.

Elle commença ensuite à installer son poste de travail. Elle posa un coussin sur la chaise, il est vrai pas très confortable, mise à sa disposition, et l'autre sur le sol, au pied de sa chaise.

Elle brancha tous ses câbles, s'octroyant la prise de courant la plus proche de la table, fit un détour par les toilettes pour emplir sa bouilloire.

Avant de s'asseoir, elle enleva sa veste, mit son écharpe autour du cou et enfila ses mitaines puis, sans la moindre gêne, retira ses chaussures.

Elle s'assit, posa ses pieds sur le coussin placé au pied de la chaise, se recula un peu pour avoir une vue d'ensemble de son environnement de travail. Satisfaite, elle alluma son ordinateur au côté duquel elle avait placé son smartphone.

Fleur admirait la manière dont elle avait, en quelques minutes, reconstitué ce qui devait être son univers personnel, quand elle était au travail.

Il était onze heures et la capitaine se demandait si elle n'allait pas se faire arnaquer d'une demi-journée de travail. Elle était inquiète.

Elle eut l'impression que la femme lisait dans ses pensées.

– Ne vous inquiétez pas capitaine. J'ai bien noté que je commence à onze heures, même si, entre le déplacement et notre entretien, je vous ai déjà consacré deux bonnes heures. Vous verrez, je finirais plus tard. Et vous ne serez pas déçue du résultat.

Fleur n'en fut pas plus rassurée, mais n'avait pas d'autre solution que la laisser faire.

Elle entra dans son bureau après avoir demandé au capitaine Rigaud et au major Heitz de la rejoindre. Elle convoqua par la même occasion le lieutenant Danger qui avait été désigné pour renforcer son équipe.

– Bon, on travaille dans quatre directions. Julien, tu continues à cuisiner nos trente-cinq suspects du monde universitaire et les amis de Kylian. Mon lieutenant, vous prenez pour hypothèse de travail que le meurtre de mademoiselle Katz n'a rien à voir avec sa famille et que le jeune Kylian s'est trouvé au mauvais endroit au mauvais moment. Vous creusez du côté de ses amis, ses amours et ses relations professionnelles. Major, Thibaut suffit à ce stade pour faire la synthèse des rapports. Pouvez-vous essayer de savoir si les victimes n'avaient pas des conflits de voisinage ?

Elle n'attendit pas la réponse du major.

– Quant à moi, je vais creuser la piste de la vendetta ou de la querelle de famille. Pendant que notre nouvelle auxiliaire travaille, je vais interroger les parents de Sophie Katz que je ne connais pas encore. Après, je m'adapterai en fonction des résultats du travail de la généalogiste. On se voit pour le débriefing de la généalogiste, en espérant que je n'ai pas ruiné la section de recherches pour rien.

Chapitre 6 : la famille ?

Fleur, après avoir lancé ses adjoints chacun dans une direction, se lança dans l'exploration de la piste de la querelle familiale ou de la vendetta.

À tout hasard, elle passa une bonne heure sur internet, à entrer dans son moteur de recherche tous les noms des membres des familles des deux victimes qu'elle connaissait. Elle espérait trouver quelque article de presse relatant un incident ou un conflit, même ancien, et qui aurait pu lui offrir une piste à creuser.

Elle ne tomba que sur des banalités. Elle apprit que la fortune des parents de Sophie venait de la viticulture. Rien de plus. Le moins qu'on puisse dire est que les Katz et les Groff ne faisaient pas les gros titres de la presse locale. Kylian, malgré sa vie dissolue, avait réussi à ne pas alimenter la rubrique des faits divers.

Après en avoir discuté avec le capitaine Rigaud qui les avait interrogés après la découverte du corps de leur fille, elle décida de repousser à plus tard l'interrogatoire des parents de Sophie Katz. Il faudrait pourtant bien étudier avec eux la piste familiale, mais elle souhaitait leur laisser un peu de répit.

Elle décida de se tourner vers les deux frères de la jeune femme assassinée.

Le premier, Adrien, né quatre ans avant Sophie, avait été décrit par Rigaud comme un homme effacé qui laissait volontiers sa femme parler pour lui, même si le crime concernait sa propre famille.

– Ce type a sûrement choisi d'être programmeur informatique pour pouvoir bosser dans son coin et rencontrer le minimum de monde avait déclaré Rigaud. Je me suis renseigné. Lui a un bon niveau et gagne assez bien sa vie. Sa femme possède une pharmacie qu'il a en partie financée. C'est une battante et une bonne commerciale. Son affaire tourne bien. Le couple vit dans une bonne aisance, mais rien à voir avec Sophie. La fortune des parents ne leur profite pas, a priori.

– Un motif de jalousie donc. Mais un mobile ?

– Je ne sais pas. Il avait l'air affecté par la mort de sa sœur. Sa femme, elle, à mon avis, se fiche royalement du décès prématuré de sa belle-sœur.

L'autre frère, l'aîné, plus âgé de huit ans que Sophie, était loin de s'être effondré après avoir appris le meurtre de sa petite sœur.

– Il cherchait plutôt à écourter notre entretien pour ne pas être en retard à un rendez-vous avec un client.

– De la jalousie vis-à-vis de sa sœur, à ton avis ?

– Difficile à dire. Pour ce que j'en sais, comme son frère, il a dû se débrouiller seul pour se faire une carrière. Ses parents lui ont payé ses études, pas plus. Il est agent d'assurance. Il a bien réussi. Sa baraque n'a pas grand-chose à envier à celle de sa sœur.

– Du côté de sa femme ?

– Le couple est l'exact contraire de celui du frère. Chez Jérôme Katz, l'homme commande et la femme obéit. J'ai demandé à l'interroger bien sûr. Elle ne sait rien, n'entend rien et aurait préféré être une petite souris pour pouvoir se cacher dans un trou. À chaque phrase, elle regarde son mari. J'ai préféré ne pas insister avec elle parce que je pense qu'il n'y avait rien à en tirer. Il la frapperait que je n'en serai pas étonné.

– Elle bosse dans quoi ?

– Elle élève les trois gosses du couple, âgés de deux à sept ans.

– À ton avis, lequel des deux sera le plus bavard quand je vais lui demander de me confier les petits secrets familiaux ?

– Pour moi, aucun des deux ne te confiera des secrets familiaux. Adrien est trop effacé et va craindre que sa femme n'apprécie pas ses bavardages. Jérôme est rusé et ne te dira que ce qui ne risque pas de lui faire du tort. Tout ce qu'on peut dire d'eux, à ce stade, est que leur part d'héritage vient d'augmenter de moitié. Mais les parents peuvent vivre encore vingt ou trente ans.

Après ces descriptions assez complètes, Fleur décida de s'attaquer à Jérôme. Il n'avait même pas cherché à cacher son indifférence face à la mort de sa sœur et ne pourrait pas prétexter une émotion qui le submergerait pour écourter l'entretien. Elle décida aussi de ne pas se faire éconduire au bout de quelques minutes au nom d'un rendez-vous client, réel ou supposé.

Après avoir vainement tenté de joindre Jérôme Katz au téléphone, elle appela le cabinet d'assurance qu'il dirigeait.

– Je suis désolée, monsieur Katz étudie un dossier sensible et, quand c'est le cas, personne ne peut le déranger. Vous comprenez ?

– Je comprends tout à fait madame. Mais je pense qu'il ne vous en voudra pas si vous lui faites connaître le fait qu'il est face à un choix délicat. Soit il abandonne momentanément son dossier important et me parle au téléphone. Soit, dans les dix minutes, deux gendarmes viennent le chercher et l'amènent à la Gendarmerie où il n'aura pas d'autre choix que de s'entretenir avec moi.

Après avoir poussé un soupir pour marquer son mécontentement, la femme au téléphone demanda à la capitaine d'attendre un moment.

Une minute plus tard, elle passait son patron à la capitaine.

– Allo ! C'est quoi cette histoire de gendarmes qui viendraient me chercher ? Vous pensez avoir affaire à qui ? Un vulgaire délinquant de banlieue ?

Fleur ne daigna pas répondre. Elle laissa l'homme dérouler la complainte des gens qui se croient importants, mille fois entendue.

Le dossier sur lequel il travaillait était important. Il était un homme important. Il connaissait des gens importants. Puis, le final. Quel était le nom de celle qui osait le déranger (en général ce genre de type pense que cette demande va faire se liquéfier le fonctionnaire à qui elle s'adresse) ?

La capitaine laissa tranquillement l'homme se défouler. Elle était certaine qu'il avait une envie folle de terminer en lui raccrochant au nez, mais, comme elle l'escomptait, la perspective des deux gendarmes qui viennent le chercher le retint.

– Monsieur Katz, j'ai conscience de vous déranger et je vous prie de m'en excuser, mais j'ai une enquête à mener.

– Un de vos collègues m'a déjà interrogé. Vous ne vous parlez pas dans la Gendarmerie ?

– Je sais. J'ai pris connaissance de son rapport. Mais, depuis, il y a eu un fait nouveau. Un autre membre de votre famille a été assassiné. Et sa voiture a été retrouvée dans le garage de votre sœur.

– Oui, c'est vrai. Je l'ai appris. Pauvre Kylian.

Son ton s'était radouci. Si la description de l'homme faite par le capitaine Rigaud était juste, ce n'était sûrement pas à cause du rappel de la tragédie. Après s'être défoulé sur cette « petite fonctionnaire » qui l'importunait, il avait probablement compris que, vu l'importance de cette affaire, les enquêteurs ne le lâcheraient pas, et que ses amis haut placés n'auraient pas envie de se mouiller pour lui s'il entravait l'enquête.

Son intérêt était de coopérer. Ou du moins de donner l'impression qu'il coopérait.

– Si vous le voulez, je vous laisse le temps d'étudier votre dossier important et je vous retrouve à votre convenance à votre bureau ou chez vous.

– Écoutez chère madame. Ou plutôt capitaine. C'est bien comme cela qu'on doit vous appeler ?

Il n'attendit pas la réponse.

– Excusez-moi de m'être emporté. Quand je suis plongé dans le travail, je supporte mal d'être dérangé. Vous avez raison. Trouver l'assassin de Sophie et de Kylian passe avant tout. Vous pouvez venir quand vous le voulez à mon bureau. Je suis à votre disposition.

Dix minutes plus tard, Fleur était devant un immeuble moderne, situé non loin du centre historique. Les locaux de l'agence occupaient le septième et dernier étage.

Elle pénétra dans un vaste hall d'accueil où elle fut reçue par une femme d'une cinquantaine d'années, vêtue d'un tailleur bleu roi impeccablement repassé.

Elle prit un air pincé pour lui indiquer la direction du bureau de Jérôme Katz. Visiblement, elle n'avait pas apprécié qu'on l'oblige à déranger son patron.

Le bureau de l'assureur n'avait rien d'original. Vaste, luxueux, mais sans excès, et pourvu d'une immense baie vitrée. Sur la gauche, le poste de travail vide de tout dossier, sur lequel reposait un ordinateur portable relié à un écran. Signe de modernité, pas de téléphone fixe, mais un smartphone posé à côté de l'ordinateur. Le directeur devait se faire apporter chaque dossier quand il voulait l'étudier. Après tout, cela ne sert à rien d'avoir une assistante de direction si on ne se fait pas assister. Cela fait partie du standing de la fonction. Sur la droite, une table basse en bois précieux, encadrée par deux immenses canapés en cuir.

– Entrez capitaine.

L'homme souriait et écartait les bras, comme s'il accueillait une vieille amie. Bientôt la quarantaine, un embonpoint déjà bien installé, une calvitie qu'il peinait à camoufler en laissant pousser ses cheveux restants. Il était vêtu d'un costume de prix gris, mais sans luxe ostentatoire. Il faut montrer aux clients qu'on a réussi et qu'on est donc compétent. Mais on ne doit pas les humilier en étalant par trop sa richesse. Il avait l'air sympathique et inspirait confiance. Mais ce dernier point est la base de son métier.

Ce devait être un redoutable commerçant. Fleur comprit très vite qu'elle allait devoir se méfier de tout ce dont cet homme, habitué à convaincre, allait lui faire part.

– Asseyez-vous, je vous en prie.

Il la dévorait des yeux. Fleur savait que beaucoup étaient surpris, quand on leur avait annoncé un officier de Gendarmerie, de voir arriver une belle jeune femme. Au moins, pensa-t-elle, il n'aura pas envie de se montrer désagréable avec moi. Elle ne se trompait pas.

– Katia, apportez-nous deux cafés et quelques douceurs.

Il se tourna vers son interlocutrice.

– Vous préférez un thé ou autre chose ?

– Un café sera parfait, je vous remercie. Sans vouloir vous brusquer, pouvons-nous entrer dans le vif du sujet ? Vous le savez maintenant, votre cousin Kylian Groff a été assassiné à peu près au même moment que votre pauvre sœur et nous avons des raisons de penser qu'il est passé chez elle avant d'être agressé. Même si ce n'est pas une certitude, nous devons donc étudier la piste d'une rivalité familiale, voire d'un conflit entre familles. Auriez-vous quelque chose à me dire à ce sujet ?

Jérôme Katz s'était composé un visage triste.

– Oui, c'est une tragédie. Mais je ne vois vraiment pas ce qui aurait pu motiver ces horribles crimes au sein de notre famille.

– Parlez-moi un peu de votre famille.

– Je n'ai pas grand-chose à vous dire. Elle est nombreuse. Je n'avais qu'une sœur et je n'ai qu'un frère, mais je sais que j'ai de nombreux cousins plus ou moins éloignés. Une grande partie n'habite plus l'Alsace et les liens familiaux se sont distendus. Nous ne sommes pas le genre à organiser de grandes cousinades qui durent un long week-end. Je rencontre quelques cousins et neveux à l'occasion de la fête du vin. Mes parents invitent ceux qui leur sont les plus proches au stand de leur propriété. Mais c'est plutôt pour des raisons commerciales.

– Et il n'y a pas de tension entre vous.

– Pas plus que cela. On boit un verre, on échange des banalités. Ensuite, chacun rentre chez soi.

– Personne ne joue les prolongations ? Vous ne vous rencontrez jamais à un autre moment ?

Pour la première fois, la capitaine eut l'impression que cet homme charmant, si sûr de lui, manquait d'assurance.

– Il y a les mariages bien sûr. Mais c'est rare.

– Et vos rapports avec votre sœur et Kylian Groff ?

– Pour être sincère, je ne voyais ma sœur que rarement.

– Un problème entre vous ? Monsieur Katz, je vous demande d'être sincère. Nous allons interroger tous les membres de votre famille et, croyez-moi, nous reconstituerons le tissu de relations qui existe en son sein.

Pour ne pas le braquer inutilement, elle lui avait parlé avec un grand sourire, mais le message fut reçu à cent pour cent. Il prit un air ennuyé.

– Vous comprenez, j'avais huit ans et mon frère Adrien quatre quand ma sœur est née. Même si j'adore mes parents, je vais être sincère. À l'arrivée de la petite, mon frère et moi avons quasiment disparu de leur vie.

Ils n'en avaient que pour leur princesse. Pour nous, mon père et ma mère ont fait le service minimum. Nous n'avons manqué de rien. Ils nous ont payé nos études, mais sans jamais s'intéresser à nos résultats. Adrien a essayé successivement le Droit, la chimie avant de se tourner vers l'informatique. Mes parents ont payé, sans rien lui demander en échange. Mais ils en avaient largement les moyens. Nous n'avons pas de raison de leur en vouloir.

– Et comment avez-vous supporté cette situation ?

– En ce qui me concerne, cela ne m'a pas posé trop de problèmes. J'avais huit ans. Je ne recherchais déjà plus en permanence le contact avec mes parents. Ma Game Boy les a remplacés. Ils étaient trop contents que je m'occupe sans les solliciter.

– Et votre frère ?

– Pour lui, cela a été beaucoup plus difficile. Avant l'arrivée de Sophie, il était collé en permanence à ma mère. Après, il a eu droit en permanence aux « Laisse-moi tranquille », « Tu vois bien que je m'occupe de Sophie », « Grandis un peu, décolle-moi ». Et quand il cherchait à se rapprocher de Sophie, c'était « Laisse un peu ta sœur tranquille ». À force d'être rabroué, il est devenu un homme effacé qui s'est réfugié auprès d'une femme autoritaire qui le protège du monde extérieur.

– Et comment se comportait votre sœur dans la famille ?

– Avec tout ce que je viens de vous dévoiler, vous devez vous en douter. Elle se comportait comme une princesse. Charmeuse, capricieuse, estimant que tout lui était dû. Adrien et moi avons très vite pris l'habitude de l'éviter. Trop dangereuse. Et bonne comédienne en plus. S'il lui prenait l'envie de se mettre à pleurer et d'accuser l'un d'entre nous de l'avoir embêtée, c'était la fessée assurée. Devenue adulte, elle a bénéficié du piston de mon père pour lancer sa carrière. Sans compter les cadeaux somptueux. Elle s'est prise pour un génie et se pensait bien supérieure à nous. Elle n'était pas dépourvue de talent, mais il y a mieux qu'elle dans sa profession.

– Vous aviez de bonnes raisons de lui en vouloir.

Il sourit. Pour la première fois, son sourire semblait sincère.

– Je vois, capitaine. Vous pensez que je la hais et que j'ai pu la tuer pour cela. Vous vous trompez. J'ai éprouvé une certaine frustration dans mon enfance, c'est vrai. Mais à l'adolescence, le désintérêt de mes parents m'a donné une grande liberté. Comme je vous l'ai dit, ils ne nous maltraitaient pas. J'avais de l'argent de poche. Et pas qu'un peu. J'ai eu un scooter dès que j'ai été en âge. Et personne pour me surveiller. J'aurais pu mal tourner, comme ce petit con de Kylian. Au lieu de cela, je me suis bien amusé, mais j'ai réussi mes études et, comme vous le voyez, je ne suis pas malheureux.

– Et votre frère ?

– Mes parents en ont fait un être faible. Pas quelqu'un susceptible d'organiser un meurtre. Il vit au travers de sa femme.

– Pourquoi venez-vous de traiter Kylian Groff de « petit con » ?

– Il est connu dans la famille pour ses bringues et ses conquêtes qu'il traite comme des « merdes », pardonnez-moi cette expression, mais elle rend bien compte de la réalité. C'est le genre de type à trafiquer. Pour moi, c'est la meilleure piste. Il a dû mêler Sophie à ses turpitudes et ils l'ont payé au prix fort.

– Quels étaient ses rapports avec votre sœur ?

– Je ne sais pas si quelqu'un d'autre osera vous le dire, mais je ne suis pas le seul dans la famille à savoir qu'ils couchaient ensemble. C'est un peu le secret de famille. À l'âge où ils ont commencé, Sophie aurait pu être emprisonnée pour pédophilie. Je vous ai dit que les liens familiaux sont distendus. Mais ceux-là s'entendaient comme cul et chemise. Et souvent sans la chemise.

Il plaisantait sans complexe des relations entre sa sœur et son cousin morts. Il ne cherchait pas à cacher son indifférence à leur sort.

– Et cette relation ne choquait personne ? Même pas vos parents ?

– Nous n'étions pas nombreux à le savoir. Et ceux qui le savaient s'en fichaient royalement. Quant à mes parents, je pense qu'ils étaient dans l'ignorance. Personne n'a eu la cruauté de leur dire. Si vous pouviez éviter de leur dévoiler ce secret, ce serait gentil de votre part.

Pour la première fois, cet homme faisait preuve d'humanité.

– Lui connaissez-vous des liaisons en dehors de votre cousin ?

– Avec mon cousin, ce n'était pas vraiment une liaison. Ils couchaient, mais en camarades. Je pense qu'ils s'imaginaient que personne dans la famille ne l'avait remarqué. Pour le reste, Sophie n'était pas le genre de femme à se priver de plaisirs. Mais je ne connais rien de ses conquêtes.

– Quels étaient vos rapports avec votre cousin ?

– On se voyait une fois l'an, à la fête du vin. Ses parents sont associés aux miens dans la viticulture. Cela ne veut pas dire qu'ils se fréquentent en dehors des impératifs liés aux affaires.

Fleur se souvenait qu'aucun des deux couples n'avait eu le réflexe de prévenir l'autre en apprenant le décès de leur enfant.

– Vous n'aviez jamais l'occasion de le rencontrer ?

– Trop de différence d'âge. Un style de vie trop différent du mien. Je ne le connaissais qu'au travers des ragots à son sujet que colportait Sophie pendant les repas de famille chez nos parents.

– Et à votre connaissance, personne n'a de raison d'en vouloir à votre famille.

– Pas à ma connaissance. Ma famille et celle de Kylian ont fait fortune dans le vin. C'est un milieu où on est dur en affaires. Mais on ne règle pas les différends en assassinant les enfants des uns et des autres. Croyez-moi. Kylian était un magouilleur. Il est allé trop loin.

Fleur essaya ensuite sans conviction de lui faire dresser la liste des membres de sa famille, proches et éloignés. Il ne se souvenait pas de grand-chose. Quelques cousins, une tante. Il ignorait la majorité des noms et des adresses.

– Je sais qu'une partie de la famille est partie en Amérique. Nous sommes aussi liés à des Parisiens et même à des Périgourdins d'adoption. Mais je serai bien incapable de vous donner leurs noms.

En quittant cet homme, la capitaine était satisfaite, car elle avait recueilli une grande masse d'informations. Elles ne lui apportaient rien de prime abord. Mais elles faisaient partie des pièces de l'immense puzzle qu'elle devait reconstituer si elle voulait trouver l'assassin.

Jérôme Katz hésita une seconde avant de lui serrer la main, comme s'il avait quelque chose à dire. Puis il sembla se raviser.

– Au revoir capitaine. Je reste à votre entière disposition. C'est vrai, je n'étais pas particulièrement attaché à Sophie. Mais c'était quand même ma petite sœur. Et mes parents, que j'aime, malgré tout ce que je vous ai dit, sont malheureux. Ils sont brisés. Rien que pour éviter cela, même si j'en avais eu envie, ce qui est loin d'être le cas, je n'aurai jamais fait de mal à Sophie. Quant à Adrien, jamais il ne ferait de mal à quelqu'un.

En se dirigeant vers sa voiture, Fleur se dit qu'elle ne saurait jamais si Jérôme Katz avait été sur le point de lui divulguer un élément essentiel pour l'enquête ou s'il avait voulu, avant d'y renoncer, l'inviter à dîner.

Elle retourna immédiatement à son bureau.

Elle avait bien pris des notes, mais elle voulait rédiger un procès-verbal aussi complet que possible avant que le temps n'efface tel ou tel détail de sa mémoire.

Pour la première fois depuis le début de l'enquête, elle avait une vision assez claire de la manière dont fonctionnaient les deux familles des victimes, des rapports qu'elles entretenaient entre elles.

Elle ne pouvait faire confiance à Jérôme Katz. Mais cet homme était assez intelligent pour ne mentir que si son intérêt était en jeu. Il n'allait pas prendre le risque de jeter la suspicion sur lui pour cacher quelque chose d'inavouable ne le concernant pas directement. Et puis Fleur avait clairement souligné le fait que tout serait recoupé. Si mensonge il y avait, il concernerait un point précis.

En pénétrant dans les locaux de la section de recherches, elle remarqua que madame Schweer était à sa place. Elle conversait au téléphone. Elle parlait à voix basse et on ne pouvait suivre sa conversation.

Fleur fit discrètement signe à Thibaut qui, du fait de sa mission, ne pouvait quitter son poste de travail, de la rejoindre dans son bureau. Elle était toujours un peu inquiète au sujet du devis qu'elle avait fait signer au colonel.

– Alors ? Tu crois qu'elle bosse ?

– Capitaine. Je ne peux pas vous affirmer qu'elle bosse pour nous, mais elle a fermé le robinet à paroles. Depuis qu'elle s'est installée, elle passe son temps à pianoter sur son clavier ou à téléphoner. Parfois elle prend des notes sur son carnet. Toutes les heures, elle va aux toilettes, vide sa vessie remplie par le thé précédent, emplit sa bouilloire et se prépare un thé qu'elle sirote dans l'heure qui suit.

Fleur le remercia et sortit prendre des nouvelles.

– Alors madame Schweer. Tout va comme vous voulez.

– Oh oui ! Et puis travailler dans une Gendarmerie est passionnant. J'espère que nous aurons d'autres occasions de collaborer.

– Et vous avez réussi à avancer ?

La femme se dandinait sur son siège comme si son arrière-train la démangeait.

– Bien sûr. Je vous ai promis. Si vous voulez, je peux vous donner des éléments. Si vous voulez tout d'un coup, il faudra attendre demain, sans doute en milieu d'après-midi.

Fleur était impatiente de juger de son travail, mais elle voulait absolument rédiger son rapport tant que tout était frais dans sa tête. Et puis rien ne disait que les informations importantes se trouveraient dans les éléments communiqués. À vouloir aller trop vite, elle risquait de faire perdre son temps à la généalogiste et de se lancer sur une piste foireuse.

Elle passa les heures suivantes devant son écran. Compte tenu de la densité de l'entretien avec Jérôme Katz, il était près de minuit quand elle termina son travail.

Madame Schweer n'avait pas menti. Elle rattrapa sa matinée perdue. Il était onze heures du soir quand elle replia soigneusement tout son attirail et partit en claironnant un « Au revoir tout le monde. À demain matin, huit heures ».

Minuit avait sonné depuis longtemps quand Fleur mit la touche finale à la synthèse de son entretien du jour, qu'elle avait agrémentée des éléments qu'elle avait pu glaner sur internet.

Elle prit quelques minutes pour tenter d'en tirer des conclusions.

Elle avait l'image de familles où on ne se fréquentait pas. Chacun vivait sa vie sans se préoccuper de celle des autres. En général, c'est le meilleur moyen pour éviter les embrouilles intrafamiliales. Mais elle n'avait que le témoignage de Jérôme Katz, un homme habile, beau parleur, rompu à l'art d'embobiner autrui.

Elle aurait besoin d'autres témoignages. Tous les membres de la fratrie ne seraient pas aussi habiles que l'agent d'assurances et, si on cherchait à lui dissimuler un secret de famille, l'un ou l'autre finirait bien par se couper.

Si elle ne trouvait aucun secret, le mobile pouvait être l'argent. Malgré les dénégations de son dernier témoin, Adrien ou Jérôme Katz avaient pu être rongés par la jalousie envers une sœur sur qui se déversait la fortune des parents. La mort de Sophie allait leur amener quelques liquidités. Mais pour vraiment bénéficier de ce crime, les frères devaient attendre la mort de leurs deux parents.

Le mobile pouvait aussi se trouver dans le traumatisme causé par le rejet qu'avaient subi les deux garçons à la naissance de Sophie.

Fleur penchait plutôt pour le traumatisme. Un homme capable d'étrangler sa propre sœur pour gagner un peu d'argent n'aurait pas épargné une jeune cycliste gênante et inconnue.

Bref, il n'était pas difficile de trouver un mobile pour les deux frères.

Mais était-ce Jérôme ? Ou Adrien ? Ou les deux ?

Et pourquoi Sophie serait-elle allée prendre une douche pendant la visite d'un de ses frères ? À moins qu'elle ait eu des relations intimes avec d'autres membres de la famille.

L'autopsie avait montré l'absence de rapports dans les heures qui avaient précédé le meurtre. Mais l'amant assassin avait pu la tuer avant qu'ils ne passent à l'acte, justement pour qu'on ne trouve pas de traces d'A.D.N. sur le cadavre.

Un plan aussi machiavélique l'incitait à soupçonner plutôt Jérôme. Mais Adrien, programmeur informatique, était rompu à l'art de concevoir, de manière rationnelle, un enchaînement logique d'actions.

Vu l'heure du crime, les deux hommes pouvaient avoir grugé leurs épouses. Celle d'Adrien passait ses journées à la pharmacie et Jérôme partait de chez lui le matin pour ne revenir qu'en début de soirée. Et si le motif était l'argent, l'épouse du tueur pouvait être dans la combine.

Aucun des deux frères n'avait vraiment d'alibi. Adrien travaillait chez lui et il était loin de passer tout son temps sur internet. Quant à Jérôme, elle avait remarqué qu'en utilisant l'escalier de secours, il pouvait sortir et entrer sans passer devant son assistante. Et elle avait pu constater que s'il demandait à ne pas être dérangé pendant des heures, cette dernière se transformait en cerbère. Il lui suffisait de prétexter un dossier important à étudier pour que personne n'entre dans son bureau et ne découvre son absence.

Au bilan, son entretien avec Jérôme Katz avait renforcé la piste d'une tragédie qui concernait la fratrie, mais ne permettait pas de trancher entre Adrien et Jérôme.

Elle décida de faire inspecter leurs véhicules et de faire étudier les vidéosurveillances aux alentours de leurs lieux de travail. Elle avait peu d'espoir. L'assassin était méticuleux.

Il faudrait aussi étudier de près les comptes des deux frères. L'un était peut-être acculé et, apparemment, il n'aurait pas pu compter sur les parents qui ne se préoccupaient que de leur fille.

Elle décida qu'après avoir lancé les recherches, en, attendant les conclusions de la généalogiste, elle irait interroger Adrien Katz. Malgré l'heure tardive, elle lui annonça par S.M.S. sa venue pour dix heures du matin.

Adrien Katz habitait un petit pavillon à la sortie de Colmar. Son habitation était cossue, mais n'avait rien à voir avec celles de ses frère et sœur.

Il reçut la capitaine dans le salon. Sur la table basse se trouvait un plateau sur lequel étaient posés une cafetière, trois tasses, du sucre et des biscuits.

Il portait un jean et avait revêtu une chemise à manches courtes. Visiblement, il était plutôt habitué au tee-shirt. Sa chemise, entrée à la hâte dans son pantalon, pendait sur l'arrière. Il portait des espadrilles. Sa chevelure mi-longue avait visiblement été remise en place à la main. L'informaticien ne devait pas souvent utiliser de peigne ou de brosse.

L'homme était de taille moyenne. Son teint clair montrait qu'il ne devait pas souvent sortir au grand air. Le jardin qui entourait la maison, impeccablement entretenu, devait être confié aux bons soins d'une entreprise.

L'homme désigna le canapé à Fleur.

– Asseyez-vous, je vous prie.

Il chuchotait plutôt qu'il ne parlait. Sa manière de s'exprimer, de se vêtir, et même de se tenir avec les épaules légèrement voûtées, tout dénotait une volonté, sans doute inconsciente, de ne pas se faire remarquer, de rester noyé dans la masse. Son regard était fuyant.

Adrien Katz correspondait en tous points à la description qu'en avaient faite son frère et le capitaine Rigaud. Il devait être un virtuose du clavier, mais, en société, il devait plutôt être ridicule. Ce genre d'individus peut tuer. À force de frustrations rentrées, d'humiliations, de rancœurs accumulées à l'encontre de tous ceux qui les humilient, souvent de manière involontaire, des idées criminelles peuvent germer dans leur esprit torturé.

Pour Fleur, Adrien, tout comme Jérôme, mais pour des raisons différentes, devait figurer en bonne place sur la liste des suspects. Cela ne faisait pas son affaire. D'autant que les deux frères, malgré leurs styles si différents, étaient intelligents.

Elle allait commencer son interrogatoire quand elle entendit la porte d'entrée s'ouvrir à la volée. Une femme fit irruption dans le salon.

Elle était essoufflée et ôta rapidement son ample manteau de laine qu'elle jeta négligemment sur un fauteuil.

Elle faisait bien une tête de plus que l'informaticien. Son embonpoint laissait à penser qu'elle était une adepte de la charcuterie et des pâtisseries alsaciennes dont Fleur raffolait et qui justifiaient son acharnement à faire du sport pour soulager la mauvaise conscience qui la torturait chaque fois qu'elle sortait d'un salon de thé.

Ses longs cheveux étaient enfermés dans un filet qui empêchait son gigantesque chignon de se défaire. Elle était outrageusement maquillée.

– Ouf ! J'espère que je n'ai rien manqué. Une cliente qui ne comprenait rien aux prescriptions de son médecin.

Fleur savait maintenant pourquoi il y avait trois tasses sur le plateau.

Elle tendit la main à la gendarme.

– Pardonnez-moi, je me présente. Juliette Katz, l'épouse d'Adrien.

Fleur faillit l'éconduire sèchement, lui rappelant qu'elle venait interroger son mari.

Elle espérait que la faiblesse de caractère de celui-ci le conduirait à se dévoiler plus que ne l'avait fait Jérôme.

Après une seconde de réflexion, elle préféra rendre son sourire à la femme et se présenta le plus aimablement du monde.

L'entretien dura une bonne heure.

Le couple confirma en tous points les dires de Jérôme.

Il faut dire couple, car, comme prévu, Adrien ne parlait pas de tout ce qui pouvait fâcher dans sa famille.

Aux questions précises, il répondait par des formules vagues. « C'est loin ». « J'étais tout petit ». « Vous savez, en dehors de mon travail, je ne m'intéresse pas à grand-chose ». « Je ne vois pas Jérôme vouloir du mal à Sophie, il n'a aucun intérêt à cela ». « Je voyais Kylian tellement rarement que je ne le connais pas ».

Il n'y avait pas besoin d'être fin psychologue pour s'apercevoir qu'il cherchait à protéger sa famille. En fait, il ne disait du mal de personne.

Quand une question le gênait, il se dandinait sur son siège comme s'il était assis sur une fourmilière.

Quand il pouvait répondre franchement sans mettre en cause qui que ce soit, son postérieur cessait de se trémousser, son regard s'éclairait, il regardait Fleur dans les yeux et il se redressait.

Finalement, la capitaine ne regretta pas la présence de Juliette Katz.

Elle avait pris le rôle de la langue de vipère.

« Mais si mon chéri, tu as tellement souffert après la naissance de cette pauvre Sophie, tu m'en as parlé si souvent ». « Tu sais bien que, même si le fisc va se servir largement, tu vas hériter du tiers de la fortune Sophie. Et vu l'aide que lui ont apportée tes parents, ce n'est pas une petite somme. Nous, on se fiche de l'argent, mais tu sais bien que Jérôme ne peut s'en passer ». « Allons chéri, je comprends que tu n'aimes pas dire du mal des morts, mais on ne peut cacher à cette enquêtrice le fait que ta sœur et ton cousin étaient plus que proche. Vu la différence d'âge, au début, cela nous avait choqués, tu te rappelles » ?

Chaque fois que sa femme intervenait, toujours pour le contredire et attaquer sa famille, Adrien baissait la tête sans rien dire.

Fleur sortit de cet entretien assez satisfaite. Le tableau familial qu'elle avait dressé la veille était confirmé même si, bien évidemment, on ne pouvait écarter une collusion entre les deux frères.

Elle décida de convoquer de manière individuelle, à la section de recherches, les deux époux.

Elle attendrait quelques jours afin que d'autres investigations en cours aient livré leurs conclusions.

Elle espérait que l'envie qu'avait Juliette Katz de critiquer sa belle-famille et la facilité avec laquelle son mari pouvait être déstabilisé l'aideraient à glaner quelques renseignements nouveaux.

Une chose était certaine. L'assassinat de Sophie Katz pouvait répondre à une logique familiale. L'élimination d'un témoin gênant pouvait justifier celui de Kylian Groff.

Tout cela était contredit par la faiblesse de la probabilité pour qu'en moins de vingt-quatre heures un gamin mal élevé devienne un fugitif et se réfugie dans la maison d'une cousine qui allait s'y faire assassiner, conduisant à sa propre mort.

Heureusement, ses adjoints suivaient d'autres pistes.

La matinée était bien avancée. Elle retourna à son bureau afin de compléter le rapport rédigé la veille au soir. Elle remit ce qui, pour elle, était encore une ébauche, à

Thibaut afin qu'il l'étudie et l'intègre dans la base de données qu'il était en train de constituer.

Par principe plus que par conviction, elle décida d'aller interroger les parents de Sophie. Elle espérait qu'au-delà de leur désespoir, ils auraient à cœur d'aider les enquêteurs à trouver l'assassin de leur fille.

Elle décida aussi de ne pas faire allusion aux rapports entachés de scandales qu'entretenaient Sophie et Kylian depuis longtemps. Deux témoins les lui avaient confirmés. C'était suffisant et ces rapports ne justifiaient pas, au bout de huit ans, l'assassinat des deux jeunes gens.

Madame Schweer avait annoncé ses conclusions concernant l'arbre généalogique des victimes pour seize heures trente.

Compte tenu de la durée du trajet, elle n'avait pas trop de temps devant elle et, pour son déjeuner, elle se contenta d'un paquet de madeleines qu'elle conservait en secours dans un tiroir de son bureau.

Les parents de Sophie Katz habitaient à Riquewhir, à proximité de leurs vignes. Située en entrée de ville, en direction de Colmar, la bâtisse était imposante et le luxe ostentatoire.

Décidément, il y avait beaucoup d'argent dans cette famille. Et beaucoup de rancœurs.

Cette fois-ci, c'est une soubrette qui ouvrit la porte à peine une seconde après que Fleur eut sonné. Elle avait prévenu de son arrivée et la femme devait l'attendre. Elle conduisit la capitaine de Gendarmerie à un vaste salon. Un couple âgé l'attendait, assis dans un vaste canapé.

La femme ne bougea pas. Elle fixait d'un regard vide la surface en marbre de la table basse sur laquelle nul objet n'était posé.

L'homme se leva et désigna à Fleur le canapé situé de l'autre côté de la table basse. Lui non plus ne prononça pas une parole. Lui aussi avait le regard vide.

Il se rassit sur le canapé. Un bon mètre le séparait de la mère de Sophie. Autant les parents de Kylian avaient paru soudés par le malheur, autant ce couple paraissait désuni dans les mêmes circonstances.

Fleur ne les jugeait pas. Son métier lui avait appris que le malheur pouvait souder ou briser des familles. Mais elle n'avait pas devant elle des gens riches ou pauvres, unis ou désunis. Elle se tenait face à des parents qui avaient perdu une enfant.

L'interrogatoire ne dura pas longtemps. Par respect, Fleur évita tous les éléments qui auraient pu les faire encore plus souffrir.

C'est surtout la mère qui parla.

Elle ne comprenait pas ce qui avait pu pousser au meurtre de Sophie une fille gentille, aimante, intelligente, à qui tout réussissait.

Il n'y avait aucune tension dans sa famille qu'elle décrivit comme soudée. Les garçons aimaient leur petite sœur qui le leur rendait bien. Bien sûr, ils étaient des parents justes qui n'avaient pas de préférences au sein de la fratrie.

Ils avaient aidé « un peu » plus Sophie parce que c'était une fille bien trop gentille pour réussir en affaire sans être épaulée, « mais un peu seulement ».

Kylian était un gentil garçon. Il faisait certes parfois des bêtises, mais, à son âge, c'était normal.

Sophie et Kylian étaient très attachés l'un à l'autre. C'est pourquoi le garçon était toujours le bienvenu chez son oncle et sa tante. D'ailleurs, les deux familles étaient unies. Toutes deux exploitaient des parcelles de vigne, mais elles avaient mis en commun, depuis bien longtemps déjà, certaines installations, une partie du matériel, et même quelques salariés. Une structure juridique avait été créée spécialement à cet effet.

Fleur prenait des notes, mais ne contredisait jamais cette femme. Elle savait qu'un jour elle serait mise au courant de tout. Soit par leurs avocats puisqu'ils allaient se porter partie civile et qu'ils auraient accès au dossier. Soit pendant le grand déballage public que serait le procès.

Elle prit congé. La soubrette apparut sans qu'on ait eu besoin de l'appeler. Elle devait attendre à proximité et écouter la conversation.

Fleur se tourna vers ses hôtes qui n'eurent pas l'air de se formaliser du fait que leur domestique les espionnait. Ils trouvaient peut-être cela pratique et n'avaient pas l'habitude d'échanger autre chose que des banalités quand du personnel était dans la maison.

– Au fait, combien de personnes travaillent pour vous dans cette maison ?

Les parents de Sophie eurent l'air étonnés de la question. Pour une fois, c'est le mari qui prit la parole.

– Eh bien il y a Maria, ici présente, qui est plutôt notre gouvernante, et un cuisinier qui ne vient qu'une à deux heures avant chaque repas. Pour le petit-déjeuner, nous nous débrouillons. Le cuisinier fait aussi les courses pour tout ce qui est alimentaire. Maria nous fait livrer le reste.

– Ils ne sont pas seuls. Il faut bien faire le ménage dans votre vaste demeure. Et le jardin est bien entretenu. De plus, je suppose que les deux personnes que vous venez de citer prennent des repos et des congés.

– Pour le reste, une agence spécialisée s'occupe de tout. Nous lui faisons confiance pour le choix de ceux qui interviennent. Si quelque chose ne va pas, Maria et Abdel, le cuisinier, traitent directement avec l'agence qui réagit très vite. Nous n'avons quasiment jamais à intervenir.

Fleur venait de trouver une autre piste.

Et si un membre du personnel, ou même l'agence, grugeaient ces personnes âgées et que Sophie et Kylian s'en étaient aperçus ? À creuser.

– Cela ne vous dérange pas si j'interroge votre personnel ?

– Je doute que cela vous soit utile, mais faites votre travail.

Fleur se tourna vers la gouvernante.

– Avons-nous un endroit tranquille pour discuter et laisser vos employeurs tranquilles ?

– Nous pouvons aller à l'office.

La gouvernante, une femme d'une quarantaine d'années, la conduisit vers une pièce contiguë à la cuisine, encombrée de buffets remplis de vaisselle. Dans un coin, près de la fenêtre, trônait une petite table avec deux chaises inconfortables.

Visiblement, les Katz, malgré leurs moyens, ne se préoccupaient pas du confort du petit personnel.

Fleur ne put s'empêcher de faire l'observation.

– Je pense qu'ils ne savent même pas dans quelles conditions nous travaillons. Ils ne me mettent pas la pression, c'est vrai, mais, depuis douze ans que je suis à leur service, je ne les ai jamais vus pénétrer dans cette pièce.

Dans les minutes qui suivirent, la gouvernante confirma plutôt le témoignage de Jérôme Katz.

– Et comment se comportait Sophie Katz ?

– Croyez-moi, j'ai vraiment de la peine pour ce qui lui est arrivé. Elle n'était pas un monstre et on ne mérite pas de mourir à son âge. Mais elle ne s'intéressait qu'à elle.

– Quels rapports aviez-vous avec elle ?

Après tout, la gouvernante et le cuisinier ne pouvaient pas être retirés de la liste des suspects.

– Aucun. Elle ne me parlait que pour me donner des ordres. Pas de manière sèche. Mais elle ne connaissait apparemment pas une seule formule de politesse comme « Merci » ou « S'il vous plaît ».

– Vous aviez donc des raisons de vous plaindre d'elle.

La femme rougit en prenant conscience de ce que sous-entendait la question de la gendarme. Elle ne se démonta pas.

– Non, pas vraiment. D'abord parce qu'elle ne me donnait pas souvent des ordres. Et puis ces ordres n'avaient rien d'extraordinaire. Elle voulait un café, un rafraîchissement, manger un morceau ou une serviette pour s'allonger sur un des transats de la terrasse. Parfois, rarement, elle me demandait d'aller faire le plein de sa voiture.

– Et comment payiez-vous ce plein ?

– Mes patrons me laissent une carte bancaire à débit limité. Je remplis un cahier de comptes qui est vérifié par le comptable. Pour votre gouverne, il ne verra que du feu si je m'achète une babiole en faisant des courses. Mais si j'exagère, je perdrai ma place. Et, croyez-le ou non, ce n'est pas mon style de voler les gens. Et la place est bonne. Le système de l'agence me permet de programmer mes congés quand je veux, sauf quand il y a une réception et que je dois superviser les extras. Le salaire est correct et, cerise sur le gâteau, j'habite à un kilomètre seulement.

Cela vaut bien de prendre ses pauses sur une chaise inconfortable.

– Et les relations entre Sophie Katz et Kylian Groff ?

Elle sourit.

– Si vous avez rencontré les deux fils de monsieur et madame Katz, vous devez savoir ce qu'on dit d'eux dans la famille.

– Vous pouvez confirmer ou vous pensez que ce ne sont que des ragots ?

– Juste une anecdote qui répond à votre question. Il y a quelques années, madame Sophie avait vingt-deux ans et monsieur Kylian seize, je les ai aperçus par hasard sur le palier qui mène aux chambres. Il était collé à son dos et il avait passé ses mains sous son pull. Visiblement, il était en train de lui caresser la poitrine pendant qu'ils avançaient tous deux vers la chambre de madame Sophie où ils ont passé deux bonnes heures. À part cela, monsieur Kylian était plutôt sympathique avec le personnel même si, à partir de ses dix-huit ans, il ne pouvait pas s'empêcher de faire une blague salace dès qu'il se trouvait seul avec une femme. J'y ai eu souvent droit. Mais il s'excusait en riant et on lui pardonnait.

– Rien de plus que cela ?

– Pas de geste déplacé, si c'est ce que vous voulez dire. Des tentatives de drague vis-à-vis des jeunes filles que nous envoie l'agence. Elles étaient parfois couronnées de succès. Dans le cas contraire, il n'insistait pas.

Fleur avait le témoignage qui lui manquait pour confirmer ce qui pouvait n'être que des ragots. Il existait un lien fort entre les deux victimes. Le crime pouvait être passionnel. Peut-être le lieutenant Danger, à qui elle avait demandé de creuser les pistes des amis et des amours de Sophie, remonterait-il quelque chose.

Il était quinze heures trente passées quand Fleur quitta Riquewhir et se dirigea vers la section de recherches.

Elle y fut bientôt rejointe par tous les membres de l'équipe qui attendaient avec impatience les révélations de la généalogiste.

Chapitre 7 : l'arbre généalogique

À l'arrivée de Fleur, madame Schweer semblait plongée dans son travail, ce qui ne l'empêcha pas d'adresser un charmant sourire à la capitaine.

– Dans quinze minutes, je serai prête, comme promis.

Thibaut était, à la demande de la généalogiste, en train d'installer un vidéoprojecteur dans la salle de réunion. Fleur passa le temps en consultant d'un air distrait quelques mails.

À peine trois minutes avant l'heure dite, la femme se leva, prit son ordinateur portable et alla le brancher sur le vidéoprojecteur.

Trente secondes avant l'heure, après avoir testé le branchement, elle sortit d'une de ses poches un minuscule pointeur laser puis se tourna vers la salle et croisa les bras en attendant que les gendarmes chargés de l'enquête finissent de s'installer.

Le colonel s'était joint à eux. Il avait hâte de savoir s'il avait, ou non, bien dépensé les crédits de la Gendarmerie.

Fait exceptionnel, le Procureur avait fait le déplacement pour assister au débriefing.

La généalogiste toisa son petit monde comme une institutrice observe sa classe un peu trop agitée, avant de commencer à lui délivrer un cours particulièrement complexe.

À l'heure pile, elle attaqua.

– Mesdames et messieurs, tout d'abord je tiens à vous remercier de m'avoir confié cette passionnante mission.

Elle marquera ma carrière pourtant déjà bien remplie. Travailler pour la Gendarmerie ...

À ce moment, elle croisa le regard de Fleur et comprit instantanément que ses interlocuteurs n'avaient pas la moindre envie de subir un des déballages verbaux dont cette femme avait le secret. Elle piqua un fard.

– Bon, mais ne nous égarons pas.

Le soulagement qu'exprimaient les visages qui lui faisaient face confirma le fait que ses interlocuteurs voulaient qu'elle aille au but.

– À la base de mon travail, il y a deux jeunes victimes. Vous savez, sans plus de détails, qu'il y avait un lien de parenté entre elles. Vous envisagez donc que ces horribles meurtres peuvent être liés à un conflit familial. Vous voulez donc avoir une bonne visibilité sur l'ensemble de cette famille.

La femme bavarde dont les gendarmes avaient craint le retour avait de nouveau cédé la place à la professionnelle.

– Les premières recherches m'ont montré qu'effectivement madame Katz et monsieur Groff sont cousins, mais assez éloignés. Être cousin, cela signifie qu'on a un ancêtre commun. Mais cela peut remonter à plusieurs générations. À la limite, tous les êtres humains et sans doute tous les primates sont cousins.

Elle fit une petite pause.

– Pour notre affaire, il m'a fallu remonter à un certain Jules Wolsheim qui est né à Thann en 1865 et nous a quittés en 1927. Il a eu des frères et sœurs, six très exactement dont certains ont essaimé. Le nombre de descendants de la fratrie dépasse largement le millier.

Une vague de panique submergea les enquêteurs. Les regards se tournèrent vers Fleur. Chacun se demandait s'ils allaient devoir enquêter sur tous ceux qui étaient encore vivants. La généalogiste vint à leur secours.

– J'ai pensé qu'au moins dans un premier temps, vous alliez vous concentrer sur les cousins éloignés au maximum comme le sont nos deux victimes. C'est pourquoi je me suis consacrée aux descendants de Jules. J'ai pu réaliser un arbre généalogique. Mais il comporte quand même plus de deux cents noms. Le voici.

Elle appuya sur une touche du clavier de son ordinateur et sa carte de visite, qu'elle projetait depuis le début de son intervention, fut remplacée par une multitude de cases reliées par des traits. Le schéma couvrait l'ensemble de l'écran qui, pourtant, recouvrait entièrement l'un des murs de la salle de réunion.

– Et encore, vous avez de la chance, les guerres et les maladies, dont la fameuse grippe espagnole, sont passées par là, sinon il y aurait une centaine de cases de plus.

– Cela représente quand même un sacré boulot pour étudier tout cela, fit observer un gendarme.

Il reçut un immense sourire en retour.

– Attendez un peu. Je ne me suis pas arrêtée là. Heureusement pour vous, si j'ose dire, il y a les morts.

Elle appuya de nouveau sur une touche et un peu plus de la moitié des rectangles figurant l'identité d'un membre de la famille changea de couleur pour passer du noir foncé au gris pâle.

– Et ce n'est pas fini. J'avoue que pour la suite, j'ai essayé de me mettre un peu à votre place. Je me suis dit que vous vous intéresseriez avant tout à ceux qui habitent en Alsace.

Elle se lança quasiment dans un show électronique.

– Parce qu'une des filles est tombée amoureuse d'un soldat américain. Elle l'a suivi aux États-Unis.

– Et puis il y a ceux qui, en 1939, quand une bonne partie de l'Alsace a été vidée de ses habitants, se sont réfugiés en Dordogne et y sont restés.

– Il y a aussi cet appelé, affecté dans la zone d'occupation française de Berlin, qui est tombé amoureux d'une Allemande et, à peine rendu à la vie civile, l'a rejointe.

– Enfin, une partie de la famille s'est installée en banlieue parisienne.

À chaque phrase, elle appuyait sur une touche et quelques cases viraient au bleu pâle. Peu à peu, le nombre de cases dont les contours étaient noirs, et qui étaient, grâce au choix des couleurs, les plus visibles, diminuait.

L'assemblée se détendait. Le colonel était aux anges.

Après avoir repris sa respiration, madame Schweer poursuivit sa brillante démonstration.

– Bien, je ne vais pas vous assommer avec la description complète de l'arbre généalogique de ceux qui sont restés en Alsace. De toute façon je vous le laisse avec en plus un fichier qui reprend les renseignements que j'ai pu obtenir sur chaque membre de la famille : noms, prénoms, date de naissance et de mort, adresse, etc. ...

Elle prit le temps de se désaltérer.

– Vos victimes font partie de la quatrième génération après Jules Wolsheim.

– Jules a eu trois fils entre 1880 et 1905. Wilfried, Josef et Hans. Les prénoms sont allemands, comme l'était l'Alsace à cette époque. Des filles apparaissent à la génération suivante, née dans les années 1920 à 1930. Il y en a pas mal dans la génération des années 1950-1960 et dans celle de nos cousins assassinés, nés à la fin du siècle dernier ou au début de ce siècle. C'est pourquoi le nom de Wolsheim devient peu à peu minoritaire.

Elle appuya à nouveau sur une touche faisant apparaître une liste de noms.

– J'écarte pour l'instant la génération la plus jeune. Ce ne sont que de jeunes enfants. Ils ne sont que quatre dont la plus âgée vient d'entrer au collège. Je garde la génération du dessus, âgée de vingt à quarante ans. Des meurtriers potentiels je pense. Il y a aussi leurs parents, âgés de soixante à quatre-vingts ans. Sans doute certains sont-ils encore capables d'assassiner.

Là, elle marchait allègrement sur les plates-bandes des enquêteurs, mais personne n'osait l'interrompre.

– Si je me focalise sur la génération des victimes, celle qui a la meilleure forme physique et est la plus à même de maîtriser et d'étrangler quelqu'un, on trouve, en Alsace en les classant par fratrie :

- Antoine et Esther Wolsheim ;

- Jérôme, Adrien et la malheureuse Sophie Katz ;

- Gilles, Marie et Patrick Declercq ;

- Raymond et Lucie Philibert, avec leur sœur Clémentine Arnaud ;

- Kylian Groff, fils unique, votre autre victime.

– Vous avez donc douze cousins vivants en Alsace, dont deux sont morts. J'ajoute que sur les dix parents, sept sont encore vivants.

Il lui suffisait de regarder l'assistance pour s'apercevoir qu'elle avait fait mouche. Tous se demandaient comment elle avait pu, en si peu de temps, faire un tel travail et préparer une présentation claire et magistrale.

Le colonel se disait qu'il ne devait pas perdre la carte de visite de madame Schweer. Au moins ceux qui seraient en charge de la piste du conflit familial auraient-ils du grain à moudre.

Une fois la présentation terminée, le chef de la section de recherches pouvait difficilement faire moins que d'offrir à la consultante un rafraîchissement. Tous espéraient que cela ne prendrait pas plus d'un quart d'heure.

C'était sans compter sur le retour de la femme excentrique et bavarde, qui, à peine son matériel soigneusement rangé dans sa valise et sa sacoche, avait succédé à la professionnelle aguerrie.

Cette fois-ci, ils ne purent pas couper au « cold case » qu'elle avait contribué à résoudre et qu'elle piaffait de leur raconter depuis son arrivée la veille, dans la matinée. Ils durent faire contre mauvaise fortune bon cœur. Au moins l'histoire était-elle intéressante.

Avant de partir, sous le regard amusé des gendarmes présents, madame Schweer mit un point d'honneur à faire le tour de toute la section de recherches en gratifiant chacun d'un sourire appuyé accompagné d'un « Au revoir, j'ai eu beaucoup de plaisir à travailler avec vous ».

À peine la généalogiste partie, Fleur réunit son équipe.

– Bon, on a du pain sur la planche. On continue comme avant, mais je veux qu'on fasse effort sur la piste familiale.

– Elle vous paraît la plus probable, demanda la major Heitz ?

– Non, pas forcément. Mais, à mes yeux, c'est la plus sensible.

Elle poursuivit son raisonnement.

– Avec les éléments actuels, nous devrions privilégier les pistes du crime crapuleux. Mademoiselle Katz ou monsieur Groff ont trempé dans un trafic, avec de vrais méchants, et il ou elle a fait la connerie qu'il ne fallait pas faire. L'autre était au mauvais endroit au mauvais moment. Ou alors, comme ils sont très liés et que tous deux adorent le fric, ils ont trafiqué en famille et quelqu'un s'est débarrassé de la famille. Mais il y a deux objections.

Elle se tourna vers le jeune Thibaut qu'elle considérait comme toujours en formation. Il mit un instant avant de comprendre qu'on attendait de lui qu'il complète l'exposé de sa cheffe.

– Vous les avez déjà dites capitaine. Premièrement, un vrai méchant n'aurait pas épargné la cycliste et n'aurait pas couvert le corps nu de Sophie Katz. Deuxièmement, ce serait une sacrée coïncidence que Kylian Groff soit impliqué en vingt-quatre heures dans une agression sexuelle et son meurtre.

– Sauf si son meurtre est lié à cette agression. Celui ou celle qui a rendu justice a ensuite éliminé la femme qui avait été témoin de quelque chose.

– Mais il a laissé en vie la cycliste ?

C'est le capitaine Rigaud qui venait d'intervenir.

– Peut-être parce que Sophie Katz avait de quoi l'identifier alors qu'il espérait que la cycliste n'aurait rien remarqué. Si c'est le cas, il a eu raison. La témoin ne nous a rien dit d'intéressant. Au moins, elle aura sauvé sa peau.

Le major intervint une fois de plus.

– En résumé, on tourne toujours autour des mêmes pistes, mais on n'a rien qui puisse nous permettre de les prioriser. Alors, capitaine, pourquoi faire effort sur la piste familiale ? Votre instinct ?

– J'aimerais bien que mon instinct me désigne le coupable chaque fois. Mais je dois me contenter de ma logique. Non, c'est bien plus simple. La piste familiale est la seule qui implique que d'autres victimes sont peut-être sur la liste.

– C'est vrai, concéda le major.

– J'ajoute que les raisonnements tenus par madame Schweer tiennent globalement la route. Mais je ne la suis pas sur un point. Les enfants. Au contraire, c'est ce qui m'effraie le plus.

Regards interrogateurs.

– Notre assassin vient de tuer deux jeunes gens sans faire preuve de pitié. Mais il a épargné un témoin qui n'a rien à voir avec la famille et il a caché la nudité d'une de ses victimes comme s'il ne voulait pas ajouter l'humiliation à la mort.

– Et cela nous amène où, demanda Rigaud ?

– Cela nous amène à un tueur qui pense avoir une mission. Il y a peut-être même une dimension mystique dans ses actes. S'il se prend pour une sorte de dieu ou de représentant de Dieu et qu'il croit avoir pour mission de détruire une famille coupable de je ne sais trop quelle faute, pourquoi épargnerait-il les enfants.

– Alors il faut les protéger tous ?

– Je n'ai pas d'éléments assez solides pour faire une telle demande, mais je ne veux pas traîner pour creuser cette piste.

– On fait quoi, questionna le capitaine Rigaud ?

– Si je compte bien, sur les douze cousins, deux sont morts et deux ont été interrogés. Sur leurs sept parents vivants, quatre ont déjà été interrogés. Il en reste trois. En tout, nous avons onze membres de la famille à cuisiner.

En fait, il faudra ajouter les conjoints et, s'il y a des divorcés ou des pacs rompus, les anciens conjoints. Si on trouve des personnes qui ont vécu avec eux sans être mariés ou pacsés, on les interrogera. Si on a le moindre bout de ficelle à tirer, on ajoute les amis, les collègues, les voisins.

– Cela fait beaucoup de monde. Il faudra du temps.

– Justement, je ne veux pas en perdre, surtout si des enfants sont en danger. Toutes les équipes doivent être prêtes à me donner du personnel sans délai si mon équipe trouve un os à ronger.

Il fallait maintenant organiser le travail.

– Il est trop tard pour lancer quoique ce soit. Je préfère que vous dormiez tous et que vous soyez en forme pour demain. Ceux qui ne sont pas sur la piste familiale continuent comme avant. Pour les autres, vous recevrez vos consignes avant demain sept heures trente par mail.

Devant les regards étonnés, elle crut bon de préciser, en se tournant vers le plus jeune des gendarmes présents.

– Thibaut, la nuit de sommeil, ce n'est pas pour toi. Tu me compiles les infos transmises par la généalogiste. Tu fais des recherches pour les compléter. Conjoints, employeurs, etc. ... Tout ce que tu peux trouver. Noms, adresses, téléphones. Tu me mets tout cela sur une carte pour que j'essaie de distribuer le boulot de manière rationnelle. À cinq heures, je serai là et j'organiserai la journée. Ensuite, tu préviendras tout le monde par mail. Après, tu auras la matinée pour dormir. Tu reviens pour quatorze heures puis tu compiles les infos qui remontent.

– On cherche quoi en particulier ?

– Priorité un : tout ce qui pourrait donner lieu à un conflit dans la famille. Même une broutille. Une frustration qui apparaît comme futile au commun des mortels peut se transformer en haine chez quelqu'un un peu malade. Priorité deux : toute affaire de fric, même si personne ne vous dit qu'elle a pourri les relations chez les descendants de Jules Wolsheim. Priorité trois : tout conflit avec une autre famille. La vendetta n'est pas à exclure. En particulier, on cherche tout accident dont un membre de la famille a pu être responsable. Ils ont de l'argent. Assez pour se payer de bons avocats. L'un d'entre eux a pu tuer un père, une mère ou un enfant et s'en tirer à bon compte. Priorité quatre : toute trace de mysticisme chez un ou plusieurs membres de la famille. Pas celui qui va à la messe ou au temple le dimanche. Celui qui fait passer la religion avant tout. Bien sûr, si une secte apparaît dans le paysage, vous creusez. Et puis vous faites remonter tout ce qui pourrait vous paraître intéressant.

Elle libéra ses équipes puis, avec une pointe de mauvaise conscience liée à la pile de courrier à traiter, dont le volume semblait ne jamais vouloir décroître, quel que soit le temps qu'elle y consacre, décida de rentrer chez elle. Elle voulait être en forme le lendemain.

Il était encore assez tôt, les magasins n'étaient pas encore fermés et la foule des Colmariens rentrant chez eux encombrait les trottoirs. Le ciel était d'un bleu limpide.

Fleur, malgré le froid qui, la saison s'avançant, commençait à tomber dès que le soleil s'approchait de l'horizon, décida de faire une promenade.

L'exercice lui permit de se détendre et elle ne résista pas à l'envie de remplacer le plat surgelé qu'elle s'apprêtait à consommer chez elle, par une part de tarte aux myrtilles recouverte d'une épaisse couche de crème Chantilly.

Il était à peine vingt heures quand elle rentra chez elle, après une promenade digestive.

Sur l'Île de la Réunion, il était vingt-deux heures. Elle décida de tenter de joindre ses parents et de leur proposer une visioconférence.

La vision des deux couples âgés, ravagés par la perte d'un enfant, la hantait. Depuis, ses propres parents lui manquaient. Elle culpabilisait d'avoir choisi un métier qui l'avait emmenée si loin d'eux.

Son père lui avait avoué un jour, parce qu'elle lui avait demandé d'être franc, qu'après chacun de ses départs sa mère, après avoir fait bonne figure devant sa fille, s'effondrait dans la voiture qui la ramenait de l'aéroport où elle avait accompagné Fleur.

Elle fut soulagée d'obtenir une réponse à son appel. Elle passa près d'une heure à raconter sa vie, ses enquêtes, les menus incidents qui rythment les vies de chacun d'entre nous.

Depuis que ses parents avaient fait le déplacement pour assister à la remise de sa Légion d'Honneur, exceptionnellement décernée à une officière si jeune à la suite d'un fait d'armes, ils visualisaient les lieux que Fleur évoquait durant leurs longues conversations.

Leur séjour s'était déroulé pendant une enquête difficile. À chaque récit de leur fille, les parents de la capitaine étaient à la fois plus rassurés, parce qu'ils imaginaient mieux les actions décrites, et plus inquiets parce qu'ils avaient pris conscience que la situation pouvait déraper à tout instant.

En fait, les parents de Fleur avaient appris à vivre avec une inquiétude sourde qui ne les quittait pas.

En coupant la communication, Fleur se sentait un peu mieux. La magie d'internet lui avait permis de passer un moment dans la maison de son enfance, en compagnie des deux personnes qu'elle aimait le plus au monde.

Cette enquête, à laquelle elle consacrait beaucoup d'énergie, l'avait fatiguée. Le lendemain, elle devait se lever tôt.

Au vu de l'heure où elle avait décidé de se lever, elle prépara la cafetière pour n'avoir qu'à la brancher, prit une douche, régla l'alarme de son smartphone à quatre heures et demie le lendemain matin et se coucha. Elle sombra rapidement dans un sommeil lourd, sans rêves.

Comme prévu, le réveil fut difficile. Très difficile même. La jeune femme arriva à son bureau peu après cinq heures du matin et trouva le jeune Thibaut qui, après avoir rempli au mieux sa mission, continuait de rechercher sur internet des informations sur les descendants de Jules Wolsheim.

Il avait les yeux rouges et bâillait sans cesse.

Fleur ignora la fatigue du jeune homme. Dans leur métier, une nuit blanche n'est pas un évènement exceptionnel et il allait pouvoir bientôt dormir cinq ou six heures avant de reprendre le travail en début d'après-midi. Compte tenu de l'importance de l'enquête en cours, c'était un luxe.

– Bon, tu as terminé ?

– Oui capitaine. Une fiche par personne. Elles sont encore sous format électronique, mais, dès que j'ai votre feu vert, j'imprime.

Fleur passa l'heure suivante à vérifier le travail de Thibaut. Parfois, elle lui posait une question et il se lançait dans une recherche supplémentaire. Elle répartit ensuite les fiches entre les enquêteurs. Chacun aurait deux ou trois personnes à interroger et sur lesquelles se renseigner.

Elle-même s'était réservé la fratrie Philibert. Elle n'avait pas de raison particulière, mais il fallait bien distribuer le travail.

Elle étudia la fiche de Raymond Philibert, un œnologue qui travaillait dans l'exploitation viticole de son père Julien, un veuf fortuné. Il était marié, mais n'avait pas d'enfant.

Dans la famille, il y avait aussi Clémentine, mariée à un certain Fabien Arnaud, ingénieur en informatique. Elle-même, après avoir exercé pendant quelques années comme professeur de mathématiques, avait pris un congé sabbatique pour élever son fils qui avait maintenant huit ans. Elle habitait une grande maison qui lui avait été offerte par son père. Fleur nota que, dans la famille Philibert, il n'y avait pas de préférence au niveau des enfants. Son frère et sa sœur avaient bénéficié de la même largesse de la part du père.

Lucie Philibert était la plus jeune de la fratrie. Âgée d'à peine vingt-cinq ans, elle était toujours célibataire. Selon les renseignements fournis par Thibaut, elle avait créé une petite entreprise dans l'évènementiel et elle tentait de la développer. Elle avait embauché une première salariée à peine un mois plus tôt. Elle organisait des mariages, des banquets et essayait d'entrer sur le marché des manifestations locales, festivals, expositions, carnavals ou autres. Elle avait déjà décroché quelques contrats avec des municipalités de la région.

Fleur décida de s'intéresser d'abord à elle. Deux éléments la poussaient dans cette direction.

Tout d'abord, parmi les cousins survivants, elle était la seule à être, tout comme ses deux cousins assassinés, ni mariée, ni pacsée. Peut-être avait-elle un compagnon ou une compagne, mais, si c'était le cas, il ou elle n'apparaissait nulle part. Dans l'hypothèse où les deux premières victimes avaient trouvé la mort à la suite d'un trafic ayant mal tourné, elle pouvait être leur complice.

Ensuite, son activité dans l'évènementiel laissait espérer une femme plus extravertie, qui aurait moins tendance à garder pour elle les potins de la famille.

À l'aide de Thibaut, Fleur envoya les mails assignant les missions, auxquels les fiches étaient jointes.

Une fois les mails expédiés, Fleur s'accorda une petite heure pour prendre un café et relire quelques synthèses de rapports. Elle voulait avoir le maximum d'éléments en tête avant de rencontrer sa « cible ». La politesse lui interdisait aussi de téléphoner trop tôt pour obtenir un rendez-vous.

Il était huit heures trente quand elle appela Lucie Philibert. Au téléphone, la jeune femme semblait sympathique et dynamique. Elle avait des rendez-vous le matin même, mais, dès qu'elle sut qui l'appelait et pour quelle raison, elle proposa de les annuler afin de recevoir la capitaine.

Elle proposa même de venir à la section de recherches. Mais Fleur préférait voir les témoins dans leur environnement. C'était toujours instructif.

Un peu après neuf heures, elle stationna son véhicule dans le centre de Sélestat, devant une petite boutique qui servait de bureau à la jeune femme. Elle était meublée avec goût, dans un style moderne. Les murs étaient simplement recouverts d'une peinture d'un beige très clair. En fait, ils ne servaient que de supports aux nombreuses photographies qui présentaient les évènements que Lucie Philibert avait organisés.

Le mobilier se composait de deux bureaux, et, pour chacun des bureaux, d'un fauteuil de travail et deux chaises visiteurs confortables. Au fond de la pièce, contre le mur, un meuble de rangement sur lequel trônait une cafetière à dosettes, deux mugs et quelques tasses en carton, une boîte pour les dosettes de café et une autre pour le sucre.

À gauche, le poste de travail était occupé par une toute jeune femme, qui ne devait pas avoir beaucoup plus de dix-huit ans. Elle était vêtue d'un jean simple et d'un chemisier blanc. Elle portait des baskets jaunes. Aucun bijou ni maquillage n'étaient visibles. A priori, le dress code de la petite entreprise n'était pas contraignant pour la salariée.

À droite se tenait une femme habillée d'une manière plus sophistiquée. Un chemisier en soie assez largement ouvert pour permettre d'apercevoir la naissance de la poitrine. Un pantalon noir en tissu léger. Des escarpins rouge vernis. Elle était maquillée avec goût et une longue chevelure auburn encadrait un visage fin et raffiné. Cette femme était belle. Elle voulait visiblement être attirante, mais sans sombrer dans le vulgaire ou la provocation.

Fleur pensa qu'elle était, au féminin, la copie de Jérôme Katz. Pour favoriser les affaires, la présentation doit séduire l'éventuel client, mais sans prendre le risque qu'il se sente humilié ou choqué.

Dès que la capitaine ouvrit la porte, elle se leva, fit le tour de son bureau et, un large sourire aux lèvres, lui tendit une main soigneusement manucurée et aux ongles recouverts d'un vernis assorti aux escarpins et au rouge à lèvres.

– Bonjour capitaine. Je ne sais pas si je pourrais vous être utile, mais je suis à votre disposition. Cela ne vous dérange pas si Cynthia est présente ?

Elle désignait de la main la jeune fille qui semblait absorbée par le travail.

Sa voix un peu nasillarde et son très léger accent alsacien ajoutaient à son charme.

Fleur expliqua à Lucie Philibert qu'elle voulait évoquer des aspects intimes de sa famille et que l'enquête avait un caractère confidentiel.

– Je n'ai que cette pièce de disponible dans la boutique. Je vous propose une solution. Le salon de thé d'à côté est désert à cette heure. Je le sais parce que je suis une de leur meilleure cliente. Je vous invite pour un café. En nous plaçant à une table isolée, nous serons tranquilles. Je peux même demander à la patronne de mettre des pancartes « réservé » sur les tables les plus proches. C'est une amie.

Après un instant d'hésitation, Fleur accepta, en précisant qu'elle paierait sa consommation.

Trois minutes plus tard, les deux femmes étaient installées sur des banquettes confortables. Une table en imitation chêne les séparait.

L'organisatrice d'évènement n'avait pas menti. Elles étaient isolées des très rares clients qui terminaient leur petit-déjeuner.

L'entretien dura une bonne heure. Un moment agréable pour Fleur qui apprécia le cadre et le café au lait qu'elle s'était commandé.

La jeune femme confirma la majorité des renseignements que connaissaient les enquêteurs. Plusieurs détails attirèrent toutefois l'attention de Fleur.

– C'est vrai, nous ne sommes pas une famille très unie. Je suis certaine de ne pas connaître l'existence d'une partie de mes oncles et tantes et cousins et cousines. Mais je n'ai pas connaissance de conflit. D'ailleurs, le fait de ne pas se fréquenter est encore le meilleur moyen de les éviter.

Elle n'avait pas tort.

Elle confirma toutefois être parfois sortie avec Sophie et Kylian.

– Eux étaient copains comme cochons. Ils avaient des relations spéciales, mais on a déjà dû vous le dire. Depuis trois ans, je sortais régulièrement avec eux. Nous étions les trois seuls vrais célibataires de la famille.

Mais elle jugea bon de préciser immédiatement.

– Pour moi, ce n'était pas plus d'une fois par mois. Alors qu'eux se voyaient beaucoup plus souvent. Et pas des bringues dantesques. Un restaurant, parfois suivi d'une boîte de nuit ou d'un « after » chez Sophie ou chez moi, jamais chez Kylian qui n'avait qu'un petit appartement à Colmar. Il était connu pour ne jamais faire le ménage. Une fois de temps en temps, ma tante envoyait deux femmes de ménage le remettre en état.

– Et consommiez-vous de la drogue pendant ces soirées ? Rassurez-vous, je suis à la recherche d'un assassin, pas d'une consommatrice de drogue. Mais la drogue est souvent liée au crime.

Lucie Philibert se troubla et hésita. Fleur voulut la pousser aux confidences.

– Je vous assure mademoiselle, je ne suis pas du tout dans cette démarche et j'apprécie l'accueil que vous m'avez fait. Mais si je voulais savoir si vous êtes une consommatrice de drogue, il me suffirait de demander au juge de vous imposer une prise de sang ou un prélèvement de cheveux. Soyez sincère. Consommiez-vous des substances illicites pendant vos soirées ?

Elle répondit à voix basse, en baissant la tête.

– Il y avait toujours du cannabis à disposition. J'avoue que je fumais un ou deux joints. Une fois, Kylian a sorti de la cocaïne. Je n'y ai pas touché.

– Et qui fournissait la drogue ?

– Toujours Kylian. Sophie m'a dit une fois qu'elle n'osait pas aller sur un point de deal. Kylian était très à l'aise avec cela.

– Et qui payait ?

– Chaque fois, c'était chez Sophie. Elle ne m'a jamais rien demandé.

Sans que Fleur la sollicite, elle précisa.

– Une fois, au moment où nous partions de chez Sophie, je l'ai vu remettre à Kylian une liasse de billets de cinquante euros. En échange, il lui a donné un sachet de plastique rempli d'herbe.

– Vous ne l'avez vu qu'une fois ?

– En général, je partais seule. Eux deux restaient pour un autre « after » un peu plus intime. Je n'ai pas besoin de vous faire un dessin. Ils devaient faire leur petite transaction après mon départ.

L'entretien se terminait. Fleur était satisfaite. Comme elle l'avait supposé, Lucie Philibert avait parlé sans retenue.

La piste du conflit familial s'était un peu éloignée. Celle d'un règlement de compte lié à la drogue revenait sur le devant de la scène.

Fleur se leva et serra la main de la jeune femme. Elle hésita une seconde, mais estima qu'elle devait quand même soulever un dernier point.

– Au fait, vous n'avez jamais vu le dealer de Kylian ?

– Non jamais. Ah si. Peut-être. Un soir, on devait se retrouver chez Sophie pour prendre une seule voiture pour aller au restaurant. Je sortais de la mienne. Kylian était arrivé avant moi. Il attendait au bord de la route en fumant une cigarette. J'allais le rejoindre quand un petit coupé sport s'est arrêté à sa hauteur. Le conducteur a baissé la vitre. Kylian lui a tendu quelque chose. Des billets je présume parce que le conducteur du coupé est resté tête baissée pendant une bonne minute. Il farfouillait sur ses jambes. Je suppose qu'il comptait les billets. Il lui a ensuite donné une grosse enveloppe qui devait contenir l'herbe.

– Pouvez-vous décrire le dealer ?

– Je suis désolée. Je l'avoue, je suis une trouillarde. Je suis restée dans l'ombre. Tout ce que je peux dire, c'est que le type avait l'air assez grand. Mais il avait remonté la capuche de son sweat, ce qui est étonnant pour quelqu'un qui est au volant.

– Et la voiture ?

– Un petit coupé sport. De couleur sombre. Noir ou gris métallisé. Mais il faisait déjà sombre. Difficile d'être plus précise.

Lucie s'excusa encore de n'avoir rien vu de plus. Les éléments qu'elle avait fournis étaient légers, mais la Police de Colmar pourrait peut-être en tirer quelque chose et identifier le dealer qui, du coup, deviendrait un des principaux suspects. On savait maintenant qu'il connaissait l'adresse de Sophie Katz.

Fleur ne savait pas comment présenter la suite.

– Mademoiselle. Je vous remercie de ces précisions. Une des hypothèses est en effet que ces meurtres sont liés à la drogue.

– Une dette ?

– On ne sait pas. Mais ce n'est qu'une des nombreuses hypothèses, et pas la plus probable. D'après ce que vous dites, Kylian payait son dealer. Celui-ci n'avait aucune raison de se priver d'un bon client.

Lucie Philibert scrutait le visage de Fleur avec une intensité nouvelle. Son sourire s'était figé et maintenant, s'estompait.

Elle n'était pas idiote et elle avait compris que la gendarme prenait des précautions oratoires et cherchait à la ménager.

– Capitaine, allez-y. Dites-moi ce que voulez m'annoncer. Je commence à le deviner.

Fleur décida de se lancer.

– Vous avez compris que seuls trois membres de votre famille faisaient, à votre connaissance, des soirées régulières ensemble et y consommaient de la drogue. Une des hypothèses. J'insiste, une parmi tant d'autres, est que le meurtre de Kylian soit lié à la drogue. C'est le seul qui, à notre connaissance, trafiquait. Sophie a peut-être été témoin de quelque chose.

– Et a été éliminée pour cela ?

La lèvre inférieure de la jeune femme tremblait légèrement, mais elle faisait bonne figure. Elle n'était pas si trouillarde qu'elle voulait bien le dire.

Elle poursuivit son raisonnement.

– Et j'ai vu le dealer de Kylian. J'ai donc moi aussi été témoin. Vous pensez donc que je suis en danger.

Fleur était soulagé que la témoin fasse elle-même le raisonnement. Elle insista lourdement sur le fait que ce n'était qu'une hypothèse parmi d'autres.

– Et que dois-je faire ?

La capitaine espéra qu'elle n'allait pas exiger une protection permanente. Elle n'avait pas les moyens de la mettre en place. Heureusement, Lucie fit preuve d'un grand courage.

– J'espère que l'enquête ne va pas durer très longtemps, mais, pour être sincère, je ne peux pas vous le promettre. Je vous demande de prendre quelques précautions.

– Lesquelles ?

– Évitez les endroits déserts. Fermez bien vos portes et vos volets. Si vos serrures sont simples, remplacez-les. Si besoin, renforcez votre porte. N'ouvrez votre porte qu'après avoir identifié la personne qui a sonné. Veillez à ce que votre smartphone soit toujours chargé pour pouvoir appeler les secours. Gardez-le toujours près de vous, même aux toilettes et dans la salle de bain. Ce sont des précautions de bon sens. Elles sont efficaces. Mais j'ai conscience que, surtout si vous voulez les mettre rapidement en œuvre, ce que je vous conseille, elles vont coûter cher.

– Ne vous inquiétez pas pour cela. Votre enquête a dû vous montrer que mon père ne manque pas d'argent. Je vais prévenir papa. Je ne doute pas que ce soir, quand je fermerai la boutique, mon appartement sera une vraie forteresse. Il mettra le chef des services techniques de sa propriété sur le coup. C'est un homme efficace et aucun des artisans de la région n'a envie de se le mettre à dos.

– Je vais passer au commissariat de Police pour les prévenir. Ils feront des rondes plus fréquentes le jour devant la boutique et la nuit devant chez vous. N'hésitez pas à les appeler si vous voyez quelque chose de suspect.

– Et qu'appelez-vous quelque chose de suspect ?

– Quelqu'un qui semble vous suivre, à pied ou en véhicule. Une voiture stationnée avec quelqu'un dedans. Une personne que vous voyez plusieurs fois de suite alors que vous ne l'aviez jamais vue auparavant.

Lucie Philibert avait sorti un carnet à couverture de cuir de son sac à main. Elle prenait consciencieusement des notes, telle une écolière appliquée.

Après l'avoir raccompagnée jusqu'à sa boutique, Fleur prit le temps d'alerter les policiers locaux en espérant que, bien qu'ils soient débordés comme toutes les forces de sécurité de France, ils trouveraient le moyen de réorganiser leurs rondes afin de protéger Lucie.

En retournant vers Colmar, afin de taper son rapport et d'étayer le dossier de l'enquête, Fleur ressentait une sourde angoisse.

On lui avait souvent rappelé qu'elle devait être capable de garder la tête froide pour enquêter sereinement et efficacement. Mais elle ne réussissait pas à s'habituer à la mort de jeunes personnes.

Lucie Philibert lui avait paru bougrement sympathique. Elle avait bien travaillé avec elle, mais elle avait aussi l'impression d'avoir passé un bon moment. Elle savait qu'elle ressentirait une grande souffrance si elle devait voir son cadavre dans les prochains jours.

Chapitre 8 : de justesse

Quatre jours s'étaient écoulés depuis l'entretien de Fleur avec Lucie Philibert. Les enquêteurs exploraient toutes les pistes possibles.

Les étudiants de l'I.U.T. qui avaient fréquenté Kylian Groff et les relations professionnelles de Sophie Katz avaient révélé une multitude de ragots qui avaient conduit à une multitude d'interrogatoires et de contre-interrogatoires.

Les maîtresses et les amants largués par l'une ou l'autre des victimes étaient légion et on fouilla leur vie sans rien trouver. Nombreux auraient pu vouloir la mort de Kylian ou de Sophie, mais les enquêteurs ne découvrirent aucun élément permettant d'incriminer l'un plutôt que l'autre. D'un point de vue professionnel, Sophie n'avait pas suffisamment de talent pour risquer de détrôner les rois de son domaine et provoquer une réaction violente. Elle était bonne dans son métier, sans plus. Le gros contrat qu'elle avait décroché sans l'aide de son père était certes juteux, mais il y avait bien mieux sur le marché. On enquêta quand même sur les candidats évincés. Sans résultats.

Les gendarmes enrageaient, car ils avaient peut-être l'assassin sous le nez, mais ils étaient incapables de le démasquer. Certains en venaient à rêver d'utiliser un détecteur de mensonges ou un sérum de vérité, mais, en France, les deux sont interdits.

Côté famille, on avait fait un tour assez complet des branches qui n'avaient pas quitté l'Alsace.

Presque tout le monde avait assez bien réussi. En fait, deux cousins s'étaient alliés dans les années 1980 pour exploiter des parcelles de vigne qu'ils avaient su étendre et valoriser. Leur descendance, nombreuse, en profitait.

Seuls deux des cousins nés dans les années 1990, un frère et une sœur, faisaient un peu tache dans la famille. La sœur, Esther, s'en sortait tout de même assez bien. Mariée à un conducteur d'autocar, elle était hôtesse de caisse. Ils habitaient dans les environs de Munster. Ils ne menaient pas grand train, à l'inverse de la plupart de leurs autres cousins, mais ils n'étaient pas dans la difficulté.

Son frère, Antoine, était la tête brûlée de la famille. Les études n'avaient pas été son truc. Il avait préféré le trafic, pour gagner plus d'argent, et plus vite. Il avait fini par faire dix-huit mois de prison pour une affaire de trafic de drogue. Mais pas trace de violence dans son casier judiciaire.

Il avait quand même de la chance. Depuis sa sortie de prison, en attendant qu'il termine une formation de chauffeur poids lourd, sa sœur l'hébergeait dans son garage qu'elle avait transformé en studio pour l'occasion, et ce avec la bénédiction de son conducteur de mari.

Les autres vivaient bien.

Le frère de Lucie Philibert, Raymond, avait bien eu quelques soucis avec la justice. Gestionnaire de fortune, il avait conseillé à un client d'acheter un petit hôtel particulier. Deux ans plus tard, le client s'était aperçu que le petit bijou qu'il croyait avoir acquis se trouvait sur un terrain qui allait bientôt être longé par une quatre voies. Toute valeur de revente avait disparu.

Pas de chance pour Raymond Philibert, le client, persuadé d'avoir été floué, utilisa les quelques économies qu'il avait gardées pour se payer les services d'un détective privé.

Re-pas de chance pour le gestionnaire de fortune, le détective réussit à prouver que Raymond Philibert et le vendeur se connaissaient depuis l'Université. Il montra aussi que tous deux avaient connaissance, au moment de la vente, du projet routier. L'enquête qui suivit la plainte montra enfin que, peu de temps après la vente, le vendeur avait fait de gros retraits en liquide.

Tout cela aurait pu tourner très mal pour Raymond, qui débutait dans un métier pour lequel il n'était visiblement pas fait, sans la fortune de son père qui réussit à étouffer l'affaire en indemnisant largement la victime.

On débusqua aussi quelques affaires de coucheries entre les cousins-cousines et leurs conjoints. Mais aucune ne concernait Sophie ou Kylian.

Les enquêteurs creusèrent bien sûr la piste du tueur de passage. Ils analysèrent les bases criminelles de l'Europe entière. Ils ne trouvèrent pas d'affaires semblables.

Fleur commençait à désespérer. Famille ? Vendetta entre deux familles ? Drogue ? Histoire d'amour ou de fesse ? Rivalité professionnelle ? Psychopathe de passage ? Elle ne savait même pas à quelle piste elle devait accorder la priorité.

Elle s'apprêtait à proposer d'étendre les recherches aux membres de la famille qui avaient quitté l'Alsace. Au moins, dans un premier temps, ceux qui résidaient en France métropolitaine. Après tout, en TGV, Colmar n'est qu'à trois heures de Paris. Elle savait que cette demande se traduirait par la désignation d'un officier supérieur comme directeur d'enquête. Elle était assez professionnelle pour ne pas se laisser guider par son envie de conserver « son » enquête.

On était dimanche. L'enquête traînant en longueur, elle avait autorisé la plus grande partie de son équipe à se reposer et à profiter un peu de la vie familiale. Seuls quelques gendarmes, qui exploraient des pistes fraîches ou qui devaient interroger des témoins qui n'étaient pas disponibles en semaine, en général parce que leur métier les menait sur les routes de France, avaient été privés de ce jour de repos.

Fleur, qui commençait à ressentir la fatigue, avait décidé que, ce dimanche-là, l'enquête n'occuperait pas son esprit. C'est ce qu'elle décidait chaque fois qu'elle s'accordait une journée de repos même si, au fond d'elle-même, elle ne croyait pas une seule seconde en sa capacité à prendre du recul. Au moins, elle essaierait.

Elle avait un peu traîné au lit où elle avait somnolé pendant près d'une heure avant de se décider à prendre une douche qui l'avait, enfin, réveillée. Un petit-déjeuner copieux dans un salon de thé avait complété cette routine matinale à laquelle elle se livrait souvent, pendant ses jours de repos.

Après son petit-déjeuner, elle avait parcouru le centre de Colmar en essayant de repérer les décorations de Noël qui n'avaient pas encore été installées lors de sa dernière promenade.

Vers onze heures, elle était de retour chez elle. À temps pour le rendez-vous fixé avec ses parents pour une vision-conférence qui dura près de deux heures. Sa mère en profitait, chaque fois, pour lui raconter tous les potins du quartier où Fleur avait grandi. Ce jour-là, elle avait beaucoup de choses à dire.

Et des choses importantes.

Leur voisine, veuve de longue date et vieille amie de ses parents, avait repeint ses volets.

– À son âge, tu te rends compte ! Elle aurait pu se rompre de cou. Elle aurait dû me demander. J'aurai envoyé ton père.

Bien évidemment, personne n'aurait eu l'idée de demander son avis à l'intéressé qui, docilement et de bon cœur, aurait pris son escabeau et son matériel de peinture avant de se présenter chez la voisine.

Il y eut le rond-point en travaux, l'incendie de la cabane au bord de la plage, le malheureux lycéen envoyé à l'hôpital par un chauffard. Bref, Fleur avait l'impression d'être plongée dans la rubrique des faits divers des journaux locaux.

Elle supportait l'épreuve de bonne grâce même si, pour garder un lien avec l'île qui l'avait vue naître, elle était abonnée à l'édition internet des journaux locaux, ce qui lui permettait de connaître presque tous les faits divers que sa mère lui relatait.

Pendant deux heures, elle s'était sentie un peu de retour chez elle. Cela lui avait fait du bien.

Il était presque treize heures quand elle apposa son doigt sur le bouton rouge qui coupait la communication avec ses parents.

Prise par un accès de flemme qui l'empêcha de cuisiner, elle s'offrit un vrai repas de célibataire. Du maquereau à la moutarde consommé à la fourchette directement dans la boîte de conserve. Un café au lait accompagné de trois énormes madeleines sorties d'un sachet qu'elle conservait pour les fringales.

Une fois rassasiée, elle se cala dans son fauteuil et entama la lecture d'un chapitre du roman qu'elle avait acheté quatre mois plus tôt et qu'elle peinait à terminer. Non pas que l'histoire la rebutait, au contraire, mais parce que, dans sa vie, les moments de vraie détente étaient rares.

Quand elle ne rentrait pas épuisée du travail, elle appelait ses parents, faisait les courses, le ménage, la lessive et, surtout, du sport.

Exceptionnellement, elle réussit à lire près d'une heure d'affilée avant que sa mauvaise conscience ne vienne la tourmenter.

Le petit-déjeuner. Les madeleines. Que de calories !

Elle baissa la tête pour regarder son ventre et eut l'impression d'apercevoir, au niveau du nombril, un petit bourrelet.

Elle regarda l'heure. Il était quinze heures.

En cette saison, il commence à faire nuit vers dix-sept heures trente. Elle avait le temps de faire un bon footing. En rentrant, une série de pompes, des abdominaux, des assouplissements et quelques mouvements de karaté compléteraient la séance. Elle se promit d'aller faire quelques longueurs à la piscine à l'occasion de son prochain jour de repos.

Comme il commençait à faire froid, elle décida d'aller courir dans les champs plutôt qu'en forêt. Elle voulait profiter des rayons du soleil.

Elle prit sa petite voiture et roula en direction de l'Allemagne jusqu'à un petit espace situé au bord de la route et sur lequel elle pouvait stationner.

Elle connaissait l'endroit et elle y avait repéré un itinéraire qui lui permettrait de faire une heure de course à pied avant de rejoindre son point de départ.

Elle avait revêtu un tee-shirt de sport assez fin et un survêtement. Au bout d'une dizaine de minutes, elle ralentirait le rythme, le temps d'enlever sa veste de survêtement et de la nouer autour de sa taille.

Elle avait glissé son smartphone dans un étui souple qu'elle portait autour du bras. Elle ne l'utilisait pas pour, comme beaucoup de joggers, écouter de la musique. Elle voulait simplement rester joignable. Ses collègues lui avaient parfois rappelé que la Gendarmerie était organisée pour traiter les urgences. Mais elle n'arrivait pas, sauf à de très rares occasions, à décrocher de son travail.

Elle entama son jogging sur un rythme assez lent. Elle se traînait depuis son réveil et ne réussissait pas à retrouver son dynamisme habituel. Elle se dit qu'elle devrait veiller à se coucher tôt ce soir-là. Sinon, sa journée de repos risquait de ne pas avoir l'effet escompté sur sa productivité.

Elle courait depuis plus de vingt minutes et commençait à atteindre le rythme auquel elle était accoutumée. Elle n'entendit pas la sonnerie de son smartphone, mais sentit l'appareil vibrer contre son bras. Elle réduisit sa cadence et se mit à trottiner pendant qu'elle sortait le téléphone de son étui. Elle décrocha et le porta à son oreille. Elle essaya de placer un « bonjour » et de se présenter. Elle n'en eut pas le temps.

– Capitaine ! Capitaine ! C'est Jasmine.

Fleur avait reconnu l'accent méridional de sa subordonnée.

– Je vous appelle pour Julia.

– J'espère que tu n'as pas fait la connerie de lui parler. Tu sais que tu risques gros.

Fleur avait arrêté de courir pour mieux se concentrer sur sa conversation.

– Je sais. Je sais capitaine. C'est elle qui m'a appelée. Je lui ai dit qu'on ne devait pas se parler. Mais elle a fondu en larmes.

Jasmine parlait d'une voix tellement rapide qu'il était difficile de la comprendre.

– Calme-toi et explique-moi. Mais d'abord, respire un bon coup.

– C'est Julia. Elle vient de m'appeler. Elle rentre d'un footing et elle pense qu'on la suit. En plus, elle est toute seule dans la grande baraque. Les proprios et les autres locataires sont partis pour le week-end. Alors, elle a la trouille.

– Si on l'a suivie, qu'elle appelle la Police.

– Mais elle a juste l'impression qu'on l'a suivie. Alors elle n'a pas osé. Elle m'a dit qu'elle avait peur de passer pour une idiote. Mais elle a la trouille. Et elle est toute seule.

Fleur commençait à comprendre. La peur de Julia ne reposait que sur une impression. Effectivement pas de quoi faire déplacer les forces de l'ordre. Mais la jeune femme devait avoir besoin de parler à quelqu'un pour se rassurer. Et elle avait pensé à Jasmine. Celle qui l'avait sauvée.

– Et pourquoi ne téléphone-t-elle pas à ses parents ? Ou à une autre copine ?

– Je crois qu'elle n'a pas beaucoup de copines. Quant aux parents, elle ne veut sans doute pas les inquiéter. Quand vous vous sentez en danger, je ne pense pas que vous téléphoniez à votre mère, histoire de l'inquiéter.

– Tu n'as pas tort. Envoie-moi son téléphone par S.M.S. je vais l'appeler. Mais tu n'essaies pas de la joindre. Je te donnerai des nouvelles.

Une minute plus tard, le numéro de téléphone de Julia s'affichait sur l'écran du smartphone de Fleur qui s'était remise à trottiner. Il était normal qu'après avoir subi une agression, la jeune étudiante soit parfois victime de crises d'angoisse. Elle comprenait aussi qu'être seule dans cette grande bâtisse ne devait pas être propice à la sérénité. Mais on ne pouvait pas engager des forces de Police chaque fois qu'une victime d'agression était prise d'une crise de panique.

Sans conviction, et parce qu'elle l'avait promis à Jasmine qui avait visiblement, elle aussi, besoin d'être rassurée, la capitaine appela immédiatement la jeune étudiante.

Elle n'obtint pas de réponse.

Elle devait être sous la douche ou occupée ailleurs. Fleur poursuivit son jogging.

Mais la graine de l'inquiétude avait été semée dans son esprit. Elle avait germé et sa croissance était rapide. Tout en se traitant d'idiote, la gendarme fit demi-tour afin de regagner plus rapidement son véhicule.

Elle essaya de nouveau de joindre Julia. Sans plus de succès.

Elle accéléra la cadence. Elle avait décidé d'aller voir ce qui se passait. Mais elle non plus ne voulait pas passer pour une idiote en appelant la Police. Chaque jour, des millions de personnes ne répondent pas au téléphone sans provoquer la panique chez leur interlocuteur.

Jasmine la rappela pendant les quelques minutes que dura le trajet en voiture jusqu'au domicile de Julia. Fleur se voulut rassurante.

– Elle doit être à la douche ou aux toilettes. Mais je sens que tu es inquiète. Je vais aller la voir, faire un tour du quartier pour m'assurer qu'il n'y a rien de suspect et, comme cela, je pourrai vous rassurer toutes les deux.

Jasmine lui répondit sur le même ton, s'excusant d'avoir dérangé sa cheffe « pour une simple connerie ».

Mais aucune des deux ne croyait leurs propres paroles. Elles étaient inquiètes.

Fleur essayait de se rassurer. Rien dans l'enquête ne montrait qu'on pouvait en vouloir à Julia. À moins que la mère de Kylian n'ait pas été convaincue quand elle lui avait dit que la responsabilité de Julia dans la mort de Kylian était très improbable. Elle espérait que madame Groff n'avait pas voulu venger son fils elle-même, ou en engageant des gros bras.

La capitaine arriva devant la grande bâtisse où logeait l'étudiante. Elle stationna devant l'imposant portail fermé flanqué du portillon par lequel passaient les piétons et qui était entrouvert.

Elle venait d'appeler Julia, sans plus de succès que les fois précédentes.

Elle traversa rapidement le jardin et s'avança vers la porte d'accès au sous-sol destinée aux locataires des petites chambres.

Elle risquait d'être obligée d'arrêter là ses investigations. Si la porte d'accès était fermée, elle n'aurait aucune habilitation officielle pour la forcer. Il ne lui resterait plus qu'à appeler ses collègues de la Police en espérant qu'ils ne trouveraient pas Julia tranquillement installée à son bureau, un casque sur les oreilles, en train d'écouter de la musique mise trop fort pour qu'elle entende la sonnerie de son smartphone.

Elle en était là de ses réflexions quand elle se figea.

Non seulement la porte était entrouverte, mais la vitre la plus proche de la poignée intérieure était brisée.

Fleur n'avait pas d'arme. Elle sortit son smartphone pour appeler la Police, mais, tout en composant le numéro d'urgence et au mépris de toute prudence, elle s'avança dans le couloir qui menait à la petite chambre.

La lueur visible sur le mur du couloir montrait que la porte de la jeune fille était ouverte. La capitaine pressa le pas. Le claquement de ses semelles sur le béton résonnait dans le couloir étroit. C'est sans doute ce qui la trahit.

Elle était presque arrivée à l'entrée de la chambre quand un type en surgit. Il était vêtu d'un jean et d'un sweat-shirt à capuche. Il portait des baskets de marque. Mais, surtout, son visage était dissimulé par une cagoule qui ne laissait entrevoir que ses yeux et sa bouche. Il portait des gants de cuir fins.

Sans laisser à Fleur le temps de réagir, il enfonça son poing dans l'estomac de la jeune femme.

Elle se plia en deux, mais eut la force de ne pas tomber à genoux.

L'homme passa prestement derrière elle et lui tira les cheveux en arrière, la forçant à se redresser. Il lui passa le bras sous le menton et commença à l'étrangler.

Fleur avait mal et avait le souffle coupé. Elle comprit vite où l'homme voulait en venir. Elle devait lutter pour sa vie.

Elle souffrait certes, mais elle avait eu le réflexe de bander ses muscles abdominaux avant de recevoir le coup de poing.

Son agresseur pensait l'avoir privée de ses moyens. Elle lui montra à quel point il se trompait. Elle se pencha vers l'avant autant que le bras musclé qui enserrait son cou le lui permettait puis, brusquement, rejeta la tête vers l'arrière.

Le coup eut beau être en partie amorti par sa chevelure, Fleur entendit distinctement un claquement. Les lèvres de l'homme éclatèrent tandis que plusieurs incisives se déchaussaient.

L'agresseur de la gendarme poussa un cri et, malgré ses efforts, ne put s'empêcher de relâcher un peu sa prise. Pas suffisamment pour que Fleur se libère, mais assez pour qu'elle se retourne et se trouve face à lui, le visage collé contre la cagoule. Le type puait le tabac froid.

Il commit l'erreur d'essayer de poursuivre son étranglement. Ses deux bras étaient occupés. Ceux de la capitaine étaient libres.

Elle commença à asséner une série de coups de poing sur le flanc et les côtes de l'homme qui hurla et la relâcha.

Elle s'apprêtait à le mettre hors d'état de nuire en lui assénant un coup de genou au niveau du bas ventre quand elle ressentit de violentes douleurs au niveau du dos.

Quelqu'un était en train de la frapper à coups de poing, à une cadence effrénée. Par réflexe, elle ne put s'empêcher de se cambrer.

Elle n'avait pas envisagé qu'il puisse y avoir deux agresseurs.

Le complice de l'homme qu'elle avait failli neutraliser lui tordit les bras vers l'arrière.

Le premier agresseur reprenait ses esprits. Il décocha deux coups au niveau du visage de Fleur, la projetant à la limite de l'inconscience. Elle n'était plus en mesure de réagir.

– Laisse-moi finir cette salope.

Cette phrase, dont elle saisit la signification malgré le brouillard qui envahissait son esprit, lui glaça le sang.

– Fais-toi plaisir. Mais ne traîne pas. On n'en a pas terminé avec l'autre. Tu n'as plus besoin de moi. J'y retourne.

Elle sentit qu'on lui libérait les bras. Elle était incapable d'en profiter pour reprendre le combat. Elle tomba à genoux. Son agresseur en profita pour, toujours en lui tirant les cheveux, la forcer à se redresser avant de reprendre sa manœuvre d'étranglement.

Fleur essaya de bien donner de nouveau un coup de tête à celui qui voulait l'assassiner. Elle n'avait plus la force nécessaire pour qu'il soit efficace et l'homme ne réagit pas.

Elle sombra dans un semi-coma. Elle distingua de vagues bruits, des cris et sentit que son agresseur la lâchait. Elle s'affala de tout son long sur le béton glacé.

...

– Capitaine ! Vous m'entendez ?

Fleur l'entendait, mais ne pouvait pas répondre. Elle connaissait cette voix, mais était incapable de mettre dessus un nom ou un visage.

– Je vais vous soulever un peu la tête pour mettre dessous une veste que j'ai prise chez mademoiselle Despentes. Si je vous fais mal, contentez-vous de grimacer.

Elle sentit une main se glisser sous son crâne. Quelques secondes plus tard, sa tête reposait sur un tissu doux et chaud. La position était bien moins douloureuse. Elle n'avait plus le cou tordu.

– Maintenant, je vous couvre avec une veste de survêtement. Ne vous inquiétez pas. Les secours arrivent. Je dois retourner auprès de la gamine. Ils ne lui ont pas fait de cadeaux, les bâtards.

La chaleur de la veste lui faisait autant de bien que le coussin improvisé. Elle commençait à reprendre ses esprits. Les souvenirs remontaient à la surface.

Elle était venue pour rassurer la jeune Julia. Mais il y avait déjà quelqu'un chez elle. Au moins deux personnes. Elle avait voulu intervenir. On avait voulu la tuer. Apparemment, il y avait un sauveur.

Malgré la douleur, son visage s'éclaira. Thibaut, c'était la voix de Thibaut. Elle la reconnaissait maintenant.

Pourquoi était-il là ? Mystère ! Mais elle était heureuse d'avoir entendu sa voix. Elle avait confiance dans son jeune collègue.

Depuis qu'elle avait quelque peu repris conscience, elle n'avait pas essayé de faire un geste. Elle se satisfaisait du minimum de confort que lui avait offert le jeune gendarme en la couvrant. Elle se contentait d'attendre les secours, ayant pris conscience qu'elle allait avoir besoin de soins.

Ses idées reprenant leurs places, elle fut prise de panique et éprouva le besoin impérieux de se lever et d'aller voir comment allait Julia.

« Ils ne lui ont pas fait de cadeaux, les bâtards ». Que voulait dire Thibaut ? De qui pouvait-il parler sinon de la jeune Julia ?

Elle était allongée sur le côté, sans doute mise dans cette position de sécurité par Thibaut. Elle essaya de se tourner sur le dos pour se lever. Elle ne fit que provoquer d'immenses douleurs. Le temps passant, elle se souvenait des coups au niveau de l'estomac, dans le dos, au visage, sans compter les chocs pris sur une épaule et sur le crâne quand elle s'était affalée sur le béton.

Elle n'avait pas l'impression d'avoir de fractures ou d'entorses. Elle savait qu'elle allait en baver, mais, pour elle, rien ne l'empêchait d'aller prendre des nouvelles de Julia. Elle devait savoir. L'idée de n'avoir pas pu sauver celle qui avait appelé Jasmine au secours lui était intolérable.

Et Jasmine. Si cela tournait vraiment mal pour Julia ? Comment lui annoncer ?

Peu à peu, en s'efforçant de ne pas pousser de cris de douleurs, elle réussit à se tourner. Elle ne voulait pas crier. Elle savait que Thibaut se précipiterait et, même s'il n'était qu'un jeune gendarme en début de carrière, il empêcherait sa capitaine de n'en faire qu'à sa tête.

Une fois sur le dos, elle se glissa jusqu'au mur pour avoir un appui.

Se lever ne dut pas lui prendre plus de deux minutes, mais elle eut l'impression d'y avoir consacré la journée.

Le couloir dansait autour d'elle et elle eut besoin de se tenir au mur. Après un instant, la folle danse des murs ralentit. Elle avait l'impression de naviguer sur une mer agitée, ce qui ne l'empêcha pas, en se tenant à la cloison, de se diriger vers la chambre de Julia. Elle n'avait que deux mètres à faire.

Elle s'appuya sur le chambranle pour faire tourner son corps d'un quart de tour et découvrir l'intérieur de la chambre.

Tout avait été retourné sans aucune précaution. La vaisselle brisée se mêlait aux cours de Droit dont les feuilles, jetées à la volée, recouvraient presque entièrement le sol. Le petit bureau était renversé, un pied cassé. Il côtoyait le petit ordinateur portable dont l'écran avait été arraché.

Mais la pire des visions se trouvait sur le lit.

Une forme était entièrement recouverte par une couette tachée de sang. On devinait nettement un corps en position du fœtus. Le seul signe de vie était le tremblement continu qu'on distinguait au travers du tissu.

Thibaut était assis sur la chaise miraculeusement épargnée. Il l'avait placée tout contre le lit. Il tournait le dos à la porte.

Sa main gauche, celle située le plus loin du lit, tenait une petite main couverte de sang. Cela l'obligeait à se tordre légèrement vers le lit, dans une position probablement inconfortable, mais qu'il semblait ignorer. La main de Julia se desserrait à intervalles réguliers pour se cramponner aussitôt à la main du jeune homme. Elle serrait le plus fort possible et le pauvre Thibaut devait être à la torture. Mais il ne bronchait pas.

La main droite du jeune homme caressait en gestes lents et doux une tête dont on ne distinguait que la forme.

Le premier réflexe de Fleur fut de se précipiter pour soulever la couette et voir Julia. Thibaut cessa de caresser la tête de la jeune fille et tourna sa main vers sa cheffe, pour lui signifier qu'elle ne devait pas faire cela.

Elle stoppa net son mouvement.

Tout en lui faisant signe de s'arrêter, Thibaut avait tourné la tête dans sa direction. Fleur avait aperçu un hématome au niveau de son œil droit qui était presque fermé. Sa pommette gauche était éclatée et le sang coulait le long de son menton. La capitaine avait aussi remarqué que les jointures entre ses mains et ses doigts étaient elles aussi en piteux état. Visiblement, il avait reçu des coups. Visiblement, il les avait rendus.

Au loin, un hurlement de sirènes annonçait l'arrivée des secours. Deux policiers arrivèrent en premier. À la découverte du spectacle, ils appelèrent aussitôt des renforts et, bientôt, l'immeuble grouillait d'hommes en uniforme.

Les pompiers arrivèrent quelques instants après les deux premiers policiers.

À la vue de Fleur, qui se tenait appuyée contre le mur et portait sur le visage les stigmates de son agression, les deux premiers pompiers tentèrent de la faire s'allonger afin de lui prodiguer des soins.

– Il y a bien plus urgent que moi, leur déclara-t-elle en montrant l'intérieur de la chambre.

Le chef d'équipe eut le réflexe d'écouter Thibaut avant de soulever la couette avec précautions.

Fleur remarqua la grimace faite par le secouriste avant qu'il ne repose la couette en dégageant le visage de Julia.

Il était en sang. Les deux paupières étaient tellement gonflées qu'elle devait être complètement aveugle. Il était impossible de reconnaître le visage si joli de la petite étudiante qui avait ému Fleur quelques jours plus tôt. Elle ne voyait qu'un amas de chairs torturées.

Le pompier laissa Julia à la garde de son collègue les quelques instants nécessaires pour s'entretenir avec le médecin du SAMU et obtenir l'envoi d'une ambulance de réanimation. Fleur l'entendit déclarer qu'il n'était pas certain que la victime tienne le coup très longtemps.

Elle eut envie de hurler sa douleur et sa rage. Mais elle devait rester professionnelle. Elle écarta une fois de plus un pompier qui voulait lui prodiguer des soins. Pour elle, il était bien plus urgent d'exposer les faits aux policiers afin qu'ils puissent lancer les recherches et retrouver les deux salauds qui s'étaient attaqués à Julia.

Quand elle eut terminé, cinq personnes étaient en train de préparer Julia pour son transfert à l'hôpital.

Le médecin du SAMU qui dirigeait l'équipe avait demandé à ce que tout le monde quitte la pièce. Le gémissement poussé par la jeune fille quand on avait voulu retirer la main de Thibaut de la sienne l'avait convaincu de demander au jeune homme de rester.

Fleur n'avait plus grand-chose à faire et accepta enfin d'accompagner un pompier jusqu'à une ambulance afin qu'on puisse examiner ses hématomes et s'assurer qu'ils ne cachaient rien de plus grave.

C'est une jeune femme qui la prit en charge.

Quand la capitaine se déshabilla, la secouriste découvrit l'étendue des dégâts. Son torse et son dos étaient recouverts de bleus qui avaient depuis longtemps viré au violet.

– Eh bien, c'est à la truelle qu'on va devoir vous enduire de pommade à l'arnica ! Non, mais sérieux, comment vous faites pour tenir debout ? Vous ne voulez vraiment pas passer une nuit à l'hosto ? Juste une petite nuit. Histoire de voir si vous n'avez pas une côte cassée ou si vous n'allez pas claquer dans la nuit à cause d'une rate éclatée par exemple.

La jeune femme rappelait un peu Jasmine à Fleur, avec son entrain et sa propension à plaisanter en permanence. Mais une Jasmine à l'accent alsacien.

– J'ai bien mieux à faire. J'ai deux salauds à coffrer.

La secouriste se composa un air désolé.

– Ouais, je sais, les collègues m'ont dit. C'est moche ce qu'ils ont fait à cette fille. Bon, mais je vais m'occuper de vous. Et il y a du boulot. J'vous jure.

Cette femme, par son entrain communicatif, réussit à remonter un peu le moral de la gendarme.

Avec précaution, la jeune pompière commença à étaler de la pommade sur les hématomes de Fleur.

Elle se pencha ensuite sur son visage que les coups avaient rendu bien moins gracieux qu'à l'accoutumée.

– Ah là, ça saigne un peu, je vais nettoyer et désinfecter. Ensuite, un petit pansement et le tour sera joué.

Elle pensa la plaie à la pommette avant de continuer son exploration du crâne de la gendarme.

– Là, dans les cheveux, cela saigne aussi.

Elle prit une compresse qu'elle aspergea de liquide et se pencha sur la blessure. Docilement, Fleur tourna la tête pour lui faciliter la tâche.

La compresse était sur le point de toucher les cheveux quand Fleur recula brusquement.

– Stop ! Stop ! Ne touchez surtout pas cet endroit. Surtout, ne le touchez pas.

La secouriste se recula et leva les deux mains.

– Okay ! Okay ! Je ne touche pas. Qu'est-ce qu'il y a ? C'est un endroit sacré ou quoi ?

Fleur lui fit un grand sourire.

– Mais non. Pas du tout. D'ailleurs, je vous dois une fière chandelle de m'avoir fait remarquer que j'ai du sang dans les cheveux. Sinon j'aurais pu rentrer chez moi et, comme une idiote, me faire un shampoing.

Le visage de la pompière exprimait une grande incompréhension.

– Ce n'est pas mon sang. J'ai donné un coup de boule à un des mecs avant de me faire défoncer. Cela veut dire qu'on a son A.D.N. S'il est fiché, demain, on connaîtra son nom.

– Voulez-vous que je mette votre tête dans un sac en plastique ?

Au moins cette jeune femme avait-elle un don pour détendre l'atmosphère.

– Non merci, mais je vais vite faire effectuer un prélèvement, répondit Fleur en se précipitant vers la porte de l'ambulance.

– Stop !

La pompière s'était interposée entre la capitaine et la porte.

– Quoi ?

– Avant de sortir de cette ambulance, je vous suggère de vous rhabiller. À moins que vous n'ayez l'intention d'offrir à la Police de Colmar un spectacle du Nouvel An avant l'heure. Je suis certaine qu'ils apprécieront.

Fleur piqua un fard, attrapa ses vêtements et, en faisant moult grimaces à cause des douleurs que chaque mouvement provoquait, s'habilla.

L'aide de la jeune secouriste fut la bienvenue. Elle n'y serait sans doute pas arrivée toute seule.

Elle sortit de l'ambulance, fit deux pas et se retourna vers la pompière qui la regardait partir en riant.

– Vous avez été géniale. Ne changez pas de métier.

En sortant du véhicule, elle avait remarqué Kadher Samra, un commandant de Police qu'elle connaissait et avec lequel elle avait déjà travaillé. Apparemment, il avait pris la direction de l'enquête. Elle se dirigea vers l'homme qui discutait avec deux policiers en uniformes.

– Salut Kadher.

– Bonsoir Fleur. J'ai appris que tu n'étais pas passé loin. Je suis vraiment heureux que tu t'en sois tirée. C'est moi qui prends l'enquête. Si tu veux, on se voit demain à dix heures. Tu me raconteras ce que tu sais. En attendant, grâce aux éléments que toi et ton jeune collègue nous avez fournis, on a de quoi lancer des recherches. Avec tes collègues, on a mis des barrages partout. La Polizei est aussi dans le coup.

– Kadher, j'ai un truc pour toi. Je suis désolé de ne pas y avoir pensé plus tôt, mais j'avoue que j'ai été bien secouée. C'est la fille de l'ambulance qui m'a fait remarquer que j'ai du sang dans les cheveux.

– Et alors ?

– Et alors ce n'est pas le mien. J'ai donné un coup de boule à un des deux mecs.

Fleur fut aussitôt conduite auprès de l'équipe de la Police scientifique qui examinait les lieux de l'agression. Un prélèvement fut fait.

En sortant de la bâtisse, elle ne savait plus trop quoi faire.

Elle avait du mal à quitter les lieux, mais n'avait plus rien à y faire.

Elle voulait aller à l'hôpital prendre des nouvelles de Julia, mais devait d'abord passer chez elle prendre une douche et se changer. Elle ne savait pas si elle serait capable de se rhabiller après la douche. Et elle n'avait pas envie d'être un objet de curiosité à l'hôpital à cause de son visage tuméfié.

Elle marchait d'une démarche mal assurée en direction de sa voiture quand elle entendit une voix derrière elle.

– Capitaine.

Elle se retourna. Le colonel se tenait devant elle.

– Je suis venu pour prendre de vos nouvelles. Je suis désolé de ce qui vous est arrivé. C'est moche pour la gamine, mais elle est en vie. Et grâce à vous.

– Non mon colonel. Pas grâce à moi. Grâce à Jasmine et à Thibaut.

– Désolé de vous contredire capitaine, mais Thibaut m'a rendu compte par téléphone. Il est allé chez mademoiselle Despentes parce que Jasmine l'a appelé, comme elle l'a fait pour vous. Quand il est arrivé, un type vous étranglait. Un deuxième est sorti de la chambre quand il est intervenu. Il n'aurait pas été capable de se colleter avec deux types solides et qui savaient se battre. Mais un des deux était déjà diminué par les coups qu'il avait pris. C'est pourquoi il a pu les mettre en fuite. Vous, Thibaut, Jasmine. Un vrai travail d'équipe comme je les aime. Vous n'êtes pas en état de conduire. Je vous ramène chez vous. Un gendarme s'occupe de votre véhicule, si vous voulez bien lui confier vos clés.

Fleur n'avait pas la force de refuser.

– Vous permettez que j'appelle Jasmine ? Elle doit se faire un sang d'encre.

– Ne vous inquiétez pas pour cela. Thibaut l'a tenue au courant. À propos, je l'ai autorisée à revenir. Après tous ces évènements, je ne crois pas qu'on puisse raisonnablement la soupçonner d'être responsable de la mort de Kylian Groff. Je crois qu'elle prend le train demain matin.

Fleur se laissa ensuite docilement ramener chez elle. Elle appréhendait ce moment où elle se trouverait seule, dans le silence de son appartement. Mais elle n'avait personne chez qui sonner. Et le dire à son chef aurait été, à ses yeux, un aveu de faiblesse.

L'épuisement la gagnait. Certes, il était à peine vingt et une heures, mais elle commençait à ressentir le contrecoup des émotions, de la peur, des coups reçus. Elle avait du mal à garder ses yeux ouverts.

Elle commença par appeler Thibaut. Elle voulait remercier le jeune homme qui lui avait sauvé la vie.

Elle souhaitait aussi prendre de ses nouvelles. Le visage marqué du jeune homme qu'elle avait entrevu montrait qu'il avait pris des coups. Elle n'était pas inquiète pour lui. Au moins du point de vue physique. Il semblait tenir solidement sur ses pieds la dernière fois qu'elle l'avait aperçu chez Julia. Mais il faudrait qu'elle le surveille dans les semaines à venir. Ce qu'il avait subi et ce qu'il avait vu avaient certainement laissé des traces.

Elle sourit en pensant qu'elle allait, elle aussi, être certainement observée par ses supérieurs, d'une manière qu'ils croiraient discrète.

Le jeune homme la remercia de prendre de ses nouvelles. Il était toujours à l'hôpital. On venait de lui poser trois points de suture au niveau d'une arcade sourcilière. Et il voulait accueillir les parents de Julia. Ils avaient été prévenus par la Police et ne devaient plus être très loin de Colmar.

– Et mademoiselle Despentes ? Comment va-t-elle ?

– Les toubibs l'ont plongée dans un coma artificiel. Ils ne comprennent pas. Les deux types se sont déchaînés sur elle avec une sauvagerie inimaginable. Apparemment, ils ne voulaient pas la tuer. Du moins pas tout de suite. Ils l'ont torturée. Ils l'ont cognée sur tout le corps. Quand je l'ai trouvée, ses vêtements étaient en lambeaux. Je préfère ne pas imaginer ce qu'ils ont pu lui faire d'autre. Ils voulaient un renseignement, mais, tant qu'elle ne sera pas réveillée, si elle se réveille un jour, on ne saura pas lequel.

La voix du jeune homme laissait transparaître son émotion et son indignation. Il avait besoin d'en parler.

– Je ne pense pas qu'elle ait pu résister à une telle douleur. Je pense que le renseignement, eh bien, elle ne l'avait pas.

– On va les retrouver ces salauds. Par chance, on a l'A.D.N. de l'un d'entre eux. De ce que j'en ai vu, ce sont des petites frappes de quartier. Ils ont dû agir sur commande. Mais il est probable que leurs empreintes génétiques soient dans le fichier.

Elle continua à discuter avec son subordonné pendant une bonne dizaine de minutes. Elle éprouvait le besoin impérieux de tout connaître de cette affaire. De tout comprendre. Son immense colère ne la quittait pas. Elle savait déjà qu'elle aurait du mal à laisser ses collègues de la Police faire leur travail. Dans le cadre de ce crime, elle n'était qu'une victime collatérale de l'agression de Julia, et un témoin.

Quand elle eut raccroché, elle appela Jasmine. Elle savait à quel point la jeune gendarme devait souffrir d'être si loin de l'action. Et sans doute si loin de Julia.

Elle n'avait pas grand-chose sur l'agression à apprendre à Jasmine qui avait harcelé Thibaut au téléphone. Le jeune homme l'avait tenue au courant chaque fois qu'il avait pu trouver un moment de libre.

La jeune gendarme, qui se sentait tellement seule et tellement loin depuis qu'elle avait appris que les craintes éprouvées par Julia étaient fondées, avait, elle aussi, besoin de parler.

Elle s'en voulait terriblement de ne pas avoir réagi assez tôt. Elle pensait avoir perdu de précieuses minutes qui auraient pu sauver Julia. Elle se souvenait avec honte des propos rassurants qu'elle avait échangés avec sa cheffe avant que celle-ci ne se décide à aller chez la jeune étudiante.

Pendant une bonne demi-heure, Fleur tenta de lui remonter le moral. Mais c'était mission impossible.

La capitaine finit par rappeler à Jasmine que si elle voulait prendre un train tôt le lendemain matin, elle devait dormir.

– Bien capitaine. Je vais essayer de dormir, c'est promis. Mais je vais être franche, je ne sais pas si je vais réussir.

Une fois la communication interrompue, il restait le plus difficile à faire pour Fleur. Se doucher et se coucher.

Elle mit plus d'un quart d'heure à se déshabiller. Chaque mouvement causait une douleur quasiment insupportable. Elle essayait une position, puis une autre. Chaque geste était lent, très lent. Au début, elle essaya bien de faire vite, histoire que la douleur ne dure pas. Ce fut une mauvaise idée. Lorsqu'elle chercha à dégager son épaule de la veste de survêtement, même si elle s'était préparée à souffrir et serrait les dents, elle ne put réprimer un hurlement.

La douche ne fut pas non plus une partie de plaisir. L'eau chaude, qu'elle affectionnait pourtant, la brûlait. L'eau fraîche, qu'elle testa ensuite, n'eut pas meilleur effet. Elle mit longtemps à trouver la bonne température et dut ensuite ajuster la force du jet. Finalement, elle se doucha en ne laissant couler qu'un mince filet d'eau tiède.

Par-dessus tout, Fleur ne pouvait supporter l'idée de poser la tête sur son oreiller en ayant encore dans ses cheveux de la bave et du sang appartenant à un des deux salauds.

Malgré la difficulté, elle se fit cinq shampoings. Si elle avait eu une tondeuse sous la main, elle n'aurait sans doute pas pu s'empêcher de se tondre.

Une fois sortie de la douche. Elle se sécha en tapotant le plus légèrement possible son corps avec un drap de bain.

Ce n'était pas une méthode très efficace et elle n'eut d'autre solution que de rester debout au milieu de son salon jusqu'à ce qu'elle soit sèche.

Elle eut envie de se coucher nue pour ne pas avoir à subir l'épreuve que constituait le fait d'enfiler un pyjama. Elle finit par se dire que si son état empirait dans la nuit et qu'elle devait appeler les secours, ils ne devaient pas la trouver dans le plus simple appareil.

Une fois au lit, elle espéra s'endormir vite.

Peine perdue.

Elle avait du mal à trouver une position qui ne la fasse pas souffrir.

Elle était obsédée par la vision de cette petite main à la peau pâle tachée de sang qui sortait de sous une couette et serrait convulsivement la main de Thibaut.

Elle revoyait ce visage martyrisé.

Bien plus tard, après avoir lutté contre cette idée, elle saisit son téléphone.

C'est une voix inquiète qui lui répondit. Il était trois heures du matin sur l'Île de la Réunion, quand la mère de Fleur avait vu s'afficher le numéro de sa fille. Au moins était-ce elle qui appelait. Pas un de ses collègues.

– Maman, excuse-moi de te déranger. J'ai besoin de parler à quelqu'un. J'ai vraiment besoin.

Chapitre 9 : une simple affaire de drogue ?

L'alarme du smartphone de Fleur se déclencha à huit heures trente le lendemain. Après avoir passé des heures à parler de tout et de n'importe quoi avec sa mère, elle s'était endormie d'un mauvais sommeil, à peine trois heures plus tôt. Elle ne regrettait pas d'avoir dérangé ses parents. Au moins, le sentiment de malaise qu'elle éprouvait depuis l'agression avait-il momentanément été mis de côté.

Elle avait décidé d'aller au travail et, en particulier, de tenir l'engagement qu'elle avait pris de donner tous les détails de l'affaire au commandant de Police Kadher Samra qui avait la mission de retrouver les agresseurs de Julia.

Elle essaya de se lever. Au bout de plusieurs minutes de contorsions destinées à lui permettre de trouver la meilleure position pour sortir du lit, minutes ponctuées de gémissements et de hurlements de douleur qu'elle essayait d'étouffer sans toujours y parvenir, elle finit par se retrouver sur ses pieds.

Elle prit conscience que faire sa toilette et s'habiller constituaient des obstacles insurmontables. Son corps avait besoin de temps pour effectuer les réparations indispensables à la reprise de ses activités.

La mort dans l'âme, elle appela le colonel pour lui rendre compte qu'elle ne viendrait pas au bureau ce jour-là, mais qu'elle espérait être capable de s'y traîner le lendemain.

– Je m'en doutais. Thibaut m'a dit ce que vous aviez subi.

– Comment va-t-il ?

– Il a été bien secoué, mais, a priori, il a donné plus de coups qu'il n'en a reçus. Il s'en veut de n'avoir pas pu en arrêter au moins un des deux, mais il n'avait pas de menottes et il devait s'occuper de vous et de mademoiselle Despentes. Je lui ai dit qu'il avait fait le bon choix. D'abord secourir les victimes.

– Et mademoiselle Despentes ?

– Elle a passé la nuit. C'est déjà cela. Les médecins ne l'ont pas réveillée. Encore trop dangereux à leurs yeux. Ses parents sont auprès d'elle. Je n'en sais pas plus.

– Je devais voir le commandant de Police qui s'occupe de l'enquête à dix heures.

– Pas la peine. De toute façon, le proc nous a ordonné de joindre toutes les enquêtes et de constituer une équipe mixte. Je la superviserai en liaison avec un commissaire. Vous et le commandant de Police, vous travaillerez ensemble. Pour aujourd'hui, le major Heitz va vous remplacer et donner toutes les infos aux flics. Vous, vous vous reposez.

Malgré la promesse faite à son chef, à peine eut-elle raccroché qu'elle appela son collègue policier. Elle n'avait pas l'intention de se reposer.

– Salut Fleur. Le major est avec moi et j'ai mis le haut-parleur. Je crois bien qu'il m'a tout dit. Et puis, j'aurai une copie de vos procès-verbaux. Tu penses quoi de tout cela ?

– C'est à n'y rien comprendre. Chaque fois que des éléments nous poussent dans une direction, d'autres nous envoient vers une autre. La piste familiale semblait prometteuse. Mais que vient faire l'agression de Julia là-dedans ? Surtout, on bute en permanence sur une contradiction.

– Laquelle ?

– Le, ou plutôt les assassins sont sans pitié. Ils n'ont laissé aucune chance aux cousins et je suis persuadée que si mademoiselle Despentes est encore vivante, c'est parce qu'elle n'avait pas avoué quelque chose et que les deux salopards espéraient encore lui faire cracher le morceau quand je suis arrivée. Après ce qu'ils lui ont fait subir, ils ne pouvaient pas faire autrement que de la finir avant de partir. J'ajoute que je ne crois pas que Julia Despentes soit taillée pour résister à la torture. Si elle n'a pas parlé, c'est qu'elle ne savait pas.

– Sur ce point, je te suis. Mais de quelle contradiction parles-tu ?

– Tout d'abord, ces deux types n'ont éprouvé aucune pitié pour Julia.

– Et alors ?

– Depuis le début de cette enquête, j'en reviens toujours à cette foutue cycliste. Pourquoi est-elle vivante ? Il y a aussi cette fichue couverture qui recouvrait le corps de Sophie Katz.

– Dis, Fleur, tu n'as jamais envisagé le fait que cette cycliste soit dans le coup ?

– Si, bien sûr. On a fouillé sa vie. On n'a strictement rien trouvé qui la relierait à la famille de Kylian Groff et de Sophie Katz. À part bien sûr que l'argent de tous ces gens-là vient en large part de la viticulture. Mais c'était quoi ce renseignement qu'ils voulaient obtenir ?

– Je n'ai rien de concret qui me pousse dans cette direction. Mais je ne vois pas autre chose que de la drogue. Kylian Groff trafiquait, on le sait. Mais à quel niveau ? Mystère !

– En quoi cela concerne-t-il Julia ?

– Aucune idée. À moins qu'elle ne soit pas concernée, mais que ses tortionnaires aient pensé le contraire.

Elle poursuivit à l'intention du major.

– À notre connaissance, il ne s'est rien passé entre Kylian et Julia, mais il faudrait envoyer quelqu'un à l'I.U.T. histoire de savoir si une rumeur n'a pas évoqué une liaison entre les deux étudiants. Les deux petites frappes ont dû se monter la tête. Il faudrait aussi retravailler la dernière petite amie de Dylan. Je sais qu'il l'a larguée. Mais elle a pu planquer de la drogue ou de l'argent pour se venger. Si c'est le cas, elle est en danger. Il vaudrait mieux pour elle qu'elle se mette au vert.

Elle reprit ses réflexions à voix haute.

– Kadher, après les avoir vus et m'être colletée avec eux, je suis persuadée que les deux types n'ont pas l'envergure nécessaire pour monter quelque chose de complexe. Ils agissaient sur ordre. Il va falloir trouver de qui.

– Si on parle de drogue, ce ne sera pas difficile. La Police de Colmar a une assez bonne visibilité sur les trafiquants susceptibles d'agir de cette manière. Mais une fois qu'on l'aura trouvé, on aura du mal à étoffer suffisamment le dossier pour faire enfermer le type. Les petites frappes alternent périodes de trafic et périodes de taule. Les gros bonnets tombent rarement. Enfin, on essaiera quand même, ne serait-ce que pour la gamine.

– Au sujet de l'agression de la gamine, je te conseille de ne pas totalement écarter la piste de la vengeance de la mère de Kylian Groff. La dernière fois que je l'ai vue, elle était persuadée que Julia avait tué ou fait tuer son fils. Elle a pu embaucher deux gros bras avec pour mission de tuer la gamine, mais de veiller à ce qu'elle en bave avant de passer l'arme à gauche. Tu devrais jeter un coup d'œil sur ses comptes en banque. Encore que ces gens sont tellement friqués qu'ils doivent avoir une réserve d'argent liquide dans un coffre quelque part chez eux. Et étudie leurs fadettes.

– Je n'y manquerai pas, mais je marche sur des œufs. Ces gens sont des notables, ils sont, jusqu'à preuve du contraire, des victimes. Je me vois mal demander une commission rogatoire pour perquisitionner chez eux.

La conversation se poursuivit durant une bonne heure, la conclusion générale étant qu'on ne pouvait écarter aucune piste et qu'on nageait dans le flou. Mais au moins avait-on un A.D.N.

La matinée tirait à sa fin quand la réunion téléphonique se termina. Des équipes de gendarmes et d'autres de policiers exploraient ou re-exploraient diverses pistes.

Fleur piaffait de retourner sur le terrain et, en attendant de pouvoir se mouvoir, relisait, grâce à l'accès au réseau informatique de la Gendarmerie, les dossiers, espérant y dénicher l'indice qui lui permettrait de résoudre l'affaire.

Enfin, l'affaire ou les affaires. Parce qu'elle ne savait pas si elle était face à une, deux, voire trois affaires. Après tout, aucune preuve liant formellement chacun des crimes aux deux autres n'avait été trouvée.

Vers quinze heures, le téléphone sonna. C'était Jasmine.

Elle prétexta vouloir prendre des nouvelles de sa supérieure. Fleur sentit aussitôt qu'elle cherchait surtout du réconfort et qu'elle n'avait trouvé personne d'autre vers qui se tourner. Ne sachant pas à quelle heure elle devait arriver et quel serait son état de fatigue, Fleur n'avait pas prévu de mission pour elle

Thibaut, son confident habituel, était sans doute occupé par l'enquête et elle ne pouvait s'épancher sur son épaule.

La capitaine se souvenait du bien que lui avait fait la conversation avec sa mère, la nuit précédente. Sans doute Jasmine, était-elle encore trop imprégnée de sa fierté d'adolescente pour appeler ses parents.

Le fait que Jasmine n'ait même pas le droit d'aller à l'hôpital voir Julia ne devait pas l'aider.

– Si tu veux, passe me voir. Je t'expliquerai tout. Comme cela, tu seras opérationnelle dès demain, quand on te confiera une mission.

Aucune des deux n'était dupe. Rendre Jasmine opérationnelle pour le lendemain n'était qu'un prétexte.

Fleur pensait que parler avec elle soulagerait Jasmine. La jeune gendarme avait participé au sauvetage de sa cheffe lors d'une précédente enquête. Toutes deux avaient un autre point commun qui les rapprochait. Elles avaient appris à aimer la région et étaient heureuses d'y avoir été affectées, mais elles étaient loin de leurs familles et des amies de leur enfance. Cela leur pesait parfois.

Un quart d'heure plus tard, Jasmine sonnait à la porte de Fleur. Celle-ci avait prévenu sa collègue qu'elle risquait de mettre un bout de temps avant de réussir à atteindre l'interphone situé près de la porte d'entrée de son appartement.

Jasmine prit son mal en patience.

– Je suis contente de te voir. Ton voyage s'est bien passé ?

– Comme d'habitude capitaine. Très long. Très chiant.

– Aide-moi à aller jusqu'au fauteuil, cela nous fera gagner du temps. Je t'invite, mais je te préviens, c'est toi qui fais tout.

– Bien capitaine, répondit Jasmine en se mettant au garde-à-vous. Si vous aimez le café dégueulasse, vous pouvez me faire confiance.

Jasmine était connue pour mener, dans sa chambre, une vie de célibataire endurcie.

Café lyophilisé, boîtes de conserve, pain en tranches longue conservation, biscuits en tous genres, tous plus gras et sucrés les uns que les autres, viennoiseries achetées par paquet de dix, en supermarché.

Cette vie simple et peu coûteuse lui laissait à disposition une bonne part de sa maigre solde, ce qui lui permettait de profiter à volonté des salons de thé et des fermes auberges, le plus souvent en compagnie de Thibaut.

Comme elle l'avait anticipé, Jasmine rata complètement le café moulu. Elle remplit quasiment à ras bord le filtre à papier. Fleur dut le mélanger avec une grande quantité d'eau chaude pour le rendre buvable.

Le café fut accompagné par des madeleines industrielles. Au moins Jasmine ne fut-elle pas dépaysée.

Au début, Fleur orienta la conversation vers des banalités. Comment s'étaient déroulées les permissions de Jasmine ? Quelle avait été la météo ? C'était comme deux copines qui discutaient. Mais toutes deux n'avaient qu'une chose en tête : l'agression de Julia.

Brusquement, le visage de Jasmine, jusque-là souriant, se figea. Elle se cacha le visage dans les mains.

– Que je suis conne ! Que je suis conne !

Fleur ne savait que répondre.

– Au lieu de perdre mon temps à me rassurer. Au lieu de traîner, de réfléchir, d'essayer de la rappeler, j'aurais dû vous appeler tout de suite. J'aurais dû vous hurler d'y foncer.

Son corps était agité d'un tremblement nerveux.

– À cause de ma connerie, deux salopards ont bousillé la vie d'une gamine que j'avais promis de ne pas laisser tomber. Mais je sers à quoi si je ne peux même pas m'occuper d'une personne ? Pourquoi je fais ce métier ? Pendant qu'ils la cognaient, j'étais au bord d'une plage à profiter du soleil.

Toutes les pensées sombres qui la torturaient depuis la veille ressortaient. Elle avait joué la comédie devant ses parents. Elle avait gardé un visage de marbre dans le train. À son arrivée, elle avait fait bonne figure devant ses collègues de la section de recherches. Elle avait voulu retrouver Thibaut pour s'épancher devant un ami. Il était en mission.

Elle avait compris qu'elle ne supporterait pas de finir la journée dans sa chambre. Elle n'avait trouvé que sa cheffe auprès de qui se réfugier. Elle pouvait, enfin, se permettre de craquer.

Fleur, malgré ses douleurs, réussit à la rejoindre sur le canapé. Elle lui passa le bras autour des épaules.

– Je m'en veux aussi. Mais nous avons agi en fonction des éléments dont nous disposions. Nous faisons un métier difficile. Nous aidons beaucoup de gens. Nous participons à la sécurité de beaucoup de gens. Mais nous ne pouvons pas sauver tout le monde. Tu n'as rien à te reprocher. Tu avais un doute, tu as fait ce qu'il fallait. Et, au moins, elle est vivante.

– Capitaine, vous auriez son visage quand elle a été agressée par Kylian Groff, vous auriez entendu la détresse dans sa voix, vous sauriez que c'est une fille douce et fragile qui ne mérite pas cela.

– Je sais. Pendant toute ta vie de gendarme, tu vas croiser des victimes qui ne méritent pas leur sort. Tu vas aussi croiser des coupables qui ne pas méritaient de subir ce qui les a poussés vers le crime. Tu n'auras pas pu sauver les premiers. Tu feras emprisonner les seconds.

– Capitaine, depuis hier soir, je ne fais que penser à la terreur qu'elle a subi, à la douleur insupportable qu'elle a dû ressentir. Je ne supporte pas cette idée. Et quand elle va se réveiller ? Va-t-elle de nouveau ressentir la douleur ? Comment va-t-elle réagir quand elle va voir ses blessures ?

– Ses parents seront près d'elle.

– Ils vont m'en vouloir.

– Sans doute. Quand les gens sont malheureux ou terrifiés, ils sont souvent injustes. Je ne pense pas qu'on s'y habitue. Il faut vivre avec.

Les deux femmes continuèrent à parler de Julia, de son agression, de l'affaire en général. Cette conversation les apaisait peu à peu.

La nuit était tombée. Fleur proposa à Jasmine de dîner avec elle et de dormir sur son canapé, histoire de lui éviter d'être seule dans sa petite chambre.

Jasmine déclina l'invitation. Elle estimait avoir déjà trop abusé de sa cheffe.

– Jasmine. Je vois bien que tu as du mal à encaisser ce qui s'est passé. C'est normal. Mais je ne veux pas te laisser rentrer seule chez toi.

– Je vais aller dormir chez Thibaut.

À peine Jasmine eut-elle prononcé ses paroles qu'elle piqua un fard.

– Mais juste pour dormir. C'est un bon copain, c'est tout.

Fleur sourit. Toute la section de recherches suivait les relations entre Jasmine et Thibaut. On voyait bien qu'ils mourraient d'envie de se rapprocher, mais qu'aucun des deux n'osait faire le premier pas. Tous deux l'ignoraient, mais leurs relations faisaient régulièrement l'objet de paris dont l'enjeu était en général une tournée ou les croissants du matin.

– Va pour Thibaut. Mais tu l'appelles et il vient te chercher ici. Et puis demain, je devrais pouvoir aller au bureau. Je ne pense toutefois pas être capable de gambader. Ce serait bien si tu pouvais venir me chercher vers neuf heures avec un véhicule du service. J'ai besoin d'une bonne nuit.

Après le départ de Jasmine, Fleur craignait de recommencer à broyer du noir. L'inaction lui pesait. Malgré toutes ses résolutions, elle finit par se résigner à avaler deux cachets d'un antidouleur puissant qui lui avait été prescrit après un accident de sport, quelques mois plus tôt. Elle ne le regretta pas.

Le lendemain, elle se réveilla à huit heures, après une bonne dizaine d'heures de sommeil. Pendant la nuit, son corps avait poursuivi le lent travail de guérison et, bien que lentement et avec difficultés, elle fut capable de se prendre un solide petit-déjeuner et de se préparer.

À neuf heures, comme prévu, Jasmine l'attendait dans la rue. Descendre les escaliers ne fut pas la chose la plus facile du monde.

Arrivée à son bureau, elle fit un point de situation avec le major Heitz et reprit sa routine.

Elle se coordonnait d'abord avec la Police puis lançait ses équipes. Rien de concluant ne remontait du terrain. Tout le monde attendait les résultats des prélèvements d'A.D.N.

Malgré les pressions que tentèrent d'exercer les enquêteurs sur le laboratoire, ils mirent une semaine à arriver.

Entre-temps, Julia avait été réveillée par ses médecins. En dépit de sa déprime bien compréhensible, elle avait été longuement interrogée dans son lit d'hôpital par le commandant Samra qui, par amitié, avait autorisé Fleur à être présente.

Julia ne comprenait pas pourquoi on s'en était prise à elle. Les deux petites frappent n'arrêtaient pas de lui demander « où était l'enveloppe ».

Elle avait beau jurer qu'elle ne savait pas de quelle enveloppe ils parlaient, ils ne voulaient pas en démordre.

– Ils me tapaient. Ils me tapaient. Encore et encore. Mais je ne pouvais rien leur dire. Je ne savais pas de quoi ils parlaient.

Toutes les deux phrases, elle était prise d'une crise de larmes. L'infirmière présente voulut à plusieurs reprises interrompre la séance, mais c'est Julia qui exigea de poursuivre.

– Ils doivent savoir. Je veux que ceux qui m'ont fait cela paient.

En fin de compte, la séance ne fit que confirmer ce que les enquêteurs supposaient. Les agresseurs étaient des « sous-traitants » qui, a priori, ne connaissaient même pas le contenu de l'enveloppe qu'ils étaient censés rapporter. Tout au plus avait-elle apporté suffisamment d'éléments pour que, même si leur victime était toujours en vie, les coupables croupissent pendant de nombreuses années en cellule.

Les parents de la jeune étudiante n'avaient pu apporter aucun élément intéressant. Ils étaient effondrés et dans l'incompréhension la plus totale.

Comment leur fille si gentille, si calme, si sérieuse aurait-elle pu être impliquée dans quelque chose de louche ?

C'était inconcevable. Les policiers n'étaient pas loin d'avoir la même opinion.

Le seul espoir des enquêteurs résidait dans les résultats du prélèvement A.D.N.

C'est pour cela qu'un matin Fleur avait décidé de rester à son bureau. Kadher attendait les résultats pour le jour même et il lui avait promis de les lui transmettre dès leur arrivée. La capitaine ne voulait pas risquer d'être avec un témoin et de ne pas pouvoir décrocher son téléphone. Il ne se passait d'ailleurs pas trente secondes sans qu'elle jette un coup d'œil à celui-ci.

L'appel lui parvint vers onze heures trente.

– On le tient. Il est dans le fichier. Un certain Jonathan Schwob. Vingt-deux ans. Il est dans nos fichiers pour une multitude de petits délits. Des bagarres, des vols à la roulotte, une petite activité de dealer. Tout à fait le profil que tu nous as décrit.

– Super. Vous le serrez quand ?

– On y va vers quinze heures. On attend un détachement du RAID. Il habite encore chez ses parents. Ils tiennent une casse au nord de Colmar, à la limite de Houssen. Il y a sûrement une multitude de cachettes possibles dans cette casse et de nombreuses sorties. C'est pourquoi on va être une trentaine et on a prévu un chien.

– Okay. Une demande. Je peux en être ? En observatrice bien sûr. Mais je veux savourer l'instant.

– Fleur, je te connais. Je te fais confiance. Mais je sais aussi ce que ce type t'a fait. Je sais qu'il a failli te tuer. Et je sais aussi que tu n'encaisses pas la manière dont lui et son complice ont traité mademoiselle Despentes. Alors je veux bien que tu en sois. Mais promets-moi que si tu sens que tu ne vas pas réussir à te contrôler, tu dégages de toi-même.

– Ne t'inquiète pas. Je suis une pro. Cela fait longtemps que j'ai appris à me contrôler.

Rendez-vous fut donné à treize heures à l'hôtel de Police.

Fleur s'était mise en tenue de combat. Elle n'était pas censée participer à l'action, mais on ne sait jamais.

Son arrivée déclencha l'hilarité du commandant Samra.

– Désolé Fleur, mais tu verrais ta touche. On dirait Robocop qui n'aurait pas huilé ses articulations. Tu boites. Tu grimaces à chaque pas et j'ai cru que tu allais t'évanouir quand je t'ai serré la main. Sérieux ! Tu serais mieux chez toi. Surtout, si on doit donner l'assaut, ne propose pas d'y participer. Je n'ai pas envie de te transporter en brouette pendant l'attaque.

Mais le policier savait que son amie était têtue. Il n'insista pas pour qu'elle retourne chez elle.

C'est le chef de détachement du RAID qui présida le briefing. Des consignes précises furent données à la trentaine de policiers qui allaient se déplacer dans une dizaine de véhicules. Si tout se passait bien, avant même que les policiers n'interviennent, tous les itinéraires de fuite seraient bloqués.

Le cortège se déplaça sans utiliser de sirène. Arrivé à quelques pâtés de maisons de la casse, il commença à se disloquer, chaque véhicule se plaçant sur sa position d'attente, invisible depuis la casse, en attendant l'ordre de verrouiller le secteur.

Le chef de détachement du RAID et le commandant Samra, qui avaient accueilli Fleur à l'arrière de leur véhicule, s'avancèrent jusqu'à pouvoir observer l'entrée de l'établissement.

Les deux hommes se servirent de leurs jumelles.

La casse était entourée d'un mur d'enceinte dont la hauteur devait avoisiner les deux mètres, ce qui empêchait de voir à l'intérieur de la cour. La grille d'entrée, dont la largeur atteignait les six mètres, permettait toutefois d'apercevoir l'amoncellement de véhicules entassés sur plus de trois mètres de haut.

Sur la gauche, on distinguait un bâtiment d'habitation dans lequel avait été aménagé un minuscule bureau d'accueil. Le fond de la cour était occupé par un vaste hangar qui servait de lieu de stockage pour les pièces démontées des voitures hors d'usage et d'atelier.

C'était un établissement assez petit qui permettait tout juste aux parents de Jonathan Schwob de survivre. La Police soupçonnait une activité de recyclage de voitures volées, mais à petite échelle. Rien qui ait justifié jusque-là une opération de Police. Les organisateurs de l'opération avaient toutefois décidé de faire d'une pierre deux coups. Une fois le fils Schwob menotté, la casse serait passée au peigne fin et sa comptabilité épluchée.

Un chien empêchait quiconque de se déplacer dans la cour sans l'accord de son maître. Une chaîne lui interdisait toutefois de s'attaquer aux clients qui voudraient se présenter à l'accueil.

Le fait que le mur d'enceinte cache à la vue des policiers une bonne partie de l'établissement ne posait pas problème. Un hélicoptère de la Gendarmerie, muni d'une caméra lui permettant de lire une plaque minéralogique à une distance de plus d'un kilomètre, leur transmettait des images en temps réel. La résolution de sa caméra lui permettait de voler suffisamment loin de la casse pour que ses propriétaires ne puissent pas soupçonner que c'est à eux qu'il s'intéressait.

De leur position, les policiers observèrent le père de leur cible qui s'affairait sur un véhicule accidenté.

Il avait soulevé la voiture à l'aide d'un chariot élévateur et il dévissait les boulons qui maintenaient les sièges avant.

Son épouse avait été vue par l'hélicoptère entrant dans la maison une dizaine de minutes plus tôt.

Mais aucune trace de Jonathan Schwob.

Après un appel radio, trois véhicules rejoignirent le véhicule des chefs. Une équipe d'une dizaine de personnes pénétra dans la cour tandis que quatre autres se mettaient en position pour interdire à quiconque de franchir le portail, seule voie de sortie pour les véhicules.

Un policier avait déployé une herse qui barrait toute la largeur du passage. Deux véhicules s'étaient placés contre la herse et, pare-chocs contre pare-chocs, complétaient le barrage. Même une trottinette n'avait aucune chance de passer.

Le père du suspect se tourna vers les policiers qui se dirigeaient vers lui. Son visage exprimait plutôt la résignation. Il devait penser que les policiers venaient pour ses petits trafics. Il voyait s'envoler la petite affaire qui lui permettait de vivre sans avoir de patron. Il ne réalisait pas qu'un tel déploiement de forces pour le petit poisson qu'il était n'était pas logique.

Comme souvent dans ces cas-là, il essaya de faire bonne figure et de jouer les innocents.

– Bonjour messieurs. Que puis-je faire pour vous ?

– Tout d'abord, enfermez votre chien.

– Il ne vous fera pas de mal tant que je ne lui dirai pas d'attaquer ou tant que vous ne me ferez rien.

– Écoutez monsieur. Ne jouez pas à ce jeu-là avec nous. Si votre chien bouge, nous l'abattons. Alors, enfermez-le ou raccourcissez sa chaîne.

L’homme prit un air exagérément excédé.

– Viens Victor. On va à la niche.

Le chien se laissa détacher et suivit tranquillement son maître jusqu’à une petite cabane où il l’enferma.

Son maître se tourna vers les policiers.

– Si vous nous mettez tous en garde à vue, prévenez le voisin d’en face et laissez-le prendre le chien. Il le connaît. Il s’occupera de lui.

C’était touchant de voir ce type qui, avec son bleu de travail recouvert de cambouis et qui semblait n’avoir jamais été lavé, ses cheveux hirsutes et sales, et ses mains quasiment noires de crasse, faisait plutôt penser à une brute épaisse, se préoccuper en premier de son chien alors que son univers était en train de s’effondrer.

– Ne vous inquiétez pas. On le fera. Mais ce n’est pas vous ni votre chien qui nous intéressez en premier. Nous cherchons votre fils Jonathan.

Le regard de l’homme balaya le dispositif policier. Il tourna un bref instant la tête vers l’hélicoptère qui effectuait un vol stationnaire au loin. C’est la tristesse qui envahit son visage.

– Qu’est-ce qu’il a fait de si grave cet abruti ?

Puis l’instinct parental prit le dessus.

– C’est vrai. Il fait un peu le con de temps en temps. Mais ce n’est pas un mauvais bougre. Je n’ai pas grand-chose à lui offrir dans la vie. C’est vraiment grave ?

– On ne peut rien vous dire pour l’instant. Dites-nous simplement où il est. De toute façon, on finira par le trouver. Alors il vaut mieux pour tout le monde que cela se passe dans le calme.

À ce moment-là, la porte de la maison d'habitation s'ouvrit. Une femme d'une cinquantaine d'années, souffrant d'un sérieux embonpoint et vêtue d'une blouse en tissu imprimé représentant des fleurs des champs, s'avança sur le perron. Elle portait des charentaises aux pieds. Elle n'avait pas l'air impressionnée par la Police qu'elle ignora royalement.

Elle se tourna vers son mari.

– Ils veulent quoi tous ces flics ?

– Ils en ont après Jonathan. Ils ne veulent pas me dire pourquoi.

– Y peuvent pas lui foutre la paix à ce gosse. Si on dépensait tout le fric destiné à la Police pour trouver du boulot aux jeunes, y-aurait pas le bordel et les gamins ne feraient pas de conneries.

Sur cette observation politico-philosophique, elle tourna les talons et rentra chez elle en hurlant à l'intention de son mari.

– J'vais faire du café. Mais pas pour eux. De toute façon, ils préfèrent la bière.

Les policiers ignorèrent l'outrage, du moins pour le moment. Ils avaient plus urgent à faire.

– Alors, votre gamin, on le trouve où ?

L'homme hésita un instant. Il aurait bien aimé pouvoir leur dire qu'il ne savait pas, comme il l'aurait fait si Jonathan avait passé l'après-midi dans son bar préféré, avec ses potes. Mais là, il n'avait pas le choix. Et il n'avait pas envie d'aggraver son propre cas.

– Il est au fond de l'atelier. Il bricole sa moto.

– Bon. Vous ne vous avisez pas de bouger d'ici et encore moins de le prévenir. C'est mieux pour vous et pour lui. On va faire cela en douceur.

Deux hommes restèrent près de monsieur Schwob tandis que le reste de la troupe se déployait, armes prêtes à l'emploi, et se dirigeait vers l'entrée du hangar. Les repérages faits grâce à l'hélicoptère avaient montré qu'il n'y avait qu'une seule porte d'entrée, très large, mais que le haut des murs était percé de fenêtres destinées à apporter de la lumière à l'intérieur du bâtiment. Des caisses étaient posées à l'extérieur, contre le mur arrière, juste sous une vitre cassée. C'était comme si on avait voulu créer une sortie de secours. Une des équipes couvrait cette zone et Jonathan ne pourrait pas s'échapper par là.

Les hommes venaient de pénétrer dans le hangar. Il y faisait relativement sombre et seul un des luminaires, situé au fond, derrière plusieurs rangées d'étagères chargées de pièces détachées d'occasion, était allumé.

On ne pouvait pas voir la zone éclairée. On pouvait y accéder par trois petites allées ménagées de chaque côté et au centre.

Avant de s'avancer, le chef du détachement du RAID s'assura que toutes les étagères, qui montaient à plusieurs mètres de haut, étaient solidement fixées au sol. Il ne voulait pas risquer de voir le suspect faire basculer sur eux des tonnes de ferraille.

Il se retourna vers les deux hommes qui surveillaient le père de Jonathan et leur fit quelques rapides signes de la main.

L'un des deux menotta l'homme et l'emmena vers le groupe qui surveillait la sortie. L'autre rejoignit l'équipe qui intervenait portant son effectif à neuf. Le chef de détachement du RAID voulait que trois hommes progressent dans chaque allée.

Jonathan n'était pas un colosse, mais Fleur leur avait indiqué qu'il savait cogner. Elle et Thibaut en avaient fait les frais.

Dans chaque équipe, un homme tenait une grenade assourdissante.

Aucun bruit ne provenait du fond du hangar. Les policiers entamèrent une progression lente.

Chaque fois qu'ils dépassaient une étagère, ils jetaient un coup d'œil dans l'allée qui séparait deux rangées d'étagères afin de s'assurer que leur cible ne s'y cachait pas et que les trois équipes étaient bien toutes au même niveau. Il y avait une bonne dizaine de rangées d'étagères.

Après plusieurs minutes, il ne leur restait plus que deux rangées à parcourir avant de parvenir à l'espace où Jonathan était censé bricoler sa moto.

Pas un bruit, pas un mouvement n'était perceptible. Malgré la lumière vive produite par l'unique luminaire allumé, aucune ombre ne trahissait une quelconque activité humaine.

Les policiers se demandaient si le père du suspect ne les avait pas baladés. Un sentiment de colère commençait à les envahir. S'ils ne trouvaient pas son fils à l'endroit indiqué, l'homme aurait droit à un contrôle méticuleux de sa casse auto. Ils étaient certains de trouver des preuves du traficotage de sa comptabilité et il ne pourrait sûrement pas justifier la provenance de tout son stock de pièces détachées dont beaucoup étaient probablement le fruit du désossage de véhicules volés.

Plus que trois mètres.

Conformément aux consignes, les trois équipes s'étaient immobilisées avant de déboucher sur l'espace situé au fond du hangar.

Ils étaient certains d'avoir été repérés. La lumière provenant de la porte d'entrée avait dû les faire apparaître en ombres chinoises au travers des étagères que les pièces détachées n'emplissaient que partiellement.

C'est pourquoi cette absence totale de bruit ne leur disait rien de bon. Jonathan Schwob devait leur préparer un mauvais coup.

Le chef de détachement du RAID décida de lancer une grenade assourdissante avant de déboucher. Les deux autres groupes en avaient été avertis par geste une rangée d'étagères plus tôt.

La grenade explosa, faisant vibrer tout le bâtiment. Plusieurs vitres, déjà branlantes, s'effondrèrent sur le sol en béton lisse.

– Police. À terre ! À terre ! Mains sur la tête ! Ne bougez plus !

En moins d'une seconde, les neuf hommes avaient débouché dans l'espace où ils espéraient trouver l'un des tortionnaires de Julia.

Il était là. Allongé sur le ventre. Le visage face au sol. Une énorme flaque de sang encore frais entourait sa tête sur laquelle on distinguait, au sommet du crâne, un orifice d'entrée.

Le chef de détachement leva les yeux vers la vitre brisée en dessous de laquelle des caisses avaient été disposées à l'extérieur du bâtiment.

– On s'est planté. Ce n'était pas un itinéraire de fuite pour ce gamin. C'était le poste de tir de l'assassin. On vient de perdre un témoin.

Après cette courte oraison funèbre, les policiers gelèrent la scène de crime et la position du tireur en attendant que la Police scientifique fasse son travail.

Après, il fallut bien aviser les parents du jeune homme. Plus aucun policier ne pensait aux outrages qu'ils avaient subis de la part de la mère. Plus personne n'avait envie de fouiller la casse auto pour y trouver de quoi mettre ces gens en garde à vue.

Malgré le choc que le couple avait subi, les policiers décidèrent d'interroger sur le champ les parents de la jeune victime.

Fleur, après avoir piaffé d'impatience dans la voiture où elle était restée pendant l'opération de Police, avait été autorisée à être présente. Il est vrai que sa propre enquête risquait d'être bouleversée par ce qui venait de se passer.

Tous étaient installés dans la cuisine. Le père et la mère de Jonathan n'avaient plus rien à voir avec les deux quinquagénaires un peu marginaux et rebelles à toute autorité que les policiers avaient trouvés en arrivant. Les policiers interrogeaient une femme et un homme ravagés par le chagrin. Ils venaient de perdre leur fils unique.

– C'est vrai qu'il a sans doute fait des conneries. Mais on ne pouvait pas lui donner grand-chose. On n'a pas été capables de l'aider à l'école. Et on n'avait pas le temps de le surveiller. On est quand même allés quelques fois à des réunions de parents d'élèves. Mais vous auriez vu avec quel air méprisant les autres parents nous regardaient. Alors on a arrêté d'y aller.

Le père, les yeux dans le vague, s'épanchait. Les policiers, même s'ils avaient des questions plus précises à lui poser, le laissaient faire.

– Quand il est devenu plus grand, on a bien vu qu'il revenait parfois avec des choses qu'on ne lui avait pas payées. Il avait même souvent de l'argent. Pas beaucoup, mais de quoi aller au troquet avec ses copains. On fermait les yeux. Nous on ne pouvait rien lui donner. On n'allait quand même pas l'obliger à rester dans sa chambre. Depuis qu'il a quitté l'école, à seize ans, il n'a jamais trouvé de boulots stables. Il travaillait parfois avec moi, à la casse, mais je ne pouvais même pas le payer. C'était déjà assez difficile de le nourrir et de l'habiller. Et il faut entretenir et chauffer la maison. Alors la télé, le téléphone et la console de jeu, il s'est débrouillé. Je l'ai juste aidé pour la moto. On a récupéré une épave accidentée et je lui ai trouvé les pièces. Il a tout fait lui-même. Il était aussi doué que moi pour la mécanique. Plus tard, il aurait pu reprendre l'affaire. Peut-être même qu'à deux, on aurait pu la développer.

À l'évocation de cet avenir radieux irrémédiablement perdu, l'homme poussa un long soupir en regardant sa femme qui pleurait doucement, tête baissée, à l'autre bout de la table.

Les policiers en étaient presque gênés de voir cet homme, si fier et arrogant à peine une heure plus tôt, se flageller en évoquant l'éducation qu'il avait donné à son fils.

Le commandant Samra qui, comme tous ses collègues, connaissait par cœur l'histoire banale de ces parents qui n'avaient pas été gâtés par la vie et qui n'avaient pas la capacité d'offrir mieux à leurs propres enfants, décida d'orienter l'entretien dans un sens plus utile à l'enquête.

– Monsieur Schwob. Nous savons que votre fils trempait régulièrement dans des petits trafics. Il a souvent eu affaire à nous à cause de cela. Mais là, malheureusement, c'est beaucoup plus grave. Quelqu'un l'a forcé à faire quelque chose de terrible. Et cette personne, pour ne pas risquer qu'il puisse témoigner contre lui, a décidé de le tuer. Il faut vraiment nous aider à l'identifier. En plus de votre fils, il a peut-être tué deux autres personnes. Rien ne nous dit qu'il va s'arrêter là. S'il craint que votre fils se soit confié à vous ou à votre femme, il n'hésitera pas à s'en prendre à votre famille.

– Qu'est-ce que j'en ai à faire ? Pourquoi je vivrais ?

– Pour votre femme. Et vous n'avez pas envie de le venger ?

– De toute façon, il ne me parlait jamais de ses fréquentations ni de ce qu'il faisait quand il n'était pas ici.

L'homme essaya quand même de donner quelques indications aux enquêteurs.

Il connaissait quelques prénoms de jeunes que fréquentait son fils. Fred, Mohamed, Gilles, Pat, John.

Les policiers étaient intéressés au plus haut point. Avec un peu de chance, le complice qui avait aidé Jonathan Schwob à torturer Julia se trouvait parmi eux.

Ils glanèrent quelques informations supplémentaires.

Un avait un scooter vert. Un autre une moto de grosse cylindrée. Un troisième roulait dans une « 205 pourrie » rouge. Un portait un blouson de cuir décoré de chaînes en argent. Un autre portait toujours une casquette rouge crasseuse. Un troisième était en tee-shirt par tous les temps, même au plus fort de l'hiver.

Il était tard dans l'après-midi quand les policiers laissèrent l'homme et sa femme à leur chagrin.

Le corps avait été enlevé pour autopsie. Les policiers ne se faisaient aucune illusion. Ils retrouveraient sans doute l'unique balle qui avait servi à tuer le jeune homme, mais elle ne leur servirait à rien. L'exécution avait été le fait d'un professionnel qui n'avait rien laissé au hasard.

Sans doute Jonathan avait-il raconté à son commanditaire la manière dont s'était déroulée leur expédition chez la jeune étudiante. Celui-ci, avait dû pressentir, ne serait-ce qu'au vu de l'état de la bouche du jeune homme, que la Police était en possession de son A.D.N. Il n'avait certainement pas une grande confiance dans la capacité de Jonathan à se taire. Il ne lui restait pas d'autre solution que de l'éliminer.

Une autre conclusion s'imposait aux policiers.

Après avoir fait tuer Jonathan, le commanditaire ne pouvait pas laisser vivre son complice.

Il fallait le retrouver au plus vite, si ce n'était pas déjà trop tard.

Vers vingt et une heures, le commandant Kadher Samra organisa une réunion de synthèse à l'hôtel de Police. Les gendarmes et les policiers impliqués dans les enquêtes avaient été conviés. Le colonel, le commissaire responsable du côté de la Police et le procureur avaient fait le déplacement.

On constata vite que les enquêteurs ne disposaient que de deux pistes complémentaires.

Il fallait d'abord identifier les amis de Jonathan Schwob parmi lesquels devait se trouver son complice. Il fut décidé que, dans un premier temps, tous les policiers et les gendarmes travaillant au quotidien sur le terrain, à Colmar et dans les environs, seraient sollicités.

On espérait parvenir à un résultat grâce à cette méthode qui permettait d'enquêter discrètement. Si le tueur n'avait pas encore agi, il était préférable de ne pas souligner l'urgence pour lui d'assassiner le complice de l'agression de Julia.

Si elle ne fonctionnait qu'imparfaitement, des équipes écumeraient tous les bars où se réunissent les jeunes désœuvrés de l'agglomération en espérant que les détails fournis par le père de Jonathan permettraient d'en identifier certains qui, eux-mêmes, conduiraient à d'autres.

Le souci avec cet aspect de l'enquête est que, de manière certaine, les enquêteurs identifieraient au moins une partie des relations du bourreau devenu victime. Mais, à la fin, ils ne seraient pas certains de tous les connaître.

Et puis, une fois le carnet d'adresses de Jonathan reconstitué, comment savoir qui était le complice ?

Bien sûr, les enquêteurs avaient deux atouts. Fleur et Thibaut, qui s'étaient battus avec les deux tortionnaires, permettraient d'éliminer ceux dont le gabarit ne correspondait pas du tout. Et avec un peu de chance, les coups portés par Thibaut auraient laissé des traces.

La seconde piste résidait dans l'exploitation des vidéosurveillances. Maintenant que l'on connaissait Jonathan, on pouvait essayer de le repérer aux alentours de la résidence de Julia, au moment de l'agression. Avec de la chance, il ne serait pas seul et les images permettraient d'identifier son complice.

La nuit était déjà bien avancée quand la réunion se termina. Il avait été décidé qu'à de rares exceptions près, toutes les investigations en cours concernant les deux meurtres et l'agression de Julia seraient suspendues afin de libérer tous les effectifs pour retrouver au plus tôt le complice de Jonathan. Les enquêteurs voulaient l'arrêter au plus vite et, surtout, le protéger.

Presque tout le monde fut autorisé à aller se coucher.

Seuls restèrent Fleur, Kadher, Thibaut et un jeune policier.

Il fallait maintenant répartir avec précision les tâches de chacun si on voulait avoir une chance de prendre le tueur de vitesse.

L'excitation de l'action avait fait du bien à Fleur. Si elle était loin d'être déjà capable de gambader comme une gazelle, elle reprenait peu à peu le pouvoir sur son corps et les douleurs, toujours présentes, se faisaient de plus en plus discrètes.

Une bonne nuit de sommeil aurait été plus qu'utile.

Elle devrait se contenter de quatre petites heures de repos.

Chapitre 10 : Jonathan et Gilles

L'alarme du smartphone de Fleur lui vrilla les tympans à sept heures du matin. Elle savait que se réveiller ne serait pas la chose la plus facile qu'elle aurait à faire dans la journée. C'est pourquoi elle avait mis le volume de la sonnerie au maximum, au risque de troubler du même coup le sommeil du vieux monsieur qui occupait l'appartement voisin du sien.

Elle commença à tester sa capacité à utiliser les muscles de son corps. La douleur était toujours là. Elle ne pouvait se permettre aucun geste rapide ou d'une amplitude extrême. Mais elle se sentait capable de travailler.

Arrivée au bureau, elle s'assura que les consignes avaient été transmises à toutes les équipes de gendarmes. Elle appela Kadher pour lui indiquer que tout se déroulait selon les prévisions. Il lui indiqua que les équipes de la Police s'étaient elles aussi mises en branle.

La journée s'écoula lentement. Dans tous les commissariats de la région, dans toutes les gendarmeries, on se creusait la tête pour essayer d'identifier les relations de Jonathan Schwob en s'appuyant sur les indices fournis par son père.

Même le personnel de repos fut sollicité et nombreux furent ceux qui, après avoir été appelés par des collègues de service et avoir perdu une demi-heure au téléphone, se virent gratifiés au sein de leur famille par la sempiternelle observation : « Quand même. Tu es de repos. Ils pourraient te ficher la paix ».

Mais cette technique fut payante.

Peu à peu, on put mettre des noms derrière les prénoms, des numéros minéralogiques sur les véhicules.

Des adresses, des portraits remontèrent. La liste des relations du jeune homme s'étoffa. Pas de beaucoup d'ailleurs. Il ne fréquentait que deux bandes de jeunes oisifs plus ou moins délinquants.

Pas de petite amie connue non plus. A priori, le jeune homme se contentait de coucher de temps en temps avec une des filles qui fréquentaient les bandes.

On ne lui connaissait pas d'amis avec lesquels il serait particulièrement lié.

Les policiers de terrain furent particulièrement utiles pour cette phase de l'enquête. Ils permirent aussi de repérer les « quartiers généraux » des bandes auxquelles appartenait Jonathan, en l'occurrence deux cafés où elles avaient coutume de se réunir et d'y dépenser une bonne partie de l'argent récupéré grâce à divers trafics.

Ces établissements furent bien sûr placés aussitôt sous une discrète surveillance.

À ce stade de l'enquête, il fut décidé de n'interroger personne. Les policiers voulaient avoir une meilleure image de ces bandes avant de donner un coup de pied dans ces fourmilières.

Par-dessus tout, ils espéraient que l'exploitation des vidéosurveillances leur permettrait d'identifier le deuxième homme qui s'était attaqué à Julia.

Une équipe de quatre personnes épluchait les images prises par les caméras situées autour de la résidence de Julia, aux environs de l'heure de l'agression de la jeune femme.

Les enquêteurs avaient commencé à exploiter les vues datées de plusieurs heures avant l'agression. Les malfaiteurs avaient sûrement fait des repérages avant de briser une vitre et de pénétrer dans la bâtisse. C'est sans doute à cause de cela qu'ils savaient que tous les autres occupants étaient partis.

Malheureusement, aucune caméra ne couvrait le trottoir situé devant la chambre de Julia. Apercevoir Jonathan Schwob en compagnie d'un de ses camarades permettrait d'identifier le probable complice. Pas de le traduire en justice. On ne pouvait pas voir le duo de criminels franchir le portail menant au bâtiment.

D'autres équipes cherchaient à reconnaître, en visionnant des heures d'images, Jonathan afin d'identifier un comparse avec lequel il aurait passé beaucoup de temps avant l'agression.

Les policiers cherchaient de plus à identifier le contact qui avait missionné les deux jeunes gens. Ils étaient persuadés que l'enveloppe recherchée était liée à un trafic de drogue. Ils scrutaient donc les images afin de repérer un membre connu d'un des gangs de trafiquants.

Ils n'espéraient pas voir un gros bonnet. Ceux-ci ne se salissent pas les mains en traitant avec le menu fretin.

Les heures s'écoulaient sans que ce travail autant ennuyeux que méticuleux débouche sur quelque chose.

Il était presque dix-sept heures et les enquêteurs aux yeux rougis par les écrans attendaient le signal qui leur permettrait d'aller se reposer chez eux, avant de subir le lendemain une journée tout aussi ennuyeuse.

– Dis donc Bob, on n'a pas une 205 rouge dans notre liste de véhicules à rechercher ?

La scène se déroulait dans un vaste bureau de la section de recherches où s'activait une dizaine de gendarmes.

– Si, je crois bien.

– J'en ai une qui passe le pont au-dessus de la voie de chemin de fer, près de la gare, quatre heures avant qu'on ne commence à cogner la gamine. Et elle va dans la bonne direction.

Ce n'était peut-être qu'un simple hasard. Les véhicules qui auraient mérité la casse, mais qui continuaient de circuler ne manquaient pas.

Sans compter le fait que le rouge était à la mode chez les jeunes quand la 205 était sortie.

Le gendarme appela son chef et, avec son collègue, ils se mirent à scruter le véhicule. L'image n'était pas d'excellente qualité. Tout au plus parvinrent-ils à distinguer deux silhouettes à l'avant de la 205. Impossible de savoir s'il y avait des passagers à l'arrière.

Alors commença un travail méticuleux qui coûta leur soirée de repos à nombre de gendarmes. Il fallait essayer de reconstituer l'itinéraire qu'avait suivi la 205 et tenter d'obtenir un élément permettant d'identifier son propriétaire.

La chance sourit aux enquêteurs.

– Je le tiens ! Trop cool d'avoir affaire à un con qui fait le plein juste avant de commettre un crime.

C'est un jeune gendarme qui exultait, tout fier d'avoir repéré l'élément qui, si tout allait bien, allait faire basculer l'enquête.

S'il avait fait le plein, sa plaque minéralogique avait certainement été enregistrée par une des caméras de surveillance de la station.

Après avoir prévenu leurs collègues policiers, les gendarmes foncèrent à la station en espérant que les caméras n'étaient pas en panne et que le délinquant n'avait pas maculé sa plaque.

Une heure plus tard, alors que la nuit était tombée depuis longtemps, Fleur appela Kadher.

– Prénom : Gilles. Nom : Mathieu. C'est le propriétaire de la bagnole qu'on a repérée pas loin de la chambre de la gamine. Et le père de feu Jonathan Schwob nous a cité un Gilles parmi les copains de son fils. Je crois qu'on tient une piste.

Ils ne s'emballaient pas. Depuis le début de la matinée, ce n'était pas la première. Et aucune de ces pistes n'avait, après avoir été creusée, débouché sur quelque chose. Mais, consciencieusement, ils allaient la suivre.

Dès le lendemain, les mêmes se remirent à l'ouvrage. Gendarmes et policiers visionnaient de nouveau les vidéos de la veille. Mais, cette fois-ci, à côté de leur écran, trônait la photo de Gilles Mathieu.

En début d'après-midi, les enquêteurs avaient la certitude que le jeune homme était bien une des relations de Jonathan Schwob. On l'avait aperçu plusieurs fois en sa compagnie et, encore plus souvent, à proximité d'un des deux bars qui servait de QG à l'une des bandes fréquentées par Jonathan.

En revanche, on ne put pas mettre en évidence une rencontre entre Gilles Mathieu et un réseau de trafiquants.

C'est Jasmine qui, pour son retour au sein de la section de recherches, reçut pour mission de fouiller les bases de données pour dresser le portrait du complice de Jonathan.

Il avait vingt-deux ans et, comme on pouvait s'y attendre, avait connu une scolarité chaotique. Ses parents, apparemment plus concernés par les études de leurs fils que ceux de Jonathan, avaient réussi à lui faire passer un CAP de mécanique.

Son casier judiciaire montrait qu'il avait surtout utilisé ses connaissances en mécaniques pour désosser des véhicules volés. Il avait passé quelques mois sous bracelet électronique à cause de cela.

Période très difficile pour lui. Ses parents vivaient dans une ferme pas très loin de Labaroche, en plein dans les montagnes vosgiennes. Un vrai paradis pour les amoureux de la nature. L'enfer pour Gilles Mathieu qui, après s'être plusieurs fois affranchi de ses obligations de résidence, termina sa peine derrière les barreaux.

On ne trouva pas trace d'un emploi salarié, ce qui n'empêchait pas le garçon d'avoir de quoi fréquenter des bars et payer son plein d'essence.

Il aimait faire des économies comme en témoigna le fait que son véhicule n'était pas assuré. Plus tard, on s'apercevrait que la vignette assurance et celle du contrôle technique qui ornaient son pare-brise étaient fausses.

Ces derniers éléments montraient qu'on avait vraiment à faire à un tout petit délinquant. Un truand ayant un minimum d'envergure ne risquerait pas d'attirer l'attention sur lui au moindre contrôle routier.

Pour le reste, des petits délits. Jamais de violence. Sans doute le commanditaire de l'interrogatoire musclé qu'on avait fait subir à Julia avait-il bien payé, à moins qu'il n'ait le moyen de faire pression sur ses deux exécuteurs de basses œuvres.

Jasmine avait étendu ses recherches aux parents du garçon.

De braves gens qui se tuaient à la tâche en élevant une cinquantaine de vaches laitières. Leurs deux autres enfants, un garçon de vingt ans et une fille tout juste majeure avaient suivi des scolarités normales. Aucune mention au casier judiciaire. Seul l'aîné de la famille, sans doute fasciné par l'argent facile et la vie oisive, avait échappé à l'éducation et à l'autorité de ses parents.

Officiellement, Gilles habitait toujours à Labaroche.

Après qu'il ait été identifié, lui et son véhicule rouge furent pistés sur les images de vidéosurveillance. Ce travail permit aux enquêteurs de montrer qu'il rentrait chez ses parents environ la moitié des nuits. Il arrivait systématiquement après minuit et n'en repartait que rarement avant quatorze heures.

Toutes les patrouilles reçurent l'ordre de repérer la 205 ou le jeune homme. Malgré les effectifs déployés, les enquêteurs firent chou blanc.

On décida donc de tenter de l'arrêter chez ses parents le lendemain matin. Labaroche étant en zone Gendarmerie, c'est le G.IG.N. qui mènerait l'assaut.

On n'était pas certain qu'il soit chez lui. C'est pourquoi les forces de l'ordre continuèrent à essayer de le repérer. On espérait l'arrêter dans la rue plutôt que monter à l'assaut d'une ferme principalement habitée par des citoyens sans histoires.

Les recherches effectuées par Jasmine avaient montré que le jeune frère était en apprentissage dans une autre ferme, à une vingtaine de kilomètres de Labaroche. Il y résidait et ne serait pas chez ses parents.

Plus ennuyeux, la gamine de dix-huit ans serait là et, faute d'un plan précis de la ferme, les assaillants ne sauraient pas dans quelle pièce elle dormirait à six heures du matin, quand ils franchiraient les portes de la bâtisse.

– Il faudra faire attention. Mais on ne peut pas prendre non plus le risque de permettre à Gilles Mathieu de s'échapper en passant par la chambre de sa sœur.

Le dispositif se mit en place une bonne heure avant l'intervention.

La ferme était constituée d'un grand bâtiment de trois étages. Le rez-de-chaussée occupait toute la surface. L'immense toit en pente coupait une partie des premier et deuxième étages. La façade était, comme le veut la tradition en Alsace, à colombages. Les fenêtres étaient occultées par de lourds volets battants en bois.

Sur l'un des côtés, séparé de la maison d'habitation d'une dizaine de mètres, un gigantesque bâtiment abritait les vaches, les installations de traite, divers locaux de stockage et un vaste hangar où était rangé le matériel agricole. Encore plus loin, en plein air, une montagne de bottes de fourrage, enrobées de film plastique, constituait la réserve de nourriture pour les animaux, quand la saison leur interdisait de profiter des prairies environnantes.

De jour, la vision de cette ferme devait ressembler à une carte postale. Mais il faisait nuit et les jumelles de vision nocturne empêchaient de profiter de cette vue enchanteresse.

Les premiers observateurs arrivés sur place n'avaient pas aperçu le véhicule de leur cible, mais il pouvait très bien être stationné dans le hangar, avec les machines agricoles.

Vers cinq heures, les gendarmes postés devant la façade virent des traits de lumière apparaître autour d'un des volets. Sans doute une chambre. Moins d'une minute plus tard, le phénomène se reproduisit dans une pièce contiguë. Sans doute une salle de bain.

Personne ne fut surpris. On était à la campagne. Les fermiers ne pratiquent pas les horaires de bureau.

La lumière fut ensuite allumée dans une pièce du rez-de-chaussée. Aussitôt après, une femme d'une cinquantaine d'années, vêtue d'une blouse, ouvrit les larges volets, dévoilant une vaste cuisine.

Il n'était pas cinq heures et demie quand la femme et son mari s'attablèrent et commencèrent leur journée par un grand bol de café accompagné de tartines.

Les forces de l'ordre auraient bien aimé intervenir immédiatement, au moment où toute la famille était regroupée dans la maison. Mais elles devaient attendre l'heure légale.

Un quart d'heure avant ladite heure, le père de Gilles Mathieu sortit de la maison et se dirigea vers l'étable.

Les membres du groupe d'intervention, qui s'étaient avancés au plus près des bâtiments pour agir dans un minimum de temps, une fois le signal donné, ne bougeaient pas un cil, de peur de se faire repérer.

Heureusement, le fermier était sorti sans son chien qui était resté dans la cuisine avec sa maîtresse qui rangeait la vaisselle qu'elle venait de laver.

L'animal avait l'air d'un corniaud pas féroce, mais il faudrait le neutraliser. Même un corniaud défend son maître.

Le quart d'heure qui précédait l'heure légale à laquelle l'assaut serait donné s'écoula avec une lenteur exaspérante.

À six heures pile, les gendarmes d'élite firent mouvement.

Chacun connaissait parfaitement son rôle.

Une petite équipe se précipita dans l'étable et neutralisa, « en douceur », le fermier qui préparait la traite du matin.

L'homme montra un visage plus peiné que surpris ou effrayé en voyant trois hommes casqués et armés l'entourer.

– Vous venez pour Gilles ? Qu'est-ce qu'il a bien pu faire ? Ce n'est quand même pas si grave pour que vous débarquiez comme cela ?

Il n'obtint pas de réponse. Il resta sur place, tête baissée, à attendre qu'on l'autorise à bouger.

La fermière, à la vue des hommes armés qui investissait sa cuisine, se précipita sur son chien qu'elle prit dans ses bras.

– Ne lui faites pas de mal. Il n'est pas méchant. Je vais le tenir.

Elle non plus ne semblait pas surprise.

– Si vous cherchez Gilles, il n'est pas là. Dans la ferme, il n'y a que mon mari, moi et ma fille. N'effrayez pas la gamine.

Sans l'écouter, les gendarmes se répandaient dans la bâtisse, explorant rapidement toutes les pièces.

La sœur cadette de Gilles en fut quitte pour une belle frayeur quand la porte de sa chambre s'ouvrit à la volée pour laisser passer trois hommes qui, en quelques secondes, fouillèrent la chambre à la recherche de son frère. Un quatrième était resté à la porte, la braquant avec un pistolet-mitrailleur.

Elle avait eu le réflexe de remonter sa couette sous son menton et son regard ne pouvait quitter l'arme qui la menaçait. Ses lèvres se mirent à trembler.

– Ne vous inquiétez pas mademoiselle. Ce n'est pas après vous qu'on en a. Nous cherchons votre frère Gilles. Savez-vous où il est ?

Incapable de parler, la jeune femme se contenta de secouer frénétiquement la tête, en signe de dénégation.

La fouille complète de la ferme prit, malgré l'importance de l'effectif engagé, une bonne demi-heure. L'immense bâtiment contigu à l'habitation des fermiers comportait un nombre infini de caches possibles.

Il fallut explorer chaque pièce, de l'étable remplie de vaches laitières au minuscule local destiné à l'affinage des fromages.

L'homme recherché pouvait se cacher derrière, sous ou dans chaque engin.

On ne trouva ni Gilles Mathieu ni sa petite 205 rouge.

La famille fut réunie dans la cuisine.

La mère avait été autorisée à aller, sous bonne escorte, attacher le chien à une chaîne fixée sur la façade du hangar.

La fille avait échangé son pyjama contre un survêtement.

Les téléphones portables de la famille avaient été confisqués.

Avant même d'être interrogé, le père de l'agresseur de Julia s'adressa au chef de détachement qui avait été rejoint par Fleur et Kadher.

– Je le répète, mon gamin n'est pas là. Vous pouvez m'expliquer pourquoi vous avez déplacé une armée ? C'est vrai, il fait des conneries de temps en temps. Mais que des broutilles.

Il s'adressait au militaire sans chaleur, mais sans colère ni hargne.

– Je ne peux rien vous dire, mais je crois que, cette fois-ci, on n'est plus dans la broutille. Si vous savez où il est, vous devez nous le dire.

– Écoutez. Je respecte les gendarmes. Je n'approuve pas toujours ce que fait Gilles, loin de là. Mais c'est mon gosse. Je ne me vois pas le balancer. Tout ce que je peux faire, c'est vous assurer que si j'ai un contact avec lui, j'essaierai de le convaincre de se rendre. Mais avec Gilles, ce n'est pas garanti. Je suppose que vous en avez assez sur lui dans vos archives pour savoir que le respect de la loi n'est pas son truc.

Les interlocuteurs du fermier savaient qu'un homme tel que lui ne céderait à aucune pression. Il suffisait de regarder sa femme pour savoir qu'elle laisserait parler son mari et se réfugierait dans le silence.

Et aucun des officiers présents n'avait envie, sans nécessité, de s'attaquer à une toute jeune fille qui s'était réfugiée dans les bras de sa mère. Ils pourraient sans doute la faire craquer. Au traumatisme de l'assaut se rajouterait la conviction d'avoir trahi sa famille.

Le chef de détachement décida d'essayer sous un autre angle. Il voulait être franc. La langue de bois ne fonctionnerait pas avec le fermier.

Il ne voulait pas non plus que la petite sœur de Gilles soit témoin de la suite de la conversation.

– Madame, pouvez-vous emmener votre fille dans sa chambre et lui tenir compagnie ? Deux de mes hommes vont vous surveiller. Je suis désolé, mais c'est la procédure. Je veux parler avec votre mari.

La fermière faillit protester. Elle ouvrit la bouche, mais se ravisa en croisant le regard de son mari. Et puis elle était satisfaite de pouvoir éloigner un peu sa fille.

Le gendarme attendit patiemment que les deux femmes aient quitté la pièce. Il ferma la porte de la cuisine.

– Monsieur. Même si je ne peux pas vous en dire plus, il est vrai que votre fils a commis un crime qui risque de lui coûter cher. Mais il y a autre chose que vous devez savoir.

L'air ennuyé du père fit place à un regard interrogateur.

– Nous ne sommes pas les seuls à chercher Gilles. Si les autres le trouvent avant nous, il n'y aura pas de procès et aucun avocat ne pourra défendre votre fils. Si vous nous aidez à le retrouver, vous nous aiderez peut-être à le mettre en prison. Mais, d'une manière certaine, vous lui sauverez la vie.

Le fermier regardait fixement le sol en damier rouge et blanc de la cuisine. Il semblait réfléchir furieusement. Les enquêteurs décidèrent de lui laisser un peu de temps.

Au bout d'une minute qui parut interminable, il releva la tête et fixa le chef de détachement droit dans les yeux.

– Je vous assure. Je ne sais pas où il est. Avant-hier, dans l'après-midi, il est arrivé en trombe dans la cour de la ferme. Il est sorti de sa voiture sans prendre le temps de fermer la porte ni même de couper le moteur. Il est monté dans sa chambre. Il en est sorti avec un sac de sport quand je montais l'escalier pour le rejoindre et lui demander des explications.

– Et il vous en a donné, des explications ?

– Il s'est arrêté à mon niveau et m'a demandé de l'argent.

– Vous lui en avez donné ?

– Au début, j'ai voulu élever le ton et lui exprimer ma façon de penser. D'habitude, cela se termine par une franche engueulade. Je ne cède pas et il part pour plusieurs jours. Mais ce jour-là, il n'a pas crié. Il m'a supplié. Il avait le regard du petit garçon qu'il a été, plein de larmes.

– Et alors ?

– Et alors je ne savais pas quoi faire. J'ai essayé de lui demander ce qui se passait. Il m'a dit qu'il ne pouvait rien me dire. Je lui ai donné tout l'argent liquide que nous avions dans la maison. Il a aussi fourré des biscuits et une bouteille d'eau dans son sac.

– Combien d'argent ?

– Cent soixante euros. Après, il est parti. Nous avons essayé plusieurs fois de l'appeler au téléphone, mais on tombe directement sur le répondeur.

Les enquêteurs savaient qu'effectivement, le jeune homme semblait avoir éteint son smartphone.

– Vous ne voulez vraiment pas me dire ce qu'il a fait ? Il est vraiment en danger ?

– On ne peut rien vous dire. Mais nous vous promettons de tout faire pour le retrouver et le ramener sain et sauf à Colmar.

Dans les heures qui suivirent, les enquêteurs s'efforcèrent d'obtenir de la part de ses parents et de sa sœur un maximum de détails sur la vie, les habitudes et les fréquentations de Gilles Mathieu.

Comme tous les jeunes de cet acabit, il cachait tout de sa vie privée à ses parents. Son frère et sa sœur, trop sérieux et trop obéissants à ses yeux, n'étaient pas ses confidents.

L'interrogatoire de la famille fut plutôt une perte de temps. Grâce à leurs investigations, les enquêteurs connaissaient bien mieux la vie de Gilles que sa propre famille.

Parallèlement à l'opération menée, sans succès d'ailleurs, à la ferme des parents du suspect, un avis de recherche le concernant et concernant sa petite voiture rouge avait été lancé.

Cela faisait près de quarante-huit heures qu'il s'était enfui de la ferme, dans la précipitation, et on ne trouvait aucune trace de lui.

Le jeune homme disposait d'un véhicule et d'assez d'argent pour faire trois fois le plein tout en s'achetant à manger et à boire.

Il pouvait très bien avoir traversé l'Allemagne et se trouver dans le nord de l'Europe, ou bien en Espagne. Il pouvait être en Bretagne ou s'être caché chez une de ses connaissances, dissimulant son véhicule dans un garage, comme l'avait fait Kylian Groff chez sa cousine Sophie.

Il avait pu s'enfuir ou se cacher d'autant plus facilement qu'à ce moment-là, il n'avait pas été identifié et personne ne le recherchait, du moins du côté des forces de l'ordre.

– C'est quand même bizarre. Sa petite poubelle n'est pas discrète et on a exploré les vidéosurveillances sur un rayon de trente kilomètres.

C'est Fleur qui venait de parler. Il était dix-huit heures, le soir de l'assaut de la ferme de Labaroche. Les responsables de l'enquête s'étaient réunis à l'hôtel de Police pour une réunion de synthèse.

Elle poursuivit l'exposé de son raisonnement.

– Il n'a pas utilisé son téléphone pour appeler ses potes et s'il s'était rendu chez l'un d'eux, on aurait repéré sa caisse. Ce n'est pas une lumière. Sans assistance, il aurait certainement fait une connerie qui l'aurait fait prendre.

– Vous avez raison, répliqua le major Heitz. Mais il a peut-être fait une connerie qui l'a fait prendre par ceux qui ont tué le jeune Schwob.

– Si c'est le cas, on retrouvera peut-être son cadavre et nous n'aurons plus aucune piste pour nous mener aux commanditaires et savoir pourquoi tous ces meurtres.

Tout en parlant, elle avait l'air pensive.

– Toi, si je te connais bien, tu as une idée, mais tu penses qu'elle est trop tirée par les cheveux et tu te demandes si elle vaut le coup d'être exposée à notre noble assemblée, fit observer le commandant Kadher Samra.

– C'est vrai. Il est parti de chez ses parents affolé et effrayé. Il venait sans doute d'apprendre, d'une manière ou d'une autre, que son comparse avait été buté. Depuis, il s'est volatilisé.

– Tu en déduis quoi ?

– Peut-être qu'il n'est pas allé bien loin. Le tueur a chopé Jonathan chez lui. Peut-être qu'un autre attendait Gilles près de la ferme où il habite et qu'il l'a abattu quand il en est parti. Imagine qu'un motard le flingue pendant qu'il roule dans la montagne. La voiture a pu s'enfoncer dans la forêt et on ne la voit pas de la route.

Kadher la gratifia d'un grand sourire.

– Vous les gendarmes, vous vivez dans la nature. Tes collègues de la départementale vont être contents de devoir explorer la forêt de part et d'autre de toutes les petites routes qui partent de Labaroche. Je vous laisse ce plaisir. Moi, avec mon équipe, je vais continuer d'explorer les autres pistes. On respire de l'air plus pollué, mais, au moins, on ne risque pas de glisser sur des rochers humides. Bon, je crois qu'on peut clore la séance.

Il se leva, mais, avant de sortir, se tourna de nouveau vers Fleur.

– Je te laisse la salle de réunion pour organiser ton dispositif. Vous pouvez utiliser la machine à café autant que vous le voulez. Nous, pour une fois, nous allons pouvoir dîner en famille.

Il sortit de la pièce, accompagné de ses collègues policiers.

Effectivement, Fleur avait beaucoup d'appels téléphoniques à passer afin de rendre compte des investigations du jour, d'exposer son plan pour le lendemain et d'obtenir les autorisations nécessaires.

Elle passa ensuite une bonne partie de la soirée, en compagnie de sa « garde rapprochée », à élaborer une stratégie.

L'immense carte de la région, qui occupait un des murs de la salle de réunion, faisant face à un gigantesque plan de l'agglomération de Colmar, lui fut bien utile.

Il fut décidé de se concentrer sur les itinéraires principaux qui quittaient Labaroche. On explorerait dans toutes les directions en négligeant les minuscules chemins forestiers. Le fugitif n'était pas un amoureux de la nature, c'est le moins qu'on puisse dire. Même s'il avait été élevé dans cette ferme, il ne devait pas connaître la forêt environnante comme sa poche.

Dans un premier temps, les recherches se concentreraient sur un cercle d'une dizaine de kilomètres de rayon.

La Gendarmerie départementale se chargerait de l'exploration des abords immédiats des routes.

Fleur et son équipe s'étaient réservé l'enquête de proximité.

Les voisins avaient été interrogés la veille, pour savoir s'ils avaient aperçu la 205 au moment de la fuite du jeune homme. Les enquêteurs avaient espéré découvrir la direction de fuite. Leurs espoirs avaient été déçus.

Il fallait maintenant revoir les mêmes personnes pour, cette fois-ci, leur demander si elles avaient repéré une moto ou un véhicule suspect. Stationné à un endroit inhabituel par exemple. Ou si des personnes étaient restées auprès de leurs véhicules.

Il n'est pas rare que des véhicules stationnent le long des petites routes de montagne, là où c'est possible. En général, les passagers en descendent pour une randonnée ou pour aller cueillir des framboises sauvages. Les tueurs aux aguets ont plutôt tendance à rester sur place.

Après une nuit courte, Fleur et ses coéquipiers s'assurèrent de la mise en place du dispositif.

Fleur n'était pas du tout certaine d'avoir raison, mais elle était confortée dans son idée de tenter sa chance par le fait que les multiples surveillances mises en place n'avaient rien donné dans la nuit.

Les polices allemande et suisse avaient été mises à contribution. Il semblait que la 205 n'avait fait le plein nulle part.

La journée ne commença pas très tôt. Les gendarmes avaient besoin de la lumière du jour pour rechercher la 205. Après plus de deux jours, le véhicule, s'il était dans un fossé, devait être froid et les caméras thermiques ne serviraient à rien.

En dépit du fait que les voisins des Mathieu étaient pour la plupart des lève-tôt, la politesse élémentaire empêchait de frapper à leur porte avant qu'ils aient eu le temps de prendre leur petit-déjeuner.

Fleur s'était vêtue chaudement. En ce début d'hiver, il n'était pas rare de voir du givre au petit matin.

La tâche était ennuyeuse. Au moins cela était-il compensé par la vision des forêts vosgiennes auréolées de nappes de brouillard, lui-même peu à peu dispersé par les rayons du soleil qui montait à l'horizon.

Son équipe s'accorda une pause méridienne dans une des fermes auberges de la région. Un moment de plaisir au milieu de la journée.

– On a trouvé la bagnole. À quatre kilomètres de Labaroche en direction d'Ammerschwihr. Elle a fait au moins deux tonneaux dans la pente et elle était planquée derrière un fourré. Le véhicule est vide, mais il y a des traces de sang dans l'habitacle.

L'information, diffusée par la radio vers quatorze heures, réveilla toutes les équipes qui s'étaient installées dans une morne routine.

Fleur et Thibaut, qui l'accompagnait, rejoignirent rapidement la Dacia de service. Il leur fallut à peine dix minutes pour rejoindre le lieu de la découverte vers lequel convergeaient d'autres équipes.

Fleur ne pouvait s'approcher du véhicule qui avait été « gelé » en attendant la scientifique. Elle interrogea les gendarmes à l'origine de la découverte.

– La 205 n'était pas visible de la route, même en observant de près. Nous aurions pu la manquer. Nous avons été intrigués par des branches fraîchement cassées. C'est en descendant un peu qu'on a trouvé le véhicule.

– Vous avez vu du sang. Vous pensez qu'il a été tué dans sa voiture puis qu'on a emporté le corps ?

– Il n'y a pas beaucoup de sang. A priori, il n'a été que blessé. Soit par un tireur. Soit parce qu'il a eu un bête accident. Nous n'avons pas vu d'impacts de balles. Mais il est vrai que les vitres ont toutes explosé. S'il a été attaqué, il s'est enfui pour sauver sa peau.

– Si c'est le cas, espérons que le tueur ne l'a pas rattrapé, répliqua Fleur.

Elle réfléchissait à la suite à donner quand un jeune lieutenant se présenta de manière réglementaire avant de faire son compte-rendu.

– Bonjour capitaine. Je suis en charge de ce secteur de recherche. Vu l'absence de corps, j'ai pris l'initiative de rameuter toutes mes équipes et de commencer à ratisser la zone. On va dans toutes les directions en s'éloignant de l'épave de la 205.

Fleur était un peu frustrée que quelqu'un ait pris l'initiative d'exécuter un ordre qu'elle s'apprêtait à lui donner.

Au moins ce jeune lieutenant avait-il fait gagner du temps. La nuit tombait tôt et les recherches ne pourraient pas durer longtemps. Cela faisait près de trois jours que l'accident s'était produit. Si Gilles était vivant, une nuit glaciale de plus risquait fort de lui être fatale.

Fleur rongeait son frein pendant que la battue se déroulait autour d'elle. Elle faisait les cent pas sur la route que la petite voiture avait quittée avant de faire des tonneaux.

Elle était inquiète. Elle craignait que son dernier témoin soit mort et que la série de meurtres qui ensanglantait la région depuis quelques jours ne soit jamais élucidée.

D'autres choses la tracassaient.

Julia était-elle toujours en danger ? Ses deux agresseurs n'avaient pas atteint leur objectif. Elle n'avait pas donné le renseignement qu'ils cherchaient, au sujet de la fameuse enveloppe. Elle ne connaissait rien de cette enveloppe qui semblait si importante. Mais le commanditaire l'avait-il compris ? Ne risquait-il pas de s'attaquer de nouveau à elle ?

Et la série de meurtres allait-elle s'arrêter ?

L'hypothèse la plus probable, à ce moment de l'enquête, était que Kylian ait volé une enveloppe à un truand sans pitié. Peut-être était-il mort pour cela. Peut-être avait-il entraîné Sophie dans sa chute. Le truand n'avait pas trouvé ce qu'il cherchait et s'était alors tourné vers Julia que des bruits donnaient comme la maîtresse de Kylian. Ceux qui devaient l'interroger s'étaient fait interrompre par des gendarmes et étaient devenus encombrants. Ils risquaient d'être identifiés. Ils étaient morts pour cela.

Mais plusieurs éléments clochaient.

Kylian avait été tué, mais pas torturé. Même chose pour Sophie. La maison de la jeune femme n'avait même pas été fouillée comme il aurait été logique de le faire si on y cherchait une enveloppe. Et cette cycliste épargnée.

Tout en marchant, la capitaine essayait de remettre tout en ordre.

Une affaire ? Plusieurs affaires que le hasard faisait coïncider dans le temps et dans l'espace ?

Chaque fois qu'elle réfléchissait à une hypothèse, celle-ci se heurtait à des objections, parfois minimes, mais qui empêchait d'acquérir la moindre conviction.

– Ici ! Il est là !

Le cri venait d'assez loin dans la forêt, à environ deux cents mètres de la petite épave rouge.

– Il est vivant ! Appelez le SAMU ! Il est mal en point.

Sans se soucier des branches qui, parfois, lui griffaient le visage, Fleur fonça en direction de la voix.

Avant de prendre sa course, elle avait rapidement demandé à Thibaut d'appeler le SAMU.

Le terrain était escarpé et elle mit plusieurs minutes avant d'arriver sur place.

Le jeune homme était assis sur le sol, les jambes allongées, le corps appuyé sur un rocher qui le cachait à la vue de ceux qui se trouvaient sur la route.

Son visage était criblé d'éclats de verre et ses mains étaient en sang. Un de ses yeux était gonflé à tel point qu'il était sans doute à moitié aveugle. Un petit sac de sport était posé à côté de lui. Il était ouvert. Gilles Mathieu en avait sorti les quelques vêtements qu'il y avait entassés en hâte, avant de s'enfuir de la ferme. Il les avait entourés autour de lui mêlant pêle-mêle un sweat-shirt, deux tee-shirts, une veste de laine fine et une écharpe. Il avait même coincé chaussettes et caleçons entre les différentes couches. Des papiers d'emballage de biscuits jonchaient le sol.

Les yeux des témoins étaient attirés par l'angle étrange que formait une de ses chevilles avec le reste de la jambe.

Blessé, le garçon avait dû essayer de s'échapper. Il avait dû souffrir le martyre pendant sa tentative de fuite. Sans doute épuisé, il s'était appuyé sur ce rocher pour se reposer et se cacher. Il était là depuis trois jours. Il avait eu le réflexe de prendre son sac. Les vêtements et les provisions qu'il contenait lui avaient permis de traverser les nuits glaciales et lui avaient probablement sauvé la vie.

Il avait la tête appuyée sur la poitrine. Elle remontait imperceptiblement à chaque respiration. C'était le seul signe de vie.

Le groupe fut rejoint par le jeune lieutenant et un gendarme qui avait récupéré deux couvertures de survie dans un véhicule.

On en recouvrit le jeune homme.

La vision de ce garçon et l'évocation des souffrances qu'il avait dû endurer auraient pu conduire Fleur à éprouver une grande compassion à son égard. Mais le souvenir de la petite main ensanglantée, qui sortait de sous la couette sous laquelle s'était réfugiée Julia, et qui serrait convulsivement la main de Thibaut la ramenait à la réalité.

Elle avait devant elle un beau salaud. Certes, il ne méritait pas ce qui lui était arrivé. Mais c'était quand même une ordure qui devrait passer directement de l'hôpital à la prison.

Du moins s'il s'en sortait.

Fleur espérait qu'il allait s'en sortir et, par-dessus tout, qu'il allait témoigner.

Il fallut plus de deux heures avant que les pompiers et l'équipe du SAMU n'amènent Gilles à l'hôpital.

Toujours dans le coma, il fut placé sous protection policière et la presse fut tenue à l'écart.

Les médecins n'étaient pas très inquiets au sujet de ses chances de survie.

– C'est un garçon solide. Il a eu le bon réflexe de se couvrir au maximum. Au bilan, en dehors de sa cheville qui est sérieusement abîmée, il souffre d'une légère hypothermie, d'un grand épuisement et sans doute d'un état de choc consécutif à la douleur et à la peur. Il a dû en baver le pauvre.

Fleur ne jugea pas bon de lui préciser que, dans une autre chambre du même hôpital, elle aussi protégée par les forces de l'ordre, il y avait une jeune femme qui, elle aussi, en avait bavé. Mais à cause du « pauvre » que plaignait le médecin.

Avant de quitter l'hôpital, Fleur passa prendre des nouvelles de Julia. Ses parents étaient repartis quelques minutes plus tôt après avoir passé l'après-midi auprès de leur fille.

Une partie des bandages avaient été ôtés et on distinguait le visage de la jeune étudiante, encore marbré de bleus et, à certains endroits, boursouflé.

En ouvrant la porte, Fleur aperçut Jasmine assise tout contre le lit. Elle tenait la main de Julia. Les deux jeunes femmes étaient en train de rire.

Fleur regretta de les avoir interrompues.

Le rire était certainement le meilleur médicament dont pouvait bénéficier la victime de Jonathan et de Gilles. Et Fleur savait à quel point sa jeune collègue était experte dans l'art de dérider les autres.

Elle écourta sa visite pour les laisser passer plus de temps ensemble, et elle regagna son domicile.

La journée du lendemain fut éprouvante. En attendant de pouvoir interroger Gilles Mathieu, l'enquête se poursuivait comme si de rien n'était. Les enquêteurs avançaient sans savoir si leur travail avait la moindre utilité.

Ce n'est que le surlendemain, au début de l'après-midi, que les médecins autorisèrent l'interrogatoire.

Un des policiers qui gardait sa chambre avait dû être un peu trop bavard. Le personnel savait que le jeune homme était l'un des deux qui avaient mis Julia dans l'état où elle se trouvait. S'il continuait à faire son travail avec conscience, le capital de compassion dont bénéficiait Gilles s'était effondré.

L'interrogatoire eut lieu dans la chambre de l'hôpital. Il était mené par Kadher accompagné d'un de ses lieutenants et de Fleur.

On commença par mettre officiellement Gilles en garde à vue et par lui signifier les charges qui pesaient contre lui.

Au début, le jeune homme tenta de convaincre ses interlocuteurs qu'il était tellement épuisé qu'il ne pourrait répondre aux questions. On le fit changer d'avis.

– Écoutez. Si on doit reporter l'interrogatoire, on le fera. Après tout, on a tout notre temps. Vous allez être poursuivi pour actes de barbarie, que vous témoigniez ou non. Donc, continuez à ne pas coopérer. Vous ne faites qu'aggraver votre peine.

Gilles changea alors de tactique, cherchant à faire croire qu'il était innocent.

Non, il n'avait jamais attaqué Julia Despentes. Il ne la connaissait pas.

Jonathan ? Juste une connaissance qu'il croisait parfois dans un des bars qu'il fréquentait.

Non, il ne trafiquait pas. Son argent provenait de petits boulots qu'il décrochait ici ou là. Tout juste reconnaissait-il qu'il travaillait au noir, ce qui expliquait l'absence de fiches de paie. Il ne se souvenait pas non plus du nom de ses patrons. « Des gars croisés dans des troquets et qui avaient besoin d'aide pour charger ou décharger des camions ».

Il avait parfois des arguments qui ne manquaient pas de logique. « Si j'étais un gros trafiquant, je ne roulerais pas dans une vieille caisse pourrie ».

Les policiers ne lui mettaient pas trop la pression. Il était dans un hôpital et il lui suffirait de simuler un malaise pour interrompre l'interrogatoire.

Mais, surtout, ils attendaient les résultats des batteries d'analyses lancées après la perquisition à son domicile et après avoir récupéré l'épave de sa 205.

Les policiers avaient bien été obligés de le mettre en garde à vue. Sinon, rien n'aurait empêché le jeune homme de demander une paire de béquilles et de s'enfuir avec l'aide d'un de ses copains.

Ce soir-là, Gilles Mathieu s'endormit tranquillement, persuadé que les policiers n'avaient rien contre lui. La peur ne l'avait pas quitté, mais, au moins, ironie du sort, il était protégé par la Police. Il passa la soirée à réfléchir à des plans qui lui permettraient d'assurer sa sécurité tout en gardant sa liberté.

Le lendemain, les policiers n'arrivèrent que vers dix heures du matin. Ils avaient l'air jovial et prétendirent qu'ils avaient voulu le laisser se reposer.

Ils mentaient assez bien et le jeune homme aborda l'entretien avec optimisme.

– Monsieur Mathieu, nous voudrions revenir sur l'agression dont mademoiselle Despentes a été l'objet.

– Je vous ai déjà dit que je n'y suis pour rien.

– C'est vrai qu'hier, nous n'avions que des présomptions. Assez solides toutefois. Vous fréquentez Jonathan Schwob. Nous sommes certains qu'il était présent puisqu'il a fait la connerie de laisser son A.D.N. sur l'officier de Gendarmerie qu'il a essayé de tuer. Vous êtes d'ailleurs complice de ce crime.

Il omit de préciser que la victime de cette tentative d'assassinat était présente dans la pièce. Les coups d'œil rapides qu'il jetait sur la jeune femme montraient à tous qu'il l'avait reconnue. Mais ce n'était pas une preuve.

– Autre présomption. La présence de votre véhicule à proximité du lieu de l'agression. Une voiture telle que feu votre 205 n'échappe pas aux caméras de surveillance.

Le commandant de Police fit une pause pour permettre à Gilles de digérer ce qu'il lui assénait.

– Il faudra aussi nous expliquer pourquoi cette fuite soudaine, juste après que votre copain ait été assassiné. La peur d'être le prochain sur la liste. Au moins sur ce point, nous sommes d'accord. Pour vous, les trottoirs sont devenus plus dangereux que des champs de mines.

Il avait fait mouche. Le suspect était livide.

Le coup de grâce fut asséné accompagné d'un grand sourire.

– Ah ! J'ai failli oublier. Dans votre voiture il y avait une paire de gants. On y a trouvé des traces de sang qui appartiennent à votre victime. Il y a aussi cette cagoule. Deux témoins, les gendarmes qui ont sauvé votre victime ont témoigné que l'agresseur en portait une identique. Vous voyez. Nous n'avons même pas besoin de vos aveux. Les preuves suffiront.

– Je veux un avocat.

De manière assez classique chez les petites frappes sûres d'elles, il avait, dans un premier temps, refusé d'être assisté.

– Vous avez raison. Nous allons interrompre cet interrogatoire en attendant son arrivée. Avec un peu de chance, vous serez bientôt dehors. Demandez-lui donc s'il peut aussi plaider votre cause auprès de celui qui a tué Jonathan.

Ils durent attendre deux heures avant qu'un avocat ne se pointe.

Le garçon manifestait tous les signes de l'anxiété. Il se rongeait les ongles jusqu'au sang. Son regard passait sans cesse de la fenêtre, d'où on apercevait des immeubles qui pouvaient offrir des positions de tir à un tueur, à la porte par où un assassin pouvait surgir. Il toucha à peine au repas qu'on lui apporta pendant ce laps de temps.

Les forces de l'ordre avaient pris toutes les précautions pour le protéger même si personne n'éprouvait de compassion à son égard. Personne ne jugea bon de rassurer Gilles.

Une fois l'avocat arrivé, il fallut attendre une heure de plus, afin qu'il puisse s'entretenir avec son client. À la reprise de l'interrogatoire, c'est l'avocat qui prit la parole.

– Mon client a décidé d’avouer pour la malheureuse agression de Julia Despentes. Mais il demande en échange d’être placé sous protection.

Les enquêteurs réprimèrent un sourire. Ils étaient arrivés à leurs fins.

– Maître. Je prends bonne note de la décision de votre client. J’attire toutefois votre attention sur le fait qu’il n’est pas en situation de poser des conditions. L’agression était sauvage et nous disposons d’éléments solides qui le mettent en cause. Concernant sa protection, nous jugerons en fonction de ce qu’il nous dira pour justifier des mesures de précautions.

Le jeune homme passa le reste de l’après-midi à tout déballer. Il voulait sauver sa peau.

C’est Jonathan qui l’avait mis dans le coup. Quelqu’un proposait mille euros à se partager à deux, à condition qu’ils fassent avouer à la fille où elle avait caché une enveloppe.

Ils ne savaient pas ce que contenait l’enveloppe même si la logique poussait vers de la drogue ou de l’argent.

Les interlocuteurs du délinquant étaient proches de vomir. Jonathan et Gilles avaient détruit une jeune femme pour cinq cents euros chacun.

Ils avaient été mis en fuite par Thibaut, sans pouvoir terminer le travail.

Inquiet de la réaction de leur commanditaire après leur échec, il était allé voir Jonathan en essayant de ne pas se faire repérer par ses parents. Il n’avait trouvé que son cadavre.

Pris de panique, il était retourné à la ferme prendre quelques affaires. Il espérait aussi réussir à soutirer de l’argent à son père, ce qui avait été le cas.

Il voulait fuir loin. Il ne savait pas où. Il ne savait pas comment il allait vivre. Mais il voulait fuir.

À peine avait-il quitté la ferme qu'une grosse BMW gris-anthracite s'était collée à lui. Il était persuadé qu'il s'agissait de l'assassin de son pote qui attendait le moment propice pour le pousser hors de la route afin de pouvoir l'achever.

Il avait accéléré au maximum, mais la BMW ne le lâchait pas.

Il n'était pas un conducteur émérite et il n'avait pas fallu longtemps avant que sa 205 ne quitte la route.

Il avait fait deux tonneaux.

Bien que sonné et blessé à la cheville, la peur lui avait permis de se traîner jusque derrière un rocher où il avait attendu, en vain.

Il n'avait pas réussi à aller plus loin et, si les gendarmes ne l'avaient pas trouvé, il serait mort sur place.

Il essaya bien d'argumenter pour se défendre.

Ce n'est pas lui qui avait tenté d'étrangler la gendarme. Il n'avait pas frappé fort sur Julia. C'est Jonathan qui avait frappé avec le plus de violence. Il avait même empêché son camarade d'aller « trop » loin.

Les enquêteurs écoutèrent distraitement ses excuses.

Ils avaient des preuves et des aveux. Le reste était le problème des magistrats et des jurés.

Un point les décevait : Gilles ne connaissait rien du commanditaire et Jonathan, son contact, était mort.

Ils devaient retrouver cette BMW et son propriétaire.

Chapitre 11 : un commercial plutôt louche ?

Les dernières journées avaient été épuisantes pour les enquêteurs.

Mais au moins avaient-ils en partie résolu l'enquête concernant l'agression de Julia.

C'est Fleur qui, en présence de Jasmine, alla annoncer à la jeune femme que ses agresseurs étaient identifiés.

– C'est gentil de venir me le dire. Mais cela ne me rendra pas mon visage. Cela ne m'empêchera pas d'avoir peur chaque fois que je suis seule. Cela ne me permettra pas de finir les études que j'avais choisies. Mes parents n'ont pas les moyens pour attendre que je sois guérie et me repayer l'année qui est fichue. Ils ont déjà dépensé leurs économies pour moi.

Elle dut se rendre compte de la dureté de ses propos.

Elle adressa à ses interlocutrices un sourire un peu contraint.

– Mais je n'oublie pas que vous m'avez sauvée. Sans vous, je serai sûrement morte. Des fois, je regrette d'être toujours en vie. Mais quand je vois mes parents. Quand des copines viennent me rendre visite. Quand je passe de bons moments à rigoler avec Jasmine, je me dis que c'est bon de vivre.

C'est Jasmine qui lui répondit.

– Pour ton visage, j'ai fait cracher le morceau aux toubibs. Dans quelques semaines, tu n'auras plus que de légères cicatrices. À peine visible. Elles ajouteront à ton charme torride.

Une fois de plus, elle réussit à arracher un sourire, sincère celui-là, à la jeune étudiante.

– Je suis contente que vous sachiez qui m'a attaquée. Mais quand même, on mérite la prison pour cela, pas la mort.

Elle se préoccupait du sort de Jonathan Schwob.

– C'est bien la Julia que je connais. Deux types viennent la castagner, et elle a de la compassion pour eux. N'oublie pas qu'un des deux n'est pas mort parce qu'il t'a tabassée. Un autre salaud l'a tué parce qu'il n'est pas allé jusqu'au bout.

Le visage de Julia se teinta d'inquiétude.

– Vous pensez qu'ils peuvent encore s'en prendre à moi ?

– Sincèrement, on n'a pas de certitude. Tant que vous serez à l'hôpital, vous serez protégée. Après, il vaudra mieux que vous retourniez chez vos parents, loin d'ici. On vous expliquera les précautions à prendre. Nous, pendant ce temps, on cherchera le commanditaire.

Les deux gendarmes s'apprêtaient à partir quand Julia releva son corps en prenant appui sur l'un de ses coudes. Malgré les marbrures qui marquaient son visage, on pouvait voir qu'elle était en train de piquer un fard.

– Au fait, j'aimerais bien remercier votre collègue qui a mis les voyous en fuite. Après, il m'a tenu la main jusqu'à l'arrivée des pompiers. Et il n'a pas arrêté de me parler doucement et gentiment, de me rassurer. Je crois bien qu'il m'a empêchée de couler. Je n'aurais peut-être pas tenu le coup s'il n'avait pas été là.

Fleur eut le réflexe d'observer le visage de Jasmine. Ce fut fugace, mais elle avait bien vu une ombre le traverser. La jeune gendarme avait compris que Julia, si elle le voulait, allait devenir une sérieuse concurrente. Fleur se dit que ce danger inciterait peut-être sa jeune collègue à faire preuve d'un peu d'initiative.

– Ne t'inquiète pas. Je vais le lui dire. Mais je ne garantis rien. Il est tellement timide qu'il risque de ne pas oser dire bonjour au Bon Dieu quand il se présentera devant lui.

Julia avait, elle aussi, observé le visage de Jasmine pendant qu'elle lui parlait. Sa réponse montra qu'elle faisait preuve, malgré ce qu'elle avait subi, d'une étonnante lucidité.

– Oui, j'aimerais bien le remercier. Mais ne t'inquiète pas. Je ne te ferais jamais un coup en vache. Je lui suis très reconnaissante, mais je n'ai même pas vu son visage.

Jasmine, dont les joues étaient devenues écarlates, balbutia quelques mots à peine compréhensibles pour dire qu'elle ne s'inquiétait pas et sortit de la chambre, sans oublier toutefois de faire une bise à son amie.

Les deux femmes regagnèrent ensuite la section de recherches. Gilles Mathieu avait été mis en examen la veille et se remettait de son accident à l'hôpital, sous bonne garde policière.

L'urgence était maintenant d'identifier le commanditaire des meurtres et des agressions de Julia et Gilles. Il fallait aussi retrouver cette enveloppe. Son contenu était sans doute le mobile de ce massacre. Elle pouvait aussi contenir la clé de toutes ces énigmes.

La Police se chargea de la recherche du commanditaire. Les investigations se déroulaient principalement dans sa juridiction.

Des dizaines d'enquêteurs se replongèrent dans les vidéosurveillances. Ils recherchaient patiemment des images des deux agresseurs de Julia.

Il suffisait que quelqu'un leur fasse un signe de la main pour les saluer, en les croisant, pour qu'on cherche à l'identifier et qu'on fouille sa vie dans les moindres détails.

Une autre équipe, non moins nombreuse, arpentait les rues pour tenter d'interroger tous ceux qu'on avait identifiés.

Compte tenu du milieu que les deux agresseurs fréquentaient, il n'était pas facile de mettre la main sur ces potentiels suspects et, quand on arrivait à les coincer, d'obtenir d'eux autre chose que des attitudes insolentes et méprisantes.

Il fallait donc se rabattre sur les témoins indirects.

On interrogeait les patrons et les serveurs de bars qu'ils fréquentaient, voire dans lesquels ils n'avaient consommé qu'une fois.

Les bandes se réunissaient souvent dans les halls d'immeubles. On chercha donc des renseignements auprès des habitants, pour la plupart outrés de voir la Police s'intéresser aux délinquants qui leur pourrissaient la vie, mais pas du tout avec comme objectif de les débarrasser d'eux.

Comme on le craignait, ni Jonathan ni Gilles n'avaient été vus avec des pointures. On identifia bien un certain nombre de membres connus de réseaux de trafiquants de drogue. Mais, justement, ce « un certain nombre » interdisait de tirer des conclusions d'autant que les petits dealers concernés, quand on les interrogeait, se muraient dans le silence. Rien d'étonnant.

Les gendarmes se focalisaient sur la BMW gris-anthracite qui avait poursuivi la petite 205 rouge jusqu'à ce qu'elle quitte la route.

La densité de caméras de surveillance étant bien plus faible à la campagne qu'en ville, leur exploitation nécessita un effectif plus faible, mais fut plus compliquée.

Heureusement, les modèles de la taille décrite par Gilles et de la marque indiquée, situés dans le haut de gamme des véhicules, étaient assez rares.

Les recherches sur les immatriculations permirent de recenser tout de même une cinquantaine de propriétaires dans le département. Bien trop. D'autant que le tueur pouvait venir de n'importe où, y compris de l'étranger.

Étonnamment, aucun véhicule correspondant à la description faite par le jeune homme n'avait été volé dans les jours qui avaient précédé l'accident.

C'était étrange parce qu'il est rare que des tueurs à gages utilisent leur propre véhicule.

– Pas si étrange que cela, fit observer le major Heitz durant une des réunions de synthèse.

– Précisez.

– L'assassin a pu avoir accès à un véhicule sans le voler. Un concessionnaire indélicat. Un voisin qui est absent et a laissé traîner ses clés. Bref, on a pu « emprunter » cette bagnole et la remettre en place. De l'aveu de monsieur Mathieu, il n'y a pas eu de choc, donc pas de traces sur le véhicule.

Une autre hypothèse fut suggérée par le capitaine Rigaud.

– Les gros bonnets adorent ce genre de caisses luxueuses. Admettons que le gars se soit affolé et ait utilisé son propre véhicule. Si c'est le cas, on aura du mal à l'identifier. En général, ils utilisent des voitures louées sous un faux nom à des entreprises peu regardantes de l'est de l'Europe. Mais si on repère une BMW immatriculée dans un de ces pays, on sera sur le bon chemin.

– À condition qu'on puisse au moins voir le visage du ou des passagers, précisa Fleur. C'est le minimum qu'il nous faudra parce que la BMW est certainement déjà repartie chez le loueur et notre gros bonnet a dû récupérer une autre caisse tout aussi luxueuse, mais d'une autre marque.

– De toute façon, il faut qu'on identifie cette voiture si on veut progresser. Et ce n'est pas gagné.

Cette observation, empreinte de pessimisme, formulée par le major, vint clore une réunion qui avait plus mis en exergue les questions en suspens qu'elle n'avait fait avancer l'affaire.

Deux heures plus tard, le planton en charge de l'accueil appela Fleur.

– Capitaine, j'ai les collègues de Ribeauvillé au téléphone. Ils veulent parler à un responsable de l'enquête sur l'accident de la 205.

– Et bien, le « un » responsable sera « une » responsable. Passez-les-moi s'il vous plaît.

Le planton la mit en relation avec son interlocuteur.

– Bonjour capitaine. Adjudant-chef Wolf de la brigade de Ribeauvillé. On nous a sollicités pour une BMW anthracite. On en a flashé une le jour indiqué, sur la N83, au sud d'Ostheim. Le gars fonçait comme un fou dans la direction de Strasbourg. Il a été flashé à 143.

– Je vous remercie. Ce n'est pas forcément notre homme, mais, si je tiens compte de l'heure et du lieu où il a été flashé, il remonte sacrément dans la liste des suspects. Vous pouvez nous envoyer les éléments ? Et merci encore.

Elle raccrocha et appela le planton.

– La brigade de Ribeauvillé va nous transmettre une plaque minéralogique et des infos sur le propriétaire d'une BMW. Merci de les envoyer à Thibaut.

Elle avait parlé suffisamment fort pour que le jeune gendarme, qui compilait des rapports non loin de là, sache à quoi s'en tenir sur son emploi du temps des heures à venir. Il n'attendit pas de recevoir ses ordres.

– Reçu capitaine. Je vous trouve tous les renseignements sur le propriétaire, sa femme, ses enfants, son petit-neveu et son concierge. Comme d'habitude, je vous les transmets pour avant-hier à la première heure.

Fleur sourit.

Elle continua d'étudier distraitement une série de comptes-rendus pendant que Thibaut s'activait.

Une heure trente plus tard, le jeune homme se présentait à son bureau. Elle le fit entrer. Elle ne jugea pas bon de prévenir les autres enquêteurs. Le tuyau des collègues de Ribeauvillé lui avait fourni une piste parmi tant d'autres. Consciencieusement, elle allait l'explorer.

Elle fit asseoir Thibaut et attendit qu'il expose le résultat de ses recherches.

– Le propriétaire de la BMW s'appelle Fabrice Galler. Il est domicilié à Mulhouse, en centre-ville et travaille à Wittenheim, au nord de Mulhouse, dans une boîte qui s'appelle « Les Climatiseurs Alsaciens ».

Thibaut se rengorgea un peu. Il aimait bien montrer sa maîtrise d'internet.

– Si j'en crois ses profils sur les réseaux sociaux, il est cadre technico-commercial. Il doit avoir de bons revenus, du moins si on tient compte de la taille de son appartement, de sa BMW bien sûr, et des nombreux voyages qu'il effectue. Réveillons aux Antilles, vacances d'été à l'Île Maurice, safari-photos en Afrique, et j'en passe. Pour suivre ses nombreux voyages, il suffit de consulter la masse de photos qu'il poste sur la toile.

– Il faudra vérifier si ce train de vie est cohérent avec ses revenus déclarés.

– Il va falloir aussi tenir compte des revenus de sa femme, assistante de direction dans la même boîte que lui. Je n'ai pas encore pu avoir les données du fisc, mais j'ai vérifié, les parents de monsieur comme de madame sont tous vivants, donc sans doute pas d'héritage. Dans la soirée, je me renseignerai sur leurs revenus pour savoir s'ils peuvent se montrer généreux avec le fiston et la fifille.

– D'autres éléments ?

– Il a quand même une mention au casier judiciaire. Une conduite en état d'ivresse au cours de laquelle il a blessé une gamine qui circulait à vélo. Heureusement pour elle, mais aussi pour lui, elle n'a été que légèrement blessée. Il n'a pas cherché à fuir et s'est arrêté pour lui porter secours. Du coup, il n'a pris que quelques mois avec sursis et une annulation de son permis qu'il a repassé deux ans plus tard. L'accident, c'était il y a dix ans.

– Sa femme ? Après tout, même si ce serait étonnant, rien ne dit que c'est lui qui conduisait.

– Clean. Totalement clean. Aucune condamnation. Aucun incident qui ait laissé des traces dans nos bases. Madame est discrète. Elle n'apparaît quasiment pas sur les photos postées. Ou alors de loin et dans une tenue plus que correcte. Elle-même n'a pas de comptes sur les réseaux sociaux.

– Des enfants qui auraient pu utiliser la bagnole de papa. Les jeunes ont toujours besoin d'argent.

– Quatre enfants. La plus vieille a douze ans. Elle semble passer sa vie sur les réseaux sociaux. Comme beaucoup, elle essaie d'y percer en publiant en masse des vidéos toutes plus nulles les unes que les autres.

– Rien qui puisse attirer un pédocriminel ?

– Malheureusement, si. Mais pas plus que des millions de gamines qui se trémoussent en essayant de paraître sexy. Moi, je ne laisserai pas ma fille faire cela. Mais ce n'est pas illégal. Elle reste habillée, même si c'est un peu court ou un peu moulant pour une enfant de cet âge.

Fleur réfléchissait.

– En fait, rien dans son profil ne nous indique un trafiquant d'envergure ou un tueur à gages.

– Il faudra me laisser le temps de faire un point précis de ses finances et de son train de vie. J'aurai besoin de commissions rogatoires pour ses comptes en banque et ses données de salaire.

– S'il n'y avait que cela, je laisserais tomber cette piste. Mais j'ai fait des calculs pendant que tu reluquais une gamine sur internet.

– Eh ! J'étais en service commandé. Et je ne cherche pas mes conquêtes à la maternelle.

– Je rigole. Mes calculs m'ont montré qu'à condition d'être en excès de vitesse, ce qui semble être le cas, la BMW pouvait très bien pousser Gilles Mathieu à l'accident à la sortie de Labaroche puis se faire flasher au sud d'Ostheim. Les horaires sont compatibles.

Elle sembla rêveuse pendant quelques secondes. Puis elle fixa Thibaut. Il la connaissait, elle avait pris une décision.

– Tu vas étudier plus finement ses revenus et ses dépenses. Je demande les commissions rogatoires nécessaires. Tu te penches aussi sur les fadettes, mais, le plus urgent, c'est la localisation de son téléphone au moment de l'accident de monsieur Mathieu. Je ne me fais pas d'illusions. Si c'est lui, il aura laissé son portable allumé chez lui ou dans son bureau, histoire de pouvoir dire qu'il l'y a oublié.

– Il faudra contrôler deux numéros. J'ai trouvé son numéro perso. Dans son profil professionnel, il y en a un autre. Sans doute son numéro pro.

– Bon, tu me localises les deux numéros à l'heure de l'accident de Gilles Mathieu.

Fleur savait qu'il faudrait plusieurs heures à Thibaut pour obtenir les renseignements demandés. La journée touchait à sa fin et elle n'avait pas la tête à se replonger dans la paperasserie pour tenter de trouver, dans la masse d'informations à sa disposition, l'indice qui lui permettrait d'explorer une nouvelle piste.

Elle décida de finir l'après-midi par une bonne séance de sport. Elle se mit en tenue et se déplaça en véhicule jusqu'à la forêt de la Hardt, à la sortie de Colmar.

Elle enchaînait depuis bientôt une heure les phases de course, de musculation et d'assouplissement quand le téléphone qu'elle portait dans une sacoche fixée à son bras sonna. C'était Thibaut. Elle décrocha en essayant désespérément de reprendre son souffle. Le jeune gendarme, qui avait vu sa cheffe partir en tenue de sport, comprit pourquoi elle avait tant de mal à parler.

– Vous êtes en train de mourir capitaine ? Vous savez, à votre âge, vous devriez songer à vous ménager.

– Crétin ! Commence plutôt par passer plus de temps sur les pistes et moins devant tes écrans, si tu ne veux pas que je te ridiculise une fois de plus au prochain cross régional. Dis-moi pourquoi tu me déranges.

– Plus sérieusement, je crois que vous avez eu une bonne idée de suivre la piste de la BMW flashée. Les deux lignes téléphoniques bornaient à Labaroche à l'heure de l'accident.

– Sur les lieux de l'accident ?

– On ne peut pas être aussi précis. Mais on sait que monsieur Galler a passé les trois heures précédant l'accident à Labaroche et qu'il en est parti à vive allure au moment de l'accident.

– Le temps de me doucher et je rentre au bureau. On l'arrête demain matin au saut du lit. Demande au major de commencer à préparer l'opération.

Trois quarts d'heure plus tard, une réunion préparatoire se tenait à la section de recherches. La Police de Mulhouse avait commencé à étudier avec discrétion l'appartement où vivait le suspect.

Par téléphone, un capitaine de Police donnait quelques précisions.

– Il est au troisième étage d'un immeuble qui en compte cinq. Des occupants des immeubles voisins nous ont autorisés à observer depuis chez eux. Il ne semble pas possible de s'échapper par les fenêtres. Le seul balcon, qui donne sur la rue, ne permet pas un déplacement latéral. Si votre gars est sportif, il pourra descendre par les balcons situés en dessous jusqu'au trottoir. Il faudra qu'une équipe l'y attende. À l'extrême, il pourrait grimper jusqu'au toit et s'échapper par les immeubles voisins. Il faudra sécuriser cet itinéraire.

– Et les accès ?

– Un seul escalier. Pas d’escalier de service. Une seule porte qui donne sur le palier.

Le commandant Samra les avait rejoints, de même que le colonel.

C’est ce dernier qui prit la parole.

– Ce Galler est peut-être un redoutable tueur qui se dissimule sous les traits d’un paisible représentant commercial. Mais il a quatre gosses dont le plus âgé à douze ans. Je propose qu’on évite l’assaut et qu’on l’attende sur le palier pour l’arrêter quand il part pour son boulot. De toute façon, vu la configuration du lieu, il ne pourra pas nous échapper.

– C’est la meilleure solution, répondit Fleur. Mais si c’est un tueur, il est sans doute puissamment armé. Il faudra qu’on ait, nous aussi, une bonne puissance de feu. Des gens capables de l’abattre sans risquer de toucher ses gosses.

– Je suppose que c’est le RAID qui va intervenir, précisa le commandant Samra. Ils ont des gens de cet acabit. Mais s’il décide de se défendre malgré la présence de ses gosses, nous n’aurons le choix qu’entre les traumatiser en leur imposant un siège qui pourrait durer plusieurs jours ou en leur faisant subir le tir de grenades incapacitantes.

– On préviendra le proc mais, au bout du compte, c’est ce type qui choisira d’accorder ou non plus d’importance à lui qu’à ses enfants. Moi, à sa place, je me rendrai.

Le lendemain matin, les équipes se mirent en place très tôt. De l’extérieur, on ne voyait rien. Un groupe tenait le palier. Un autre se trouvait sur le toit. Ceux qui devaient sécuriser la rue se cachaient dans diverses camionnettes banalisées. Ils en sortiraient à la dernière seconde, les uns pour intercepter l’homme s’il tentait de descendre par le balcon, les autres pour bloquer l’accès aux piétons et aux véhicules. Des observateurs et des tireurs d'élite occupaient, avec l'autorisation des propriétaires, plusieurs appartements qui avaient des vues sur les fenêtres de l'habitation du suspect.

On s'était assuré que tous les appartements contigus au sien appartenaient bien à des quidams moyens. Si c'était un tueur redoutable, il pouvait très bien s'être créé une sortie de secours.

Tous attendaient que l'homme sorte de chez lui, en espérant qu'il n'allait pas télétravailler ce jour-là ou faire la grasse matinée.

Pendant plus de deux heures, il ne se passa rien. Le chef de l'équipe d'intervention du RAID se demandait s'il ne fallait pas mieux donner l'assaut. Plus le temps passait, plus le risque qu'un des voisins le prévienne par téléphone était grand.

Il fut décidé d'attendre neuf heures trente. Les enfants, tous scolarisés, avaient classe ce jour-là. Dans le meilleur des cas, ils sortiraient avant lui.

En fin de compte, c'est lui qui sortit en premier, vers huit heures quinze.

À la vue des policiers, il eut l'air surpris. Il ne résista pas quand trois d'entre eux l'immobilisèrent sans ménagement, lui passèrent les menottes et le fouillèrent avec soin.

– Qu'est-ce qui se passe ?

Le brouhaha avait alerté son épouse.

– Chéri, tout va bien ? Il se passe quelque chose ?

– Ce n'est rien. C'est la Police. Je ne sais pas pourquoi ils sont là, mais reste à l'intérieur avec les enfants. Ne les effraie pas avec cela.

– Papa, qu'est-ce qui se passe ?

À douze ans, on a passé l'âge d'obéir aveuglément à ses parents, sans chercher à comprendre.

– Cléa ! Cléa ! Reviens tout de suite.

C'est la mère qui hurlait. Pour rien.

Une gamine, mesurant à peine un mètre quarante, vêtue d'un uniforme de collégienne moderne, pantalon fin, noir et moulant, petit haut rose révélant le nombril, divers bijoux fantaisie, surgit sur le palier.

Son hurlement strident vrilla l'oreille des nombreux policiers présents.

– Mamaaaaaaan ! Mamaaaaaaan ! Ils ont attaché papa ! Ils ont attaché papa !

Une femme d'une quarantaine d'années, encore revêtue de sa chemise de nuit et d'un peignoir, pieds nus, jaillit à son tour.

La vision des hommes armés et de son mari menotté et solidement maintenu la fit se figer un instant. Mais l'instinct maternel reprit rapidement le dessus.

Elle entoura son bras droit autour du ventre de sa fille et, sans se soucier de ses cris, la souleva de terre et l'emporta dans l'appartenant en lui disant que les policiers n'allaient pas faire de mal « à papa » et que tout allait bien.

Ce dernier mensonge n'eut bien sûr pas l'effet escompté et la gamine continua de hurler, bientôt rejointe dans cette activité par au moins un autre enfant.

Les policiers étaient bien embêtés, mais ils avaient un travail à accomplir et, père de famille ou pas, l'occupant des lieux était peut-être un tueur à gages et sa femme sa complice.

– Madame ! Je suis désolé du désagrément, mais nous allons devoir entrer. Mettez-vous avec vos enfants au milieu de votre salon et tenez vos mains bien en vue. Ne faites aucun geste brusque qui pourrait conduire à un malentendu.

– Mais qu'est-ce qui se passe ? Pourquoi arrêtez-vous mon mari ? Pourquoi venez-vous fouiller chez moi ? Vous avez vu l'effet sur les enfants ?

La voix tremblotait.

– Madame, faites ce qu'on vous dit. Ensuite, nous pourrons parler tranquillement.

– Je vais le faire. Je vais le faire. Mais faites attention aux enfants.

Elle rassembla ensuite sa petite troupe.

– Les enfants, venez autour de moi. Les messieurs vont entrer. Ils ne sont pas méchants. Ils ne vont pas faire de mal à papa.

Elle s'efforçait d'avoir une voix calme.

– Cléa, prends Jean-Philippe.

Rien ne se passa.

– Cléa, s'il te plaît. Aide-moi. Prends Jean-Philippe.

Elle avait hurlé. Les trois enfants les plus âgés se figèrent. Visiblement, ils n'avaient jamais entendu leur mère hurler.

On entendit la petite voix de la gamine.

– Viens Jean-Phi. On va avec maman.

Les policiers étaient de plus en plus ennuyés. Ils n'avaient pas l'impression de donner l'assaut à un repère de la mafia.

– On est dans le salon. Vous pouvez entrer. Mais soyez gentils, n'effrayez pas les enfants.

Comme si une armée de grands gaillards en combinaison noire, le visage dissimulé par une cagoule, casqués et armés jusqu'aux dents pouvait ne pas faire peur à des enfants en investissant le nid douillet où ils se sentaient en sécurité.

– Nous entrons madame. Ne faites pas de mouvements brusques.

Les hommes du groupe d'intervention se répandirent rapidement dans l'appartement dont ils avaient étudié les plans au cours de la nuit.

Après un rapide examen destiné à s'assurer que personne d'autre ne se trouvait dans les lieux, les policiers entamèrent une fouille minutieuse de chacune des pièces.

L'appartement était vaste et meublé de manière luxueuse. Même pour un commercial efficace, le train de vie de cette famille semblait très élevé.

Une femme policière s'assura que la mère de famille et les enfants ne dissimulaient rien dans leurs vêtements.

On fit ensuite asseoir toute la famille sur l'immense canapé et les deux fauteuils qui, avec la table basse, constituaient le mobilier principal du salon.

Les trois plus jeunes se serraient contre leur mère.

Jean-Philippe, le plus petit, qui entrait tout juste à la maternelle, était assis sur les genoux de la femme du suspect et feuilletait un livre pour enfants. Il paraissait s'être désintéressé de ce qui se passait autour de lui.

Ses deux aînés, un garçon et une fille, se serraient contre leur mère pour se rassurer. Leurs yeux suivaient les allées et venues des policiers.

Cléa, rassurée de voir que son père, qui ne résistait pas, ne subissait aucune violence, était fascinée par ce qui l'entourait. Elle paraissait ne pas savoir où porter son regard. Elle fixait les armes, les insignes, les pièces d'équipements. Ceux qui avaient des enfants du même âge en déduisirent qu'une fois la peur passée, elle cherchait à emmagasiner dans sa mémoire le maximum de détails pour les exposer à ses copines. Elle avait compris que, dans les jours qui suivraient, elle serait la reine de la classe. Sans compter que le nombre de vues qu'elle verrait s'afficher sur ses comptes internet avait toutes les chances d'exploser.

Seule la mère de famille était anxieuse. Elle s'était levée riche et heureuse, entourée de ses quatre enfants et d'un mari aimant. Maintenant, elle ne savait plus qui était l'homme qu'elle aimait et auprès de qui elle avait choisi de vivre. Pire encore, elle ne savait plus de quoi serait fait son avenir et celui de ses enfants.

Le chef de groupe passa un peu de temps avec elle pour lui expliquer que son mari était soupçonné d'être l'auteur d'un crime grave. Il avait été emmené dans une Gendarmerie pour être interrogé. Une fois la perquisition terminée, elle devrait aussi les accompagner.

Heureusement, sa sœur put se dégager pour s'occuper de ses enfants. Elle pourrait garder ses neveux plusieurs jours si nécessaire. « Mais vous vous trompez sûrement. Mon mari n'est pas un criminel. Il gagne honnêtement sa vie ».

La perquisition ne donna rien. Rien d'étonnant à cela. Si Fabrice Galler était un tueur à gages, il ne serait pas assez idiot pour planquer des éléments compromettants chez lui.

Une heure plus tard, l'interrogatoire du commercial commençait à la section de recherches de Colmar.

Dans le même temps, des équipes continuaient à explorer les comptes en banque et les fadettes du couple. Chaque élément douteux devait être vérifié.

La femme passa bien plus de temps à Mulhouse. Une fois la perquisition terminée, les policiers avaient reçu pour consigne d'essayer de retracer les achats du couple à partir des factures trouvées dans l'appartement.

Très vite, ils s'aperçurent que de nombreuses factures manquaient à l'appel. Elles concernaient surtout le mobilier.

Un des policiers eut l'idée de retourner tous les meubles qui paraissaient récents.

– Je m'en doutais.

L'homme montrait du doigt une étiquette. Face au regard interrogateur de ses collègues, il jugea bon de s'expliquer.

– Ce canapé a été acheté en Allemagne. C'est juste à côté.

Regards toujours interrogateurs.

– Eh bien, en Allemagne, il n'y a pas de limite aux paiements en liquide. Tout juste devez-vous présenter une pièce d'identité au-delà de dix mille euros. Si vous achetez séparément un canapé à huit mille et deux fauteuils à quatre mille chacun, vous avez blanchi sans problème seize mille euros.

La mère de famille, qui assistait à la démonstration, était devenue blanche.

– Vous avez une explication, Madame ?

La femme expliqua qu'elle ne s'occupait pas de ce genre d'affaires. Son mari, qui voyageait beaucoup à cause de son métier, faisait ce type d'achats quand il trouvait une bonne occasion. Elle ne savait pas comment il payait.

Le policier, qui avait étudié en vitesse le dossier complet avant d'agir, savait qu'on ne lui disait pas la vérité. Elle était assistante de direction dans la boîte où son mari travaillait. Elle n'ignorait certainement pas le niveau de ses revenus et devait être tout à fait capable de le comparer avec leur train de vie. Mais peut-être fermait-elle les yeux, trop heureuse de profiter d'une manne, même sans en connaître la provenance.

Le renseignement fut aussitôt transmis à Colmar. Le suspect avait donc de l'argent à blanchir.

Les enquêteurs décidèrent de l'attaquer d'abord sur sa présence à Labaroche, le jour de l'accident. L'homme sembla comprendre immédiatement de quoi on parlait. Il le prit de haut.

– Ah ! C'est pour une connerie d'excès de vitesse que vous débarquez chez moi ! Que vous traumatisez mes gosses ! J'ai bien vu que je me suis fait flasher sur la quatre voies en direction de Strasbourg. Apparemment, ce n'était pas mon jour de chance. Vous m'avez topé aussi à la sortie de Labaroche. J'étais pressé.

– Que faisiez-vous à Labaroche ? Et pourquoi étiez-vous aussi pressé ?

– J'étais à Labaroche pour voir un client. Germain Ferrand. Un fermier qui veut refaire la climatisation de son laboratoire de production de fromages et de sa cave d'affinage. C'est mon métier de vendre de tels systèmes, au cas où vous ne le sauriez pas.

– Bien, on vérifiera. Mais pour être sincère, vos excès de vitesse, on s'en fiche. Vous allez prendre une belle prune et perdre quelques points sur votre permis. Rien de plus. En revanche, on s'intéresse à une 205 rouge que vous avez poursuivie.

– Moi ! Poursuivre une bagnole ! Vous délirez ! J'étais pressé parce que j'avais pris du retard chez le fermier et que j'avais un rendez-vous super important à Strasbourg. J'ai un peu collé une bagnole qui me ralentissait. C'est tout. Le gars a pris une piste pour me laisser passer.

– Votre rendez-vous était important au point de risquer votre permis ?

– Pour être sincère, oui. Le marché, c'est la climatisation, l'aération et la dépollution de l'air de cinq usines. Si on le décroche, c'est plus de quatre millions de chiffre d'affaires. Et ma commission vaut bien de prendre des risques sur la route. Vous ne pouvez pas savoir, vous qui avez un salaire fixe. Mais moi, je passe mon temps à faire la chasse aux commissions. C'est la raison d'être de mon emploi. Plus mon boss gagne de fric, plus j'en gagne.

Tout ce que disait l'homme se tenait. Fleur commençait à désespérer de le faire avouer. Elle avait appris qu'on pouvait présumer du blanchiment d'argent. Peut-être même, en poursuivant l'enquête, pourrait-on le prouver. La localisation de son téléphone montrait qu'il était proche des lieux de l'accident.

Rien de tout cela ne suffirait à le mettre en examen pour tentative de meurtre s'il se taisait.

Bien sûr, on n'en était qu'au début de l'enquête. Des dizaines d'enquêteurs allaient le pister. Son téléphone, son ordinateur, ses factures, ses notes de frais professionnelles, ses réservations d'hôtel, la consommation des tickets restaurants que lui et sa femme recevaient de leur entreprise. Tout serait étudié, disséqué.

Avec un peu de chance, on ferait le rapprochement avec des morts suspectes.

Avec encore plus de chance, on prouverait sa responsabilité dans un ou plusieurs meurtres.

Il ne dénoncerait jamais ses commanditaires, ne serait-ce que pour protéger sa femme et ses enfants auxquels, tout criminel qu'il soit, il devait tenir.

Tous ceux qui assistaient à l'interrogatoire avaient déjà compris que ce n'était pas ce jour-là qu'ils connaîtraient le commanditaire des meurtres de Kylian, de Sophie, de Jonathan, et des tentatives de meurtre sur Julia et Gilles.

Fleur décida de faire une pause afin de réfléchir avec les autres à la stratégie à adopter.

– Monsieur Galler, vous avez refusé un avocat. Persistez-vous ?

Il réfléchit un instant avant de se décider.

Il décida de se faire assister, faisant perdre deux heures aux enquêteurs.

Sa femme, toujours à Mulhouse, n'avait pas été encore placée en garde à vue et persistait à jouer l'imbécile ignorante, même si personne n'était dupe.

Les enquêteurs, qui avaient mis la main sur les comptes bancaires du couple, avaient pu facilement constater une série d'incohérences.

Les revenus des Galler étaient confortables et ils vivaient bien. Mais les sept mille euros mensuels qui leur restaient une fois payés les impôts, les assurances, les charges de l'appartement et toutes les dépenses régulières et obligatoires sous lesquelles croulent la majorité des citoyens étaient utilisés en dépenses qu'on pourrait qualifier de « courantes ».

Les chéquiers et les cartes bancaires servaient à régler le carburant, les entrées dans les parcs d'attractions, les nombreux séjours achetés clés en main dans des agences de voyages.

Apparemment, ils n'achetaient jamais de meubles, d'électroménager, de consoles de jeux, d'ordinateurs qui, pourtant, remplissaient leur appartement. Jamais de retraits en liquide non plus. Pourtant, ils avaient trouvé trois mille euros en petites coupures chez eux. Pas une somme extraordinaire compte tenu de leurs revenus. Mais quand même.

En attendant l'avocat, tout en compilant les informations qui remontaient du terrain, Fleur et ses comparses se demandaient quelle stratégie adopter.

Après une discussion animée, Fleur décida qu'il était temps d'arrêter une position.

– Bon ! On sait qu'il était à Labaroche au moment de l'accident. Il possède une BMW comme la voiture qui a poursuivi Gilles Mathieu. Il blanchit de l'argent. On peut donc soupçonner qu'il a des revenus occultes, gages pour des meurtres sur commande ou autres.

Le major Heitz prit le relais.

– De tous ces éléments, on peut déduire qu'il est un tueur à gages qui avait pour mission de tuer Gilles Mathieu. Ou pas. En réfléchissant, on pourrait trouver mille autres hypothèses et nous n'avons aucune preuve matérielle. Pire, après son meurtre, il aurait foncé à un rendez-vous d'affaires ?

– Ce dernier point ne le disculpe pas. Si c'est un pro, il soigne sa couverture. Il faudra vérifier auprès du fermier de Labaroche, chez qui il prétend être allé, qui a proposé le rendez-vous et quand. Ce rendez-vous n'était peut-être qu'une couverture.

Fleur reprit la main.

– Je crois qu'on ne le fera pas avouer. On doit mettre tous nos espoirs dans l'enquête qui va suivre. En revanche, s'il nous cache quelque chose qui n'a rien à voir avec des meurtres, on peut utiliser les soupçons de meurtres pour le faire craquer.

C'était la seule chose qu'il restait à faire à court terme. Ils passèrent une bonne demi-heure à peaufiner leur stratégie, pendant que l'avocat s'entretenait avec son client.

Ils pénétrèrent ensuite dans la salle d'interrogatoire. L'avocat, histoire de montrer à son client qu'il avait eu raison de faire appel à un professionnel pour se défendre, attaqua d'emblée les policiers.

– Mesdames et messieurs, mon client tient à vous exprimer son indignation pour les méthodes utilisées pour l'arrêter. Sa femme, la malheureuse, et pire encore, ses jeunes enfants sont traumatisés. Mon client est un honnête ingénieur technico-commercial à qui on ne peut reprocher qu'un malheureux excès de vitesse. Il paiera ce qu'il doit à la société pour cela. Mais il ne mérite en aucun cas d'être traité en criminel. L'attitude des forces de l'ordre à son égard ne sera pas sans conséquences.

« Tiens ! » pensèrent les gendarmes et les policiers présents dans la salle. Encore un qui nous menace de briser notre carrière. Certains ne purent s'empêcher de sourire.

Il est vrai que trois heures plus tôt, ils auraient été bien en peine pour répondre à ces arguments. Mais les investigations avaient progressé.

La capitaine de Gendarmerie décida d'aller droit à l'objectif qu'elle s'était fixé : balancer tout au suspect en sachant que, s'il était coupable, il ne réagirait pas tandis que s'il était innocent, il pourrait être déstabilisé ... ou jouer la comédie de manière remarquable.

– Bien, Maître. Puisque vous nous en donnez l'occasion, nous pouvons indiquer clairement à votre client les soupçons qui pèsent sur lui. Parce qu'il est vrai que ce ne sont que des soupçons, même s'ils se renforcent d'heure en heure.

L'avocat se redressa et croisa les bras sur sa poitrine, pour bien montrer qu'il attendait la charge de la gendarme avec sérénité.

– Tout d'abord, je vous brosse le tableau.

Elle prit une bonne inspiration avant de se lancer.

– Deux petites frappes ont attaqué avec sauvagerie une jeune femme pour obtenir d'elle un renseignement qu'elle ne possédait pas.

Elle préférait préciser ce dernier point dans l'espoir qu'il remonte au commanditaire et que celui-ci décide de laisser Julia en paix.

– Les deux voyous, qui agissaient sur ordre, n'ont donc pas pu remplir leur mission et ont commis la bêtise de laisser sur place des éléments permettant de les identifier. Le commanditaire a donc décidé d'éliminer ces témoins devenus gênants.

L'avocat écoutait attentivement. Il semblait passionné. L'affaire qui lui avait été confiée par le barreau avait une ampleur bien plus grande que ce qu'il pensait.

Du coup, il avait quitté son attitude hautaine et prenait frénétiquement des notes.

Fleur poursuivait sa démonstration.

– L'un des deux voyous a été abattu chez lui. L'autre a trouvé le corps, foncé à Labaroche, où il habite, récupéré quelques affaires et tenté de s'enfuir le plus loin possible, pour sauver sa peau. On peut le comprendre.

– Une histoire tragique. Mais quel rapport avec un honnête ingénieur commercial ?

– J’y viens, Maître. À la sortie de Labaroche, alors qu’il s’enfuyait au volant de sa voiture, le deuxième garçon a été pris en chasse par une grosse berline. Il a fini par manquer un virage, a fait deux tonneaux, mais, par chance pour lui, a trouvé la force de s’extirper de l’épave et de se cacher. Après, on ne sait pas si le tueur l’a cru mort ou s’il ne l’a pas trouvé. De toute façon, il ne pouvait pas rester longtemps sur place, au risque de voir passer de potentiels témoins.

– J’adore votre histoire. Mais je vous demande d’avoir l’amabilité de m’indiquer le lien avec mon client.

– Le premier Maître, est que votre client était sur place au moment de l’accident.

– Exactement à l’emplacement de l’accident ?

– Je ne vous apprendrai pas que la triangulation qui permet de positionner les smartphones n’est pas si précise.

– Vous n’avez que cela ?

– C’est vrai, ce pourrait n’être qu’un hasard. Mais la jeune victime de l’accident est formelle. Elle a été poursuivie par une grosse BMW. Et il n’y en a pas tant que cela. La probabilité pour qu’il y en ait eu deux en circulation à Labaroche ce jour-là est très faible.

L’avocat se contenta d’une moue moqueuse pour montrer à quel point il tenait en peu d’estime l’argumentaire de Fleur.

– Je concède, Maître, que nous ne sommes pas dans la preuve pure et dure. Mais, depuis le début de la matinée, nous savons que votre client blanchit de l’argent. Et pas des petites sommes. De là à considérer qu’il est parfois chargé d’éliminer des gens et qu’il blanchit ensuite ses gages reçus en liquide, il n’y a qu’un pas. Nous n’aurons aucun mal à convaincre le magistrat qu’il est important de garder votre client à notre disposition, c'est-à-dire en prison, et, croyez-moi, les moyens utilisés pour enquêter sur lui seront considérables. S'il a commis le moindre délit, nous le trouverons.

Fabrice Galler avait assisté à la joute oratoire sans réagir. Il semblait assommé, dépassé parce qu'il lui arrivait. Il avait le teint rouge et gardait la bouche ouverte. Les enquêteurs l'observaient régulièrement. On se demandait s'il n'allait pas faire un malaise. Personne ne le souhaitait.

La perspective de partir immédiatement en prison le réveilla. Il se mit à agiter les mains de manière frénétique.

– Ah, mais non ! Je ne suis pas un tueur. Vous êtes fous ! Je n'ai jamais tué personne. J'ai fait des conneries. Mais je n'ai jamais tué personne.

– Alors dites-nous d'où vous vient tout cet argent. Il ne tombe pas du ciel. Vous dépensez des milliers d'euros en liquide. En plus, votre femme en profite. Vous ne nous ferez pas croire qu'elle ne savait rien. Elle est votre complice. Nous trouverons jusqu'à quel point.

L'avocat tenta d'intervenir.

– Monsieur Galler, je vous conseille de vous taire.

Rien n'y fit.

– Ma femme n'est pour rien dans tout cela. Je suis le seul coupable.

– Coupable de quoi monsieur Galler ? De meurtre ?

– Mais non ! Pas de meurtre !

– De quoi alors ?

L'homme baissa la tête et parla d'une voix basse, sous le regard excédé de son avocat.

– Je touche des rétrocommissions.

– Expliquez.

– Mon métier consiste à vendre des systèmes d'aération, de climatisation et de purification de l'air. Le marché est très concurrentiel. Parfois je réussis à m'arranger avec le responsable des achats d'un client potentiel. Mon patron est au courant. Ce n'est pas légal, mais, dans nos métiers, c'est parfois le seul moyen de sauver une entreprise en difficulté.

– En clair, vous versez des pots-de-vin à des responsables d'achats pour qu'ils choisissent votre entreprise. En quoi cela a-t-il un lien avec le blanchiment d'argent auquel vous vous livrez ?

– Quand je promets une grosse somme à quelqu'un, je lui fais comprendre que c'est grâce à moi qu'il va s'enrichir. Une fois qu'il s'est bien fait à l'idée de gagner beaucoup d'argent, je lui explique que s'il ne me reverse pas vingt pour cent, je ferai capoter l'affaire. Des fois, je menace de le dénoncer.

L'avocat faillit s'étrangler en entendant cette dernière phrase.

– Mais Bon Dieu ! Taisez-vous. Vous vous enfoncez.

– Monsieur Galler, si ce que vous nous dites est vrai, vous vous êtes rendu coupable de corruption, d'extorsion de fonds, de chantage, sans compter la violation des articles du Code du Travail relatifs à l'obligation de fidélité envers son employeur. Mais il reste les soupçons de meurtres. Si vous voulez éviter la préventive et bénéficier d'un simple contrôle judiciaire, il va falloir étayer vos aveux. Des noms, des dates, des montants. Si vous coopérez vraiment et que ce que vous nous dites est vrai, avec un bon avocat, vous éviterez d'être enfermé.

Le commercial écoutait en fixant le bout de ses souliers.

– Et cela ne nous explique toujours pas l'accident de la voiture que vous poursuiviez.

– Je vous jure. C'était un accident. C'est vrai, je la collais un peu. Pour l'inciter à accélérer ou à me laisser passer. Quand je l'ai vue partir sur la droite, j'étais satisfait. J'ai pu accélérer.

– Ce que vous appelez « Partir sur la droite », monsieur Galler, moi j'appelle cela « Partir dans le décor ». Le véhicule a fait deux tonneaux. Le conducteur, blessé, a passé trois jours et surtout trois nuits glaciales, seul, à espérer les secours. C'est un miracle qu'il soit en vie. Nous allons reconstituer l'accident. Nous verrons bien si vous êtes crédible quand vous affirmez que vous avez cru que le jeune homme s'écartait pour vous laisser passer. Si ce n'est pas le cas, ce que je pense, vous devrez aussi payer pour non-assistance à personne en danger et délit de fuite.

Fleur ne pouvait s'empêcher de regarder l'homme avec un air méprisant.

– Nous allons vous garder ici pour au moins deux jours. Des collègues des services financiers vont vous interroger. Soyez précis.

Elle appela deux gendarmes pour qu'ils accompagnent l'homme en cellule. Il était sur le point de franchir le seuil quand elle le rappela. L'homme se retourna.

– Quand vous sortirez d'ici et que vous retournerez chez vous, regardez donc ce que votre fille aînée fait sur les réseaux sociaux ? Cela aussi est important.

Chapitre 12 : l'enveloppe.

Après avoir vu partir le cadre commercial entre deux gendarmes, les enquêteurs ne purent s'empêcher de se regarder en prenant un air accablé.

Non seulement ils doutaient d'avoir progressé dans leur enquête, mais ils allaient devoir justifier l'emploi de l'artillerie lourde pour une minable histoire de pots-de-vin.

Après avoir rangé son calepin et son stylo dans sa serviette en cuir noir, l'avocat se leva.

– Bien. J'ai compris que ce qui semble pouvoir être reproché à mon client ne vous intéresse pas. C'est sans doute à certains de vos collègues que je vais avoir affaire pour la suite de ce dossier. J'espère que vous trouverez le tueur en série que vous recherchez, même si je n'hésiterais pas à prendre sa défense si l'occasion s'en présente. Je vous souhaite une bonne fin de journée.

Après son départ, c'est Fleur qui brisa le lourd silence qui s'était installé.

– Haut les cœurs ! On ne va pas se laisser abattre pour si peu. Je propose une tournée de café générale. Ensuite, on continue d'explorer les milliards de pistes qui s'offrent à nous. On finira bien par faire remonter quelque chose d'intéressant.

La routine reprit ses droits. Ennuyeuse certes, mais le plus souvent efficace. Le milieu des trafiquants de drogue était en émoi. Bien sûr, aucun des dealers de Colmar et de sa région ne se serait permis de critiquer ouvertement celui qui avait commandité tous ces meurtres et ces agressions. Il n'empêche. Ils se seraient bien passés de toute cette excitation policière qui compliquait leur vie et faisait baisser leur chiffre d'affaires.

Plus le temps passait, plus les enquêteurs étaient perplexes.

Rien ne remontait. Pas la plus petite information utile.

La première conclusion, évidente, était que l'agression de Julia, liée à la recherche d'une enveloppe détenue par Kylian, était le fait d'un trafiquant de bon niveau. Tout le petit monde colmarien des stupéfiants devait craindre pour sa peau. Si les meurtres et les agressions avaient eu pour origine une petite frappe qui avait perdu les pédales, les autres n'auraient pas hésité à le sacrifier pour calmer flics et pandores et reprendre ainsi leur routine.

La deuxième conclusion était que toutes ces affaires n'étaient pas forcément liées. Le meurtre de Kylian avait certes pu entraîner celui de Sophie. La disparition de l'enveloppe et les tragédies qu'elle avait entraînées n'étaient que des conséquences collatérales. On avait tué Kylian et cela avait entraîné, de manière fortuite, la disparition de l'enveloppe. Mais, dans ce cas, les enquêteurs ne disposaient d'aucun élément pour les deux premiers crimes.

Un matin, le major Heitz, Jasmine et Thibaut regardaient leur cheffe d'un air amusé.

Fleur, comme cela lui arrivait parfois, tandis qu'elle était assise à son bureau, se tenait droite, le menton appuyé sur ses deux poings fermés. Cette position l'obligeait à relever la tête. Elle fixait le plafond.

Son équipe savait qu'une idée était en train de mûrir dans la cervelle de la capitaine.

Ils attendaient patiemment. Ils savaient que cette idée allait déboucher sur des actes et que l'emploi du temps de leur journée allait être bouleversé.

Brusquement, Fleur reposa les deux mains à plat sur son bureau. Elle regarda son équipe, comme si elle était surprise de leur présence.

– L'enveloppe.

Ils ne lui répondirent pas. Ils savaient qu'elle allait développer.

– Tant qu'on n'aura pas cette fichue enveloppe, on n'avancera pas. On a beau emmerder tous les dealers et les camés du coin depuis des semaines, on piétine. Il nous faut cette enveloppe.

L'ancienneté du major et le respect qu'il inspirait lui permirent de jouer les avocats du diable.

– On a passé au peigne fin les logements de monsieur Groff et de mademoiselle Katz, leurs voitures, les logements et les voitures de leurs parents. On a écumé les bureaux de poste pour voir s'il ne se la serait pas envoyée en recommandé, pour la planquer. On a fouillé les jardins et bousillé des plates-bandes à n'en plus finir. On n'a rien trouvé. Il semble évident que le dealer ne l'a pas récupérée. Sinon il n'aurait pas lancé ses sbires sur mademoiselle Despentes. On a éreinté les chiens renifleurs des stups. On n'a rien trouvé. Et aucun témoin n'a vu la moindre enveloppe. On se doute qu'elle contient de l'argent ou de la drogue, ou les deux. Mais on n'en a même pas la preuve.

– Je sais tout cela major. Mais je pense qu'on peut continuer pendant des siècles à exploiter les rapports des malheureux qui se détruisent la vue en étudiant les vidéosurveillances ou qui attrapent des varices à force d'arpenter les rues de Colmar et des environs à la recherche de témoins, on ne trouvera rien. J'ai l'impression de perdre mon temps et d'être inutile.

– Comme nous tous à certains moments. Bon, capitaine, qu'est-ce que vous avez en tête ?

– Refouiller les bagnoles est inutile. Elles sont suffisamment petites pour estimer que nos collègues de la scientifique n'ont rien laissé échapper. Refouiller les habitations des parents est impossible sans autorisation du juge, qui ne l'accordera pas.

Le major se permit un grand sourire.

– On commence par quoi alors ? L'appartement du garçon ou la maison de la fille ?

– L'appartement est en zone Police. Je leur demanderai l'autorisation si on fait chou blanc chez la fille. On peut sans contrainte retourner dans la maison. On va y aller tous les deux.

– Sans vouloir vous contredire, je pense qu'il serait mieux qu'on y aille à quatre. On en profitera pour montrer aux deux gosses comment se passe une fouille approfondie.

Il ignora les regards furibards que lui décochèrent Jasmine et Thibaut qui n'avaient pas apprécié d'être qualifiés de « gosses ».

Le major leur asséna le coup de grâce.

– Les gamins, tant que vous y êtes, prenez des pelles et des pioches. S'il faut creuser dans le jardin ou dans la cave, vous vous en chargerez. Ne me remerciez pas.

Le quartet s'entassa bientôt dans une Dacia aux couleurs de la Gendarmerie et prit la route de la luxueuse demeure de Sophie Katz.

Après avoir pénétré dans la maison, non sans s'être équipés de gants, de masques et de surchaussures, la petite troupe marqua un temps d'arrêt.

Rentrer dans la maison vide et silencieuse d'une personne décédée est toujours impressionnant. Ils imaginaient le corps dénudé d'une belle jeune femme à qui la vie souriait, gisant sur la moquette. Au moins cela renforçait-il leur volonté de découvrir le coupable. Le caractère particulièrement ennuyeux de la tâche qui les attendait n'avait plus d'importance pour eux.

Fleur et le major se répartirent les pièces de la maison. Chacun était accompagné d'un « gosse ».

Pendant quatre heures, ils fouillèrent chaque recoin, déplacèrent chaque livre, chaque bibelot, chaque meuble.

Leurs collègues l'avaient déjà fait, mais ils espéraient trouver quelque chose.

– Venez voir ! Je crois que j'ai quelque chose.

Thibaut avait retourné une table basse qui trônait dans un angle du salon et supportait une magnifique lampe en marbre surmontée d'un abat-jour de couleur dorée sur sa partie intérieure et noire sur l'extérieur.

La lampe avait été posée sur le sol et le jeune gendarme tenait fermement un des quatre pieds carrés de la table.

Ses trois acolytes se précipitèrent.

– Regardez. Trois des pieds de la table sont en bois massif, mais le quatrième semble avoir un couvercle sur la face en contact avec le sol. On le voit à peine. Il faut la loupe.

Chacun se pencha à tour de rôle et observa le bas du pied de table avec la loupe dont tous s'étaient munis en quittant le bureau.

Effectivement, une ligne fine, parallèle à la base du pied, se trouvait à environ cinq millimètres du sol quand la table était posée sur ses pieds.

– Chapeau mon garçon. Comment tu as fait pour le trouver ?

Thibaut se rengorgea. Ce n'est pas tous les jours que le major félicitait ses subordonnés.

– Je l'ai saisie pour la déplacer et regarder sous le tapis. Il m'a semblé qu'elle pèse plus lourd d'un côté que de l'autre. Un des pieds doit être creux.

Le major se tourna vers Fleur.

– Alors capitaine. On se lance ou on la transmet à la scientifique ?

– À votre avis ?

– C'est vrai. Ma question était idiote. On se lance.

Il se tourna ensuite vers l'auteur de la trouvaille.

– À toi l'honneur Thibaut. Dévisse-nous ce couvercle.

Il déposa sur une grande table proche un sac en plastique sur lequel serait placé le contenu de la cache, afin de ne pas le souiller.

Thibaut saisit le pied de la main gauche et le maintint fermement. À l'aide de sa main droite, il commença à dévisser le petit couvercle qu'il avait découvert. D'abord avec délicatesse, puis de plus en plus fort.

Rien ne se passa.

– Il faut peut-être simplement tirer dessus, comme un bouchon, suggéra Jasmine ?

– Il aurait tourné, rétorqua Thibaut.

– Sauf si l'ouverture de la cache n'est pas ronde.

– Bon, j’essaie.

Le jeune homme se mit à tirer sur le couvercle, sans plus de succès.

Ils eurent beau parcourir le meuble centimètre carré par centimètre carré, ils ne trouvèrent pas la moindre trace de serrure ou de déclencheur qui aurait pu libérer le couvercle.

– Bon, c’est frustrant, mais je crois que nous allons laisser nos camarades de la scientifique ouvrir ce machin.

Après avoir pris cette décision, Fleur hésitait.

Ils avaient trouvé ce qui était peut-être la cachette de l’enveloppe. Devaient-ils poursuivre leurs recherches ? Elle hésitait à infliger cela à son équipe. Après tout, ils étaient là uniquement parce qu’elle avait l’impression qu’ils devaient y être. Rien de bien rationnel.

Comme à l’accoutumée, le major, qui connaissait bien sa cheffe et la voyait se torturer, décida de se porter à son secours.

– On a trouvé une cachette capitaine. Mais on n’est pas certains qu’elle contient l’enveloppe. Et il y a peut-être d’autres cachettes dans la maison. Elle était riche. Elle vivait seule dans une maison isolée. Elle devait craindre les cambrioleurs. Et puis n’oublions pas qu’on entraîne nos jeunes.

C’est à ce moment-là que Jasmine s’avança vers la table basse.

– Je peux essayer quelque chose ?

Sans attendre l’autorisation, elle s’empara du pied de table et, quelques secondes plus tard, elle levait triomphalement le petit couvercle carré sous lequel était fixé un pas de vis.

– La Sophie, c'était une jolie poupée, mais, du point de vue musculature, ce n'était pas terrible. Donc, elle devait pouvoir ouvrir sa cachette sans effort.

Les trois autres la regardaient en écarquillant les yeux.

– Comment tu as fait, demanda Thibaut ?

Il faut dire que Jasmine s'était tournée pour cacher son geste aux autres, afin de, en cas d'échec, pouvoir dire qu'elle avait simplement voulu dévisser et ne pas avouer que son idée était idiote.

– Elle a simplement mis un pas de vis inversé. Pour dévisser, il faut faire comme si on vissait.

Elle sautait de joie. C'est Fleur qui dut la rappeler à l'ordre.

– Tu as eu une idée géniale. Mais arrête de secouer cette table. Tu vas faire tomber et souiller ce qu'il y a dedans. En revanche, à toi l'honneur. Va au-dessus du sac plastique et renverse le pied.

Jasmine s'avança jusqu'à la table sur laquelle avait été posé le sac en plastique. Elle tenait la table basse en position retournée pour être certaine que le contenu de la cache ne tombe pas sur le sol.

En se penchant à tour de rôle, les enquêteurs avaient bien aperçu une masse sombre, mais le conduit était trop étroit pour qu'on puisse à la fois placer une lampe torche dans son alignement et en observer le fond. Ils n'avaient pas pensé à prendre une de ces caméras miniatures munies d'un minuscule éclairage et destinées à explorer des conduits étroits.

La jeune gendarme allait retourner la table quand elle fut interrompue par sa cheffe.

– Attends !

Elle suspendit son geste, le temps de voir Fleur s'emparer d'un plaid épais qui avait été jeté sur un canapé. Elle le plia en quatre et le plaça sur la table, redéposant par-dessus cette couverture le sac en plastique et releva les bords du plaid afin d'éviter qu'un objet puisse rouler et tomber sur le marbre du sol.

– On ne sait jamais. Le machin qu'il y a dans ce pied de table est peut-être fragile. Je n'ai pas envie d'expliquer à la scientifique qu'on a cassé une pièce à conviction. Vas-y Jasmine, retourne la table.

Quelques secondes plus tard, une épaisse liasse de billets de banque, roulés et tenus par deux élastiques, tomba sur le sac en plastique, enfonçant à peine le plaid.

– Je crois qu'on vient de trouver le contenu de l'enveloppe. Il y en a pour plusieurs milliers d'euros, fit observer le major.

– Sans doute, répliqua Fleur après avoir réfléchi quelques instants. Mais c'est peut-être simplement une réserve d'argent planquée par mademoiselle Katz.

– Vous avez l'air de douter, lui répondit le major. Qu'est-ce qui vous tracasse ?

– La somme. Quelques milliers d'euros, c'est beaucoup. On ne peut pas compter. La scientifique doit d'abord rechercher des empreintes ou des indices sur les billets. Mais le pied de table n'a pas la taille d'un coffre de banque. Cette somme justifie-t-elle de payer deux sbires pour démolir une gamine ?

– Peut-être a-t-il agi par principe. Sur l'air de « on ne m'arnaque pas ».

– Ou alors il y avait autre chose dans l'enveloppe.

– On pense tous à de la drogue. Si c'est le cas, où est-elle ? Je ne pense pas que Kylian aurait dispersé le contenu de sa précieuse enveloppe. Quelque chose me dit que cet argent n'a rien à voir avec notre affaire. J'en suis persuadée.

Le major ne put retenir un sourire.

– Capitaine, vous le savez, mes capacités sont grandes. Mais face à vos intuitions, je ne fais pas le poids.

Il se tourna vers les jeunes qui attendaient patiemment de savoir à quelle sauce ils allaient être mangés.

– Allez la jeunesse. On se retrousse les manches. La journée n'est pas finie.

Une heure et demie plus tard, ils avaient fini de retourner toute la maison sans rien trouver de plus.

Ils avaient parcouru le jardin dans tous les sens, espérant trouver une cache qui aurait échappé aux premiers enquêteurs et au chien renifleur. Peine perdue.

Découragée et un peu honteuse, Fleur ordonna à la petite troupe de regagner le véhicule de service. La journée tirait à sa fin.

Elle s'était assise à l'avant, à la place du passager, pendant que le major s'était mis derrière le volant.

Au moment de refermer la porte, elle se figea.

Le major ne put retenir un « Enfin ! ».

Fleur le regarda.

– Enfin quoi ?

– Votre cerveau vient de bloquer sur un détail qui n'avait pas attiré votre attention. Par pitié, capitaine, ne nous faites pas languir.

– Venez ! Il faut que je vérifie quelque chose dans la cuisine.

Elle sortit du véhicule et se dirigea, d'un pas décidé, vers la maison.

Ses trois acolytes, aiguillonnés par la curiosité, lui collaient aux basques.

Arrivée dans la cuisine, elle commença à tourner lentement sur elle-même.

– Vous cherchez quelque chose capitaine ? On peut vous aider ?

– J'aimerai bien, mais je ne sais pas ce que c'est. Quelque chose cloche dans cette cuisine, mais je ne sais pas quoi.

Son regard continuait de parcourir la pièce dans tous les sens. Sans attendre un ordre, Jasmine et Thibaut avaient sorti leurs smartphones et prenaient des dizaines de photos de la grande pièce. Au pire, si leur chef ne trouvait rien, ils pourraient travailler sur les clichés.

– Là ! L'étagère.

Fleur montrait du doigt une étagère qui supportait quatre boîtes métalliques à biscuits, décorées d'un paysage enneigé typiquement alsacien, sur fond rouge.

Elles étaient conçues comme des poupées russes et devaient pouvoir s'emboîter les unes dans les autres. Elles étaient soigneusement rangées par ordre de taille.

– Vous ne voyez rien ?

La capitaine faisait face à trois regards surpris.

– La deuxième est un peu plus grande que la première. La quatrième est un peu plus grande que la troisième. Mais la troisième est beaucoup plus grande que la deuxième. Donc ?

Elle était tout sourire, fière de sa trouvaille.

C'est Jasmine qui réagit la première, coupant la parole aux deux autres qui avaient, eux aussi, compris.

– Il en manque une. En l'occurrence la troisième d'un lot de cinq.

Le major reprit son rôle d'avocat du diable.

– Mademoiselle Katz l'a peut-être fait tomber et l'a cabossée. Ensuite, elle l'a jetée.

– Vous avez peut-être raison. Mais vous avez vu son intérieur ? Tout est parfait. Pas une seule rayure, une seule fissure, une seule tache ou une tasse ébréchée. Soit elle était maladivement maniaque, soit elle recevait des clients dans le cadre de son activité d'architecte d'intérieur et elle avait transformé sa maison en vitrine de son savoir-faire. Je suis certaine qu'elle n'aurait pas supporté cette faute de goût et qu'elle aurait jeté toute la série. Pour moi, la boîte a disparu très peu de temps avant sa mort, avant qu'elle n'ait eu le temps de demander à la femme de ménage de la débarrasser des quatre boîtes restantes. C'est à dire, selon la chronologie que nous avons reconstituée, au moment ou monsieur Groff était avec elle.

Elle respira un bon coup avant d'asséner sa conclusion.

– L'enveloppe est dans cette boîte. On doit la retrouver.

– On a tout fouillé.

– Demain, on revient avec le chien renifleur. On élargit les recherches à la forêt environnante.

– Cela a déjà été fait.

– J'ai dit, on élargit le périmètre.

Maintenant, c'est le major qui avait l'air pensif.

– Capitaine. Nos deux loulous étaient de riches citadins. À mon avis, mademoiselle Katz habitait en forêt uniquement parce qu'elle avait pu y trouver une propriété qui flattait son égo. Vous les voyez enterrer quelque chose au pied d'un arbre tout en étant certains de le retrouver ? S'ils l'ont caché, c'est près d'ici, parce que le jeune Kylian était un fugitif qui se planquait. Et en plus, je pense que c'est près d'un point de repère facile à trouver. Un carrefour, un calvaire, une fontaine ou quelque chose comme cela. La nuit va bientôt tomber. Je propose que nous revenions effectivement demain, mais que nous commencions par tous les points que je viens de citer. Dans un rayon d'un kilomètre, il ne doit pas y en avoir plus d'une dizaine.

Pour la seconde fois, la troupe regagna le véhicule. Personne n'était découragé, mais ils avaient peu d'espoirs que le lendemain soit un jour faste. Au moins auraient-ils un prétexte pour ne pas retourner au bureau faire de la paperasserie.

– Eh ! S'il vous plaît !

Une voix les hélait depuis l'autre côté de la route sur laquelle ils allaient s'engager. Un vieux monsieur se tenait au bout d'une piste qui menait à une maison située en face de la demeure de Sophie Katz. La maison n'était pas visible et l'homme avait dû faire plusieurs centaines de mètres afin de traverser son parc arboré et d'atteindre la route.

Le premier réflexe du major fut de ne pas tenir compte de l'appel. C'était sans doute un voisin curieux qui avait aperçu le véhicule des gendarmes et les guettait pour les bombarder de questions. Il risquait de leur tenir la jambe pendant une partie de la soirée.

– Attendez ! Il tient quelque chose.

Le major pila. Jasmine, qui avait omis de s'attacher, percuta l'appui-tête de sa cheffe et fit tomber le téléphone qu'elle avait saisi, à peine assise sur son siège, afin de consulter ses messages.

La voiture était sur la chaussée, dans un virage. Le major commença prudemment à reculer pour se porter au niveau de l'homme. Par sécurité, il avait allumé le gyrophare.

Fleur savait qu'il s'agissait d'un retraité très aisé, le plus proche voisin de Sophie. Elle avait parcouru sa déposition. Il n'avait rien vu d'intéressant. Elle aussi craignait d'être obligée, par politesse, de se lancer dans un bavardage chronophage et inutile.

Mais en s'approchant de l'homme, l'attention des gendarmes fut attirée par un paquet de la forme d'une boîte de chaussures pour enfants, qu'il tenait sous son bras. Ils commençaient tous quatre à croire aux miracles.

– Bonsoir monsieur.

Fleur n'avait jamais adressé un si beau sourire à qui que ce soit. Pourtant, elle ne rêvait que de se précipiter sur le type et, sans tenir compte de son grand âge, lui arracher des mains ce paquet enveloppé dans du papier Kraft qu'il souillait de ses mains pleines d'empreintes.

– Bonsoir messieurs-dames. En rentrant chez moi, tout à l'heure, j'ai vu votre voiture. Depuis, je vous guette. Je ne voulais pas vous déranger dans votre travail.

Il était peut-être planté là depuis des heures. Fleur estima que seules ces générations, les plus anciennes, pouvaient encore avoir un tel sens du devoir.

Fleur avait ouvert en grand sa vitre et avait sorti le haut de son corps.

– En quoi pouvons-nous vous être utiles ?

– Eh bien, quand vos collègues sont venus m'interroger, je n'avais pas encore regardé dans ma boîte aux lettres.

Dedans, il y avait cela, leur déclara le bonhomme en montrant le paquet.

Ils connaissaient tous la réponse, mais Fleur, par politesse, se crut obligée de demander s'il pensait que ce paquet avait un lien avec l'affaire.

– Ce sera à vous de juger. Mais ce paquet a été mis dans ma boîte par Kylian, le jeune homme assassiné. Il me demandait de le donner à Sophie pour son anniversaire, dans six semaines. Tenez, c'est écrit dessus.

Il tendit le paquet à Fleur. Effectivement, un mot d'explication figurait sur le dessus.

« *Bonjour monsieur,*

Je dois partir en voyage quelques semaines, mais j'aimerais quand même faire une surprise à Sophie le jour de son anniversaire. Pouvez-vous lui remettre ce colis ce jour-là ? Ce serait vraiment sympathique de votre part.

Kylian »

– Vous les connaissiez bien pour qu'ils vous confient un colis ?

– Bien, c'est peut-être exagéré, mais on se connaissait. La gamine est venue se présenter quand elle a emménagé. Elle avait apporté une immense boîte de chocolats. Depuis, on se voit de temps en temps, entre voisins. On s'invite pour le café. C'est chez elle que j'ai vu le jeune homme, son cousin, je crois. Ils avaient l'air très proches. Quand un d'entre nous part pour plusieurs jours, l'autre relève son courrier, par sécurité. Elle a la clé de ma boîte aux lettres et j'ai la sienne. Le petit devait savoir où sa cousine la rangeait.

– Et vous connaissez même la date de son anniversaire. C'est un peu étonnant, non ?

Fleur se demandait si l'homme n'avait pas joué un rôle plus important dans cette affaire. Il avait l'air en forme pour son âge. Peut-être assez pour assassiner une jeune femme dont il était tombé amoureux et qui l'avait repoussé. Cela expliquerait l'absence d'effraction. Elle se promit de creuser cette piste qui avait peut-être, à cause de l'âge du bonhomme, été négligée.

– Elle m'avait invité à le fêter l'année dernière. Un repas simple. Il y avait ses parents et Kylian et un couple que je ne connais pas. C'est vraiment malheureux, ce qui leur est arrivé. C'est à ma génération de partir, pas à la leur. Vous pensez trouver les coupables ?

Cette dernière question incita Fleur à fuir avant d'être entraînée dans le jeu des questions-réponses.

– Bien monsieur. Je vous remercie de nous avoir attendus pour nous transmettre ce colis. Nous ne pouvons pas le savoir avant de l'avoir analysé, mais vous nous avez peut-être donné un indice important. Pour répondre à votre question, oui, nous espérons trouver l'assassin. Encore merci et passez une bonne soirée.

L'homme ouvrit la bouche, mais n'eut pas le temps de poser une autre question. Le major, qui suivait la conversation d'une oreille attentive, avait compris qu'il était temps de démarrer.

Arrivés à la section de recherches, les quatre gendarmes débarquèrent et se dirigèrent vers le bureau de la capitaine. Celle-ci portait le sac en plastique dans lequel avait été placé le paquet remis par le voisin de Sophie. Elle le déposa au centre de la table de décharge qui se trouvait dans un coin de la petite pièce.

Fleur se mit à regarder pensivement l'objet.

– Capitaine, vous n'allez quand même pas oser ?

C'est le major qui, sachant que la patience n'était pas le fort de sa cheffe, s'inquiétait.

Elle le regarda après avoir poussé un long soupir.

– Je vais être sincère, major. Si j'avais été seule, je ne suis pas certaine que j'aurai été capable de me retenir. Mais bon, je ne vais pas vous entraîner dans une sale affaire. Je vais remettre le paquet à la scientifique et j'attendrai leurs conclusions.

Jasmine et Thibaut, qui aimaient bien ces scènes au cours desquelles le major réfrénait les ardeurs de sa cheffe, souriaient dans leur coin. Il était vingt heures passées et ils espéraient aussi que, une fois l'objet dans un coffre, on les autoriserait à regagner leurs pénates.

Leur vœu fut exaucé. Fleur mit la pièce à conviction sous clé et donna le signal du départ. Chacun savait qu'ils n'auraient pas de nouvelles concernant le contenu du paquet avant l'après-midi du lendemain.

Fleur eut du mal à trouver le sommeil. Elle espérait que, le lendemain, elle pourrait passer les menottes au salopard qui avait commandité l'agression de Julia.

Elle avait été tellement secouée par la vision de la jeune fille, dans sa chambre d'étudiante, aux côtés de Thibaut, que la résolution des trois meurtres ne représentait, dans son inconscient, qu'une attente annexe.

Elle arriva au bureau très tôt, les traits tirés. Elle s'était réveillée à peine à cinq heures du matin, après une courte nuit. Elle avait très vite compris qu'elle ne se rendormirait pas et avait décidé qu'il valait mieux aller à son bureau pour abattre une partie de ses tâches administratives en retard. Au moins cela lui libérerait-il du temps pour la suite.

À six heures trente, elle allumait son ordinateur. Six heures plus tard, elle n'avait pas avancé d'un pouce.

Elle lisait un paragraphe, s'apercevait, à la dernière phrase, qu'elle avait oublié le début, et recommençait sa lecture. Elle avait une idée de synthèse, commençait à rédiger sa phrase ... pour l'effacer aussitôt parce qu'en la relisant elle ne pouvait que constater qu'elle ne voulait pas dire grand-chose.

Ses subordonnés l'observaient en souriant. Eux aussi étaient impatients de savoir si un indice intéressant se trouvait dans le paquet, mais ils réussissaient à garder la tête froide et à avancer dans leur travail.

Vers midi trente, le major envoya Thibaut chercher des sandwichs pour tout le monde et imposa quasiment un repas commun à toute l'équipe, à côté de la machine à café. Fleur, après avoir décliné, finit par se laisser faire et, pendant une petite demi-heure, cessa de regarder le téléphone pour participer à la conversation.

C'est à quatorze heures quinze que le téléphone de la capitaine sonna enfin. Elle mit le haut-parleur afin de permettre à son équipe, rejointe par le chef de la section de recherches, de profiter de la conversation.

En attendant de rédiger un rapport complet, le correspondant de la scientifique essaya d'être aussi exhaustif que possible.

Le mot sur le paquet avait bien été rédigé par Kylian Groff, l'écriture en attestait.

Le paquet contenait, comme attendu, une boîte métallique avec un décor de Noël sur fond rouge. Dans la boîte, il y avait une enveloppe en papier Kraft à l'intérieur de laquelle avaient été placés vingt-cinq mille euros en liquide et cinq cents grammes de cocaïne répartis dans une dizaine de petits sachets.

– Mazette ! Beaucoup tueraient père et mère pour une enveloppe comme celle-là, fit observer Jasmine avec son franc-parler habituel.

Sans laisser à son interlocuteur le temps de poursuivre, Fleur posa la question qui lui brûlait les lèvres.

– A-t-on trouvé des traces humaines ? Et y a-t-il des correspondances ? Pitié ! Dis-moi que c'est le cas.

– J'aurai droit à quoi en échange ? rétorqua l'homme de la scientifique qui connaissait bien Fleur.

– Une choucroute royale accompagnée d'une meringue glacée Chantilly.

Elle savait le type gourmand.

– Tant pis pour toi. Tu as promis. Oui, on a trouvé une trace. Et il y a une correspondance.

Personne ne lui répondit. Ils savaient qu'il allait développer.

– Je peux vous dire qu'on n'a pas affaire à des amateurs. Les billets, qui devaient comporter une multitude d'empreintes, y compris celle des dealers et des clients, ont tous été essuyés. Même chose pour l'enveloppe ? Les sachets qui contiennent la drogue sont neufs. Mais le caïd a commis une minuscule erreur. Aussi minuscule que notre compétence est grande. Et bim ! On l'a identifié.

Il reprit sa respiration et fit une courte pause pour ménager le suspense.

– Au moment de la livraison, il a dû vouloir goûter la drogue pour en tester la qualité. Il a mouillé un de ses doigts avec sa salive pour que la poudre y adhère. En mettant son doigt dans le sachet, il a laissé un peu de salive sur le plastique.

– Aller ! Ne nous fais pas languir.

– Et c'est ainsi que les valeureux membres de l'équipe scientifique, sans laquelle la Gendarmerie n'obtiendrait pas les résultats brillants que tout le monde lui connaît, ont identifié le citoyen Vincent Van Lok, qui occupe une place honorable dans nos fichiers, dans la rubrique drogues et substances diverses.

– Tu peux être plus précis sur son pedigree ?

– Moi, je suis le scientifique. Celui qui vient, je le rappelle, de gagner une choucroute royale accompagnée d'une meringue glacée Chantilly. Les enquêteurs, c'est vous.

Les fichiers désignaient Vincent Van Lok comme un des caïds colmariens, mais ils préférèrent se renseigner à la source, auprès des experts de la Police de Colmar, ceux qui connaissaient le mieux le milieu de la drogue.

Le commandant Samra les dirigea vers une de ses collègues qui était une vraie encyclopédie dans le domaine des stupéfiants. On décida d'une conférence téléphonique à laquelle participeraient tous les services concernés.

Avant celle-ci, le commandant de Police passa un bon moment à résumer le dossier auprès de l'experte.

Celle-ci, au vu des éléments qui lui avaient été transmis, estimait que Kylian Groff n'avait pas la personnalité d'un grand trafiquant. C'était un bourgeois qui voulait toujours plus d'argent et n'était pas prêt à travailler pour l'avoir. Il devait être une de ces « nourrices » qui conservent les stupéfiants et autres éléments compromettants pour les trafiquants. Ils prennent des risques contre rémunération. Si la Police intervient chez le trafiquant, elle ne trouve rien.

Pour la policière, le contenu de la boîte justifiait largement l'agression de Julia, si le trafiquant estimait qu'il y avait une chance pour qu'elle sache où se trouvait l'enveloppe qui s'était volatilisée en même temps que Kylian.

Vincent Van Lok était effectivement le trafiquant de drogue le plus important de Colmar. Mais il fallait relativiser. Colmar n'est pas New York ou Chicago. Aux yeux de l'experte, c'était juste une petite frappe un peu plus futée que les autres.

Il avait une quarantaine d'années et possédait un bar-tabac qui lui servait de couverture. Sa compagne s'occupait de l'établissement, qui servait en partie à blanchir l'argent du trafic. Certains « clients » y consommaient beaucoup, et souvent.

Père de deux jeunes enfants, il se mouillait de moins en moins personnellement.

Pour la policière, il y avait peu de chances qu'on trouve des indices chez lui. Il avait plusieurs « nourrices ».

Le point suivant intéressa les enquêteurs au plus haut point.

Van Lok avait un lieutenant. Un certain Malik Galbret.

Il était passé par la Légion étrangère espagnole avant de passer quelques années comme mercenaire dans une des sociétés militaires privées que les Américains emploient au Moyen-Orient.

Il avait passé deux ans en prison en France, après son retour d'Irak. Une tentative de vol à main armée. C'est là qu'il avait rencontré Van Lok.

Depuis, ce dernier l'employait pour maintenir la discipline au sein de son réseau de « mules », qui transportaient la drogue, de « nourrices », qui la planquaient, et de dealers qui la revendaient.

À la connaissance de l'experte, il n'avait jamais tué. Mais quelques jeunes gens de la région, qui n'avaient sans doute pas fait ce qu'on attendait d'eux, s'étaient retrouvés à l'hôpital, avec quelques fractures.

C'est sans doute lui qui avait engagé Jonathan Schwob pour qu'il organise l'interrogatoire de Julia. Et lui aussi qui l'avait éliminé pour empêcher que la Police ne remonte jusqu'à lui.

– La question est de savoir comment va réagir Van Lok à cet échec, fit observer la policière. S'il le punit, il risque de se retrouver sans chien de garde. S'il passe l'éponge, ce sera un signe de faiblesse qui pourrait inciter un concurrent à s'attaquer à son territoire. Van Lok n'a pas l'étoffe pour vivre bien une telle situation. Il doit mal dormir en ce moment. Au moins une bonne nouvelle.

La conférence se poursuivit pendant longtemps. Il fallait décider de la stratégie à suivre.

Pour Van Lok, ils n'avaient qu'une trace A.D.N. sur un sachet. Il pouvait plonger pour cela. Mais rien ne le désignait comme chef de réseau. À l'aide d'un bon avocat, il aurait beau jeu de se présenter comme un petit dealer occasionnel.

On n'avait absolument rien sur son lieutenant.

La policière estima en outre que l'agression de Julia et le meurtre de Jonathan collaient avec les personnages. Mais pas le meurtre de Kylian ni celui de Sophie. Toujours cette cycliste épargnée et cette couverture jetée sur le corps nu de Sophie.

Finalement, il fut décidé de ne pas s'attaquer à Van Lok. Les traces de salive sur le sachet de cocaïne viendraient étayer le dossier que la Police constituait, dans l'espoir de le faire tomber un jour.

Fleur eut du mal à accepter cette idée. Elle dut toutefois convenir qu'on risquait de n'aboutir à rien avec un indice si léger.

On se concentrerait sur son lieutenant.

Si les enquêteurs ne disposaient d'aucune preuve contre Malik Galbret, ils savaient les crimes qu'il avait commis contre Julia et Jonathan. Ils connaissaient les protagonistes, les lieux, les dates et les horaires. Ils savaient donc où fouiller.

On décida de lancer des recherches tous azimuts. Au besoin, on lui mettrait l'enveloppe sous le nez. Mais on ne lui dirait pas qu'elle pointait vers son patron.

Personne ne s'attendait à recueillir des témoignages utiles. Dans les jours qui suivirent, les équipes se lancèrent de nouveau dans l'étude des vidéosurveillances.

On y ajouta l'exploitation du travail que faisaient les enquêteurs qui se consacraient au trafic de stupéfiants.

Partis de rien, après avoir compilé des centaines d'heures de vidéo, des milliers de clichés pris à l'occasion de multiples filatures, on finit par constituer un dossier certes fragile, mais qui pourrait permettre de déstabiliser le lieutenant de Vincent Van Lok.

L'homme, grassement rémunéré par son patron, occupait une magnifique villa située à Gunsbach, à une quinzaine de kilomètres de Colmar.

Il était connu pour y organiser des fêtes auxquelles il invitait ses copains. Il se chargeait de trouver des « copines » qui, moyennant finances, agrémentaient la soirée. Tout ce petit monde se séparait en général vers dix heures, le lendemain matin, après un copieux petit-déjeuner.

On décida de l'interpeller au saut du lit, le lendemain d'une de ses petites fêtes. C'est sans doute le seul moment où on pouvait espérer trouver des substances illicites chez ce truand aguerri et précautionneux. Cela suffirait à le garder et donnerait du temps aux enquêteurs.

Une discrète surveillance fut mise en place afin de repérer le soir où une fête serait organisée. Les gendarmes disposeraient de la nuit pour monter un dispositif d'intervention. Compte tenu du nombre d'invités, en général une dizaine, et de « copines », souvent une quinzaine, afin de satisfaire certains des « messieurs » qui appréciaient les plaisirs à trois, l'effectif consacré à l'opération s'élèverait à une soixantaine de militaires.

L'opération se déroula sans anicroches.

Il faut dire que ces messieurs, outre le fait qu'ils étaient épuisés par une nuit blanche, subissaient les effets de l'alcool et de drogues diverses.

Les filles, qui n'avaient pas droit aux produits illicites ni à l'alcool, posèrent quelques problèmes en se rebellant, certaines tentant même de s'enfuir. Leur tenue, ou plutôt leur absence de tenue, compliquait la tâche des gendarmes.

L'une d'elles, au fort accent étranger, qui craignait sans doute une expulsion, se tourna vers l'homme endormi à sa gauche, tendant vers lui un doigt accusateur.

– Il m'a violée. Il m'a enlevée et ensuite il m'a violée.

On ne lui répondit même pas. Les militaires savaient qu'une longue journée d'interrogatoires se profilait.

Les heures qui suivirent furent fructueuses. Comme attendu, on avait découvert des stupéfiants en quantité. Certains étaient venus avec des armes de poing. On en trouva deux de plus dans les tables de chevet de la chambre du maître de maison.

Deux des prostituées, parmi celles qui purent être formellement identifiées, en général parce qu'elles figuraient dans les fichiers des forces de l'ordre, étaient mineures. L'une d'entre elles dormait aux côtés de Malik

Galbret quand les gendarmes avaient fait irruption dans sa chambre.

Les copains du lieutenant de Vincent Van Lok et la majorité des femmes furent répartis dans les brigades de Gendarmerie des environs, afin d'établir les diverses procédures qui allaient déboucher sur des petites condamnations pour possession de stupéfiants ou appel à la prostitution.

Seuls furent transférés à la section de recherches le lieutenant de Van Lok, les deux prostituées mineures et l'homme qui avait été trouvé en compagnie de la deuxième jeune fille.

La capitaine Duchemin, qui avait été rejointe par le commandant Samra, reçut la mission de mener l'interrogatoire du suspect principal.

Au début, celui-ci la joua décontracté.

– Allez capitaine, c'était juste une petite fête. Ne me dites pas que les quelques joints trouvés justifient le débarquement d'un régiment. Pour les prostituées, d'accord. C'est interdit. Mais elles sont toutes volontaires. L'amende, c'est combien déjà ? Mille cinq cents balles. Et bien on va payer. Tant pis pour nous.

Quand on lui fit remarquer que la fille qui était dans son lit était mineure, il ne quitta pas son air jovial et bon enfant.

– Mais capitaine, je ne suis pas idiot. Si j'avais su qu'elle était mineure, je ne l'aurais jamais admise chez moi. Regardez-la. On lui donne facilement vingt ans.

Sur ce point, il n'avait pas tort. La jeune fille faisait plus que ses quinze ans.

– J'vous jure. Quand on pense que des gamines qui devraient être au lycée gagnent du fric de cette manière, c'est à gerber.

Il avait peut-être été trompé. D'autant que la deuxième fille mineure faisait, elle aussi, plus vieille que son âge.

L'avocat qui avait été appelé par Galbret ne disait rien. Il attendait le bon moment pour intervenir. Sans être un ténor du barreau, il jouissait d'une certaine notoriété et ne passerait rien aux enquêteurs. La défense concernant l'appel à une prostituée mineure était déjà en place.

– Bien ! Monsieur Galbret, vous allez être déféré pour usage de stupéfiant, mise en cause que le magistrat décidera peut-être d'étendre au trafic compte tenu de la quantité qui a été trouvée chez vous.

– Eh ! Je recevais des amis. C'est normal que je fournisse la marchandise.

Il ne tentait même pas de nier. Il savait bien qu'une bonne partie de ses « amis » allaient se défausser sur lui et témoigner que la drogue appartenait à celui qui les avait invités.

– En fait, pour nous, cet aspect de l'affaire est quasiment clos. Appel à des prostituées, dont certaines mineures. Drogue offerte à ses invités. Il ne me reste plus qu'à rédiger quelques procès-verbaux, à les transmettre à un collègue qui va les joindre à tous ceux qui seront rédigés après l'interrogatoire de vos invités. On y ajoutera les résultats de la perquisition, on transmettra le tout à un magistrat et on passera à quelque chose d'autre.

Le suspect et son avocat attendaient la suite. Parce que tout, dans l'attitude de la capitaine, montrait qu'il y avait une suite.

– En fait, on s'intéresse surtout à une histoire de meurtre et d'agression.

L'avocat se redressa.

– Capitaine, ce n'est pas le motif de sa garde à vue.

– C'est exact maître. C'est pourquoi, à compter de cet instant, je mets votre client en garde à vue pour des soupçons de meurtre sur la personne de monsieur Jonathan Schwob. Nous pensons aussi qu'il porte une lourde responsabilité dans l'agression violente et les actes de barbarie qu'a subis mademoiselle Julia Despentes. Si vous le souhaitez, je vous laisse vous entretenir avec votre client.

Bien sûr qu'il le souhaitait.

Trois quarts d'heure plus tard, l'interrogatoire reprenait. Galbret s'efforçait de conserver l'air décontracté, mais son regard trahissait une grande nervosité. Il ne s'attendait pas à ce qui lui tombait dessus et, surtout, ne connaissait pas les éléments dont disposaient les gendarmes.

Fleur commença par lui raconter l'histoire qui avait été reconstituée par les enquêteurs.

Le caïd Van Lok, son patron, utilisait des « nourrices » pour conserver drogue et argent. Galbret était chargé d'assurer la discipline du réseau.

Un jour, Kylian Groff, une des nourrices, disparaît avec une enveloppe bien remplie appartenant Van Lok. Celui-ci fait fonctionner son réseau de renseignements qui lui apprend que Kylian avait fait savoir qu'il avait conquis une camarade d'I.U.T, Julia Despentes. Il ne sait pas que Kylian, sûr de sa capacité de séduction, avait mis la charrue avant les bœufs. Il pense que l'enveloppe a pu être confiée à Julia ou, au moins, qu'elle sait où elle se trouve.

Dans le doute, il demande à son lieutenant d'interroger la fille. Celui-ci sous-traite à Jonathan Schwob qui se fait assister d'un copain.

Jonathan Schwob échoue dans sa mission. Cerise sur le gâteau, il est identifié par la Police. Pour se couvrir, Galbret le tue.

À peine l'histoire terminée, l'avocat se déchaîne.

Les gendarmes affabulent. Son client n'a rien à voir avec ces crimes. Il n'est pas le lieutenant d'un trafiquant de drogue. Il doit être libéré sur le champ.

Fleur connaît alors un de ces moments qu'elle préfère. Quand le travail de fourmi, ennuyeux au possible, qui a pris des semaines aux enquêteurs, a permis de constituer un dossier solide et qu'elle peut le mettre sous le nez d'un criminel qui ne s'y attend pas.

Elle n'espère pas d'aveu, pas pour un meurtre. Mais elle se doit d'expliquer à ce type et à son avocat pourquoi, contrairement à ce qu'il pensait, il va dormir en prison.

Elle assène un par un les nombreux indices en sa possession.

Des photographies et des vidéos en grand nombre.

Galbret avec Van Lok. Galbret qui remet une enveloppe à Kylian. Le même à proximité du domicile de Julia, au moment de l'agression. Il voulait sans doute surveiller le travail de ses sbires. Toujours Galbret à proximité de la casse du père de Jonathan, à l'heure du meurtre de Jonathan.

Dans la chambre de Jonathan, les enquêteurs avaient trouvé une cache avec quelques centaines d'euros. Par chance, un des billets portait l'A.D.N de Galbret.

L'avocat jouait son rôle. Il balayait chaque indice d'un revers de main.

– Pas une preuve.

– Cela ne montre rien.

– Vous ne ferez jamais condamner mon client avec de telles bêtises.

– Si c'est tout ce que vous avez, vous perdez votre temps, et moi le mien.

Mais plus les indices s'accumulaient, plus Galbret doutait. Plus il se tassait. Il n'avouerait pas. Mais il savait que son avenir se trouvait en prison.

À la fin de l'après-midi, le lieutenant de Vincent Van Lok fut renvoyé en cellule. Il serait déféré le lendemain.

Les enquêteurs se réunirent ensuite. Ils n'étaient qu'à moitié satisfaits. Fleur résuma la situation.

– Bon ! Compte tenu de la masse d'indices que nous avons amassée, il sera certainement condamné pour le meurtre de monsieur Schwob et l'agression de mademoiselle Despentes. Au moins pour l'un des deux. Compte tenu de sa personnalité, il prendra sans doute le maximum. Mais nous n'avons rien sur celui qui est à l'origine de tout cela, Vincent Van Lok.

Le major fut plus optimiste.

– Pour lui, on a l'A.D.N sur le sachet. Et notre enquête a prouvé qu'il a des liens avec Galbret. Ce n'est pas suffisant pour l'inculper, mais cela vient grossir un dossier déjà épais. Un jour ou l'autre, les stups le feront tomber. Il réglera son addition en une fois. Et puis il vient de perdre son chien de garde. Sans oublier les dizaines de milliers d'euros, en billet et en marchandise, que nous avons saisis. Il est affaibli. On peut même s'attendre à ce qu'un autre cherche à prendre sa place. Je ne serais pas étonné qu'on retrouve un jour son corps dans un terrain vague ou une bagnole brûlée.

– Vous avez raison. C'est une consolation. Mais nous ne savons toujours pas qui a tué Kylian Groff et Sophie Katz.

Nous ne savons toujours pas si on peut s'attendre à d'autres victimes.

Chapitre 13 : Philippe.

Cela faisait à peine une demi-heure qu'il était là, tapi dans le petit bureau dont la porte donnait directement sur l'entrée. Il était seulement quatorze heures trente.

Il avait attendu de voir la femme partir avec les enfants. Elle ne serait pas de retour avant la fin de l'après-midi. Il le savait parce que, depuis des semaines, il épiait le couple.

On était le mercredi après-midi.

Tous les mercredis après-midi, Juliette Martin, mère au foyer, emmenait ses deux enfants pour leurs activités. Le judo pour le garçon de huit ans. La danse pour la fillette âgée de six ans.

Elle restait avec la petite qui tenait à ce que sa mère admire ses performances artistiques. Le garçon, lui, n'aurait pas supporté que sa mère assiste à son entraînement. Il était « grand ». Les autres se seraient payé sa tête.

Vers seize heures trente, la mère récupérait ses deux gosses. Tout ce petit monde filait au salon de thé pour un goûter bien mérité.

La troupe rentrait à la maison à dix-huit heures plus ou moins cinq minutes, ce qui laissait à Juliette le temps de préparer le dîner pris à dix-neuf heures trente précise. Son mari y tenait.

En dehors des vacances scolaires, périodes pendant lesquelles les clubs ne fonctionnaient pas, c'était le scénario invariable.

Tous les mercredis après-midi aussi, à seize heures pile, maître Philippe Martin, notaire établi à Metzeral et mari et père de la petite troupe, franchissait le seuil de sa villa afin de se changer.

Il se mettait en tenue de tennis, prenait son matériel, et allait taper la balle avec son ami Christophe Wilsheim. La partie commençait à seize heures trente. Cela faisait presque dix ans qu'il perpétuait ce qui était devenu une tradition. Le court était couvert et le créneau retenu à l'année. La météo n'influait pas sur sa séance sportive.

C'est lui que l'assassin était venu tuer.

En préparant son crime, il avait été amusé de voir à quel point le notaire était attaché aux horaires. Tous les jours de la semaine, il sortait de son domicile à huit heures quarante-trois, ce qui lui permettait de franchir la porte de l'étude exactement à neuf heures du matin. Tout salarié qui arrivait après lui avait droit à une remontrance accompagnée d'une retenue sur salaire.

En dehors du mercredi, où il avait tennis, il quittait l'étude à dix-neuf heures, après en avoir fait le tour pour s'assurer que les bureaux de ses collaborateurs étaient impeccablement rangés et que tous les documents avaient été mis sous clé. Juste avant de sortir, il activait l'alarme qui serait désactivée à huit heures le lendemain matin, par un clerc désigné selon un tour établi largement à l'avance.

Âgé d'une quarantaine d'années, il était en bonne forme.

Il était le garçon d'une famille de deux enfants. Son père, après avoir accumulé une belle fortune en tant que notaire, lui avait cédé les trois-quarts des parts de son étude à à peine trente-cinq ans. Il avait pu prendre sa retraite à soixante ans et jouissait des revenus des biens immobiliers qu'il avait accumulés et du pécule mis de côté.

Le dernier quart des parts avait été dévolu à la sœur cadette de Philippe, Armelle. Une fille était, aux yeux du patriarche, indigne de diriger l'étude familiale. Trop versatile, trop sensible, pas assez de poigne. Le quart des parts lui permettait de vivre assez confortablement, sans travailler. Au moment de la succession, il était prévu que l'équilibre soit rétabli au niveau des enfants par une répartition adaptée du parc immobilier familial.

Cette situation satisfaisait Armelle, mariée à un viticulteur et qui savait que ses propres enfants, elle en avait trois, ne seraient pas lésés. Comme sa belle-sœur, Juliette, elle se consacrait à sa progéniture et à son mari. Elle y avait ajouté un amant.

Le fiston, malgré le versement du quart des bénéfices à sa sœur, disposait de revenus plus que confortables. Il se constituait lui aussi, peu à peu, un patrimoine immobilier qui accroissait sa fortune et dont il récoltait chaque mois les fruits.

Certes, son père profitait de sa situation de jeune retraité riche pour passer sa vie à voyager dans des conditions luxueuses. Mais il préservait son capital immobilier qui était sa poule aux œufs d'or. Philippe était certain d'en hériter en partie un jour.

Il n'avait pas encore décidé s'il allait faire comme son paternel et mettre dès que possible son fils à la tête de l'étude afin de jouir de la vie. Il aimait son travail et la position de notable local qui allait avec. Les dîners mondains, les invitations aux vernissages ou aux cérémonies de vœux, tout cela lui plaisait.

Il était heureux de sa vie.

Il avait épousé, dix ans plus tôt, la fille d'un confrère, de dix ans sa cadette.

Non contente d'être jeune, elle était belle et avait été éduquée dans l'idée que son avenir se trouvait dans un « beau » mariage et que son rôle serait de satisfaire son mari sur tous les plans et d'élever des enfants.

Elle y trouvait son compte. La plupart des tâches ménagères étaient dévolues à des employés de maison. La préparation du petit-déjeuner et du dîner, ainsi que l'éducation des enfants, étaient ses chasses gardées. Depuis que les gamins allaient à l'école, elle avait beaucoup de temps de libre et beaucoup d'argent pour l'occuper. Philippe ne se préoccupait ni de ce qu'elle faisait pendant son temps libre, ni de ce qu'elle dépensait pour le faire.

Sans être éperdument amoureuse, elle avait développé une forme d'affection pour son mari. Elle aurait juste préféré qu'il ne soit pas aussi autoritaire et qu'elle puisse parfois prendre part aux décisions. Mais, au moins, il la respectait et n'avait jamais été injurieux ou violent. Et elle n'avait aucun compte à lui rendre. Pour tout ce qui concernait la famille et l'argent, quand il y avait une décision importante à prendre, il décidait. C'est tout. Il ne prenait pas la peine de la consulter.

Elle n'aurait pas pu affirmer qu'elle était heureuse. Mais au moins n'était-elle pas malheureuse.

À part le tueur, personne ne savait que ce petit univers, rigide, bien réglé, mais confortable, allait voler en éclat.

L'assassin, d'ailleurs, s'impatientait déjà.

Il lui restait une heure trente à attendre avant de passer à l'action. Il avait décidé de venir largement en avance pour que des témoins ne puissent pas faire le lien entre un type traînant dans le quartier et le crime. Pour la même raison, il avait l'intention d'attendre une heure avant de quitter la maison du notaire, une fois son forfait accompli.

En attendant, il était confortablement installé sur le fauteuil de bureau. Il avait même pris la liberté d'ouvrir sa veste à capuche et d'enlever ses gants, en prenant bien soin de ne rien toucher. La maison était bien chauffée.

Il ne se sentait pas bien. Tuer n'était pas son truc. Il devait le faire, tout simplement.

La mort de Sophie l'avait marqué. Il ne regrettait pas son geste, mais il aurait voulu ne pas avoir à le faire. Cette femme était belle et sympathique. Il savait toutefois que jamais elle n'aurait levé les yeux sur lui. La sensation de malaise qu'il avait ressenti quand le corps, après s'être vainement et brièvement débattu, était devenu flasque avant de s'effondrer sur la moquette comme un pantin désarticulé, le hantait. En la retournant, il n'avait pas pu s'empêcher de la dévisager. Il le regrettait amèrement.

S'attaquer à sa prochaine victime lui posait moins de problèmes.

Il s'était soigneusement renseigné sur maître Martin. C'était un requin qui n'avait aucune pitié du moment que cela lui rapportait de l'argent. L'humain ne comptait pas pour lui. Ses salariés comme ses clients n'étaient que des sources de revenus.

La manière dont il avait licencié cette petite secrétaire enceinte profitant des deux ou trois erreurs que la fatigue liée à son état l'avait poussée à commettre le dégoûtait.

En fréquentant le salon de thé où certains employés déjeunaient, il avait pu lier des contacts et recueillir des confidences. Certes, il avait pris un risque, mais il pensait qu'une fois le patron mort, personne n'aurait envie de se manifester au risque de passer pour un complice, même involontaire. Ils seraient surtout préoccupés par l'avenir de leur emploi.

L'homme s'ennuyait et ne cessait de bâiller. Il regardait sa montre toutes les minutes et le temps ne passait pas. Il n'avait pas eu à attendre pour tuer ses deux premières victimes.

Il regrettait d'avoir échafaudé ce plan qui avait nécessité une préparation minutieuse dont il était assez fier.

En particulier, l'idée de se faire passer pour un distributeur de prospectus lui avait permis de s'approcher de la porte et d'observer la serrure. Il lui avait suffi d'en acheter deux identiques, de rechercher des tutoriels de crochetage sur internet, et de s'entraîner chez lui jusqu'à ce qu'il soit capable de les forcer en quelques secondes, sans se faire remarquer.

Heureusement, comme tous les riches, les Martin aimaient la tranquillité. La rue où ils s'étaient installés était peu fréquentée et il fut facile d'entrer sans se faire remarquer.

Il espérait que les habitants de la maison n'avaient pas installé d'alarme. Il n'avait pas vu, placé au niveau du portail, de sticker avertissant de la présence d'un tel équipement et destiné à dissuader les intrus potentiels.

Sans doute comptaient-ils sur la solidité de leurs menuiseries et la qualité de leur serrure. Funeste erreur.

L'assassin, pour la énième fois, poussa un long soupir quand il entendit une clé tourner dans la serrure.

Son cœur se mit à battre la chamade. Il avait envie de vomir.

Ce n'était pas normal. Jamais personne ne venait dans cette maison le mercredi après-midi à quatorze heures trente.

Les femmes de ménage passaient le mardi matin, quand la maîtresse de maison était à sa salle de sport, et le vendredi après-midi, quand elle jouait au tennis. Compte tenu de la taille de la maison et du court créneau qui leur était laissé, elles étaient au nombre de trois, supervisées par une cadre de l'entreprise de nettoyage.

Quand un artisan devait intervenir ou un livreur déposer des marchandises, Juliette Martin était présente. Ce n'était bien sûr jamais programmé le mercredi après-midi.

L'assassin n'avait pas beaucoup de choix. Il était trop tard pour s'éclipser discrètement par une fenêtre donnant sur l'arrière de la maison. L'intrus l'apercevrait.

Le bureau était un cul-de-sac. Ouvrir la fenêtre attirerait l'attention de la personne qui pénétrait dans la maison.

Il n'avait d'autre choix que de se débarrasser de cette personne, en espérant qu'elle était seule.

L'assassin avait peur. Il ressentait la même terreur que quand il avait été interpellé par la cycliste, alors qu'il déposait le corps de Kylian. Heureusement, il avait pu s'en débarrasser sans qu'elle puisse fournir aux enquêteurs des indices pouvant le faire démasquer.

Quel soulagement cela avait été quand il avait appris par la presse qu'elle avait survécu. Jusqu'à ce qu'il entende le fameux « ses jours ne sont pas en danger », la vision du corps de la jeune femme, dans sa combinaison de cycliste, ne l'avait pas quittée.

Présentement, il espérait ne pas se trouver face à un colosse aux abdominaux d'acier.

Vaille que vaille, il fallait qu'il agisse. Sa seule chance était de profiter de l'effet de surprise.

Il releva sa capuche d'un geste rapide, espérant dissimuler son visage. Il surgit dans le couloir, face à la porte que franchissait l'intrus.

Il frappa comme à son habitude au niveau du ventre, tira sur le vêtement de sa victime pour qu'elle rentre dans la maison et, de l'autre main, claqua violemment la porte d'entrée.

Il écouta attentivement pendant quelques instants, espérant que personne ne passait dans la rue. Aucune clameur, nul cri affolé.

Il se retourna pour contempler sa victime.

Elle gisait sur le côté droit, en position du fœtus, les bras repliés sur son ventre.

Il s'agissait d'une jeune femme toute menue. S'il n'avait reconnu madame Martin, il aurait pu la prendre pour une lycéenne tellement son visage paraissait juvénile.

Sa veste en cuir doublée de fourrure n'avait pas suffi à amortir le coup. Sa jupe, relevée jusqu'à la ceinture, dévoilait un collant de laine épaisse. L'hiver était proche.

Mais que faisait-elle là ? Sa place était auprès de sa fille, pendant son cours de danse.

Il la regardait, perplexe. Tout son plan était remis en cause.

Mais il perdait du temps. La femme commençait à être de nouveau capable de respirer. Ses halètements saccadés avaient cédé la place à des gémissements. Des larmes coulaient sur ses joues devenues presque violettes. Elle souffrait.

Jamais il n'avait voulu cela. Il avait même tenu à épargner à ses victimes des moments de terreur et de souffrance. Et il imposait cela à une femme qui n'était pas une de ses cibles et qu'il avait appris à apprécier en observant sa famille depuis de longues semaines.

Ses affres lui faisaient perdre du temps. Il se rendit compte que, bientôt, elle tournerait la tête et serait en mesure de voir son visage.

Alors, en tremblant un peu parce que ce qu'il allait faire le révulsait, il la força à se mettre à genoux en tirant sur sa chevelure. Elle n'était pas en état de résister, mais elle avait un peu récupéré.

Tandis qu'il passait derrière elle, entre deux gémissements, elle trouva la force de l'interpeller d'une petite voix qui lui brisa le cœur.

– Non ! Je vous en supplie. J'ai deux enfants. Pitié.

Il ferma les yeux, serra les dents et enserra le cou de sa victime dans un bras musclé.

Il serra progressivement. Il ne voulait pas risquer de briser la nuque de cette femme. Mais, ce faisant, il lui laissa le temps de se rendre compte de ce qu'il faisait.

– Pitié. Pitié. Pit ...

Le son cessa de sortir de sa bouche, mais ses lèvres continuaient de bouger tandis qu'elle suppliait son bourreau.

Au bout de quelques secondes, alors que le sang avait cessé d'oxygéner son cerveau, son corps cessa de s'agiter et devint d'une lourdeur impressionnante pour une femme si menue.

Il desserra instantanément son emprise, la prit sous les aisselles et l'allongea doucement sur la moquette épaisse qui recouvrait le sol de l'entrée.

Fébrilement, il la mit sur le dos et déboutonna sa veste pour avoir accès à son cou et pouvoir prendre son pouls.

Son cœur battait et sa poitrine se soulevait à un rythme régulier.

Il sourit. Il ne l'avait pas tuée.

Il rabattit la jupe sur le collant de laine qui, pourtant, ne dévoilait rien de son intimité. Il se releva et s'étira vers l'arrière.

Après ces moments où les émotions intenses s'étaient succédé, il ressentait un immense soulagement. En plus, il avait encore un espoir de mettre son plan à exécution.

Mais il devait résoudre le problème Juliette Martin, sans lui faire plus de mal.

Elle était inconsciente, mais risquait de se réveiller à tout instant.

Heureusement, en arrivant, il avait pris le temps de faire le tour complet de la maison.

Il se précipita dans le garage où il avait remarqué, posé sur un établi, un rouleau de collant large et solide, destiné à permettre de nombreuses réparations de fortune.

Il s'en empara.

Il revint dans l'entrée et souleva la jeune femme évanouie, monta sans difficulté l'escalier et pénétra dans la suite parentale. Il la déposa sur le lit.

À l'aide du collant, il lui entrava les poignets et les chevilles. Il attacha ensuite les poignets en haut du lit et les chevilles en bas. Le corps en diagonale par rapport au lit, les bras et les jambes tendus sans excès, la femme serait dans la position la moins inconfortable possible tout en étant incapable d'atteindre le collant avec sa bouche et le déchirer avec ses dents.

Dans le tiroir de la commode, il prit un mouchoir, le lui enfonça dans la bouche et entoura sa tête avec l'adhésif. Elle ne pourrait pas crier.

Une fois fait, il la contempla. Satisfait, il sortit de la chambre. Juliette Martin était neutralisée pour de bon.

Le tueur redescendit et se remit en place dans le bureau.

Il y était depuis moins de cinq minutes quand une idée vint le perturber.

Et si l'épouse du notaire se mettait à pleurer et que son nez se bouchait ? Si elle vomissait et que le bâillon empêchait l'évacuation du contenu de son estomac vers l'extérieur ? Elle mourrait étouffée.

Il poussa un long soupir, se leva, monta à l'étage et enleva le bâillon qui aurait pu empêcher Juliette de Martin de hurler.

Il réfléchit longuement à la marche à suivre. Ses cris pouvaient alerter ses voisins, ou son mari.

Finalement, il alla dans la salle de bain, passa un gant de toilette sous l'eau fraîche et commença à le passer sur le visage de la jeune femme.

Pendant deux ou trois minutes, il alterna l'eau fraîche et les petites tapes sur les joues.

Une absence de réaction montrerait qu'elle était dans un coma profond. Cette perspective l'effrayait, mais, au moins, cette femme ne constituerait plus un danger. Si elle se réveillait, il espérait la convaincre de rester silencieuse.

Elle finit par réagir aux stimuli. D'abord des gémissements. Ensuite des gestes des lèvres. Enfin des mouvements de la tête.

Il avait utilisé le mouchoir pour lui bander les yeux. Il était fixé par de l'adhésif. Il avait pris soin de ne mettre sur les yeux que deux épaisseurs de tissus. Il ne voulait pas qu'elle soit dans le noir complet. Elle aurait pu paniquer. Il faudrait certainement lui couper les cheveux pour enlever le bandeau, mais c'était un moindre mal.

Il lui laissa quelques minutes pour se remettre puis, en s'efforçant de déformer sa voix, s'adressa à elle.

– Madame. Madame. Vous m'entendez ?

Juliette tourna la tête dans tous les sens. Elle gémissait, mais ne paraissait pas comprendre ce qu'on lui disait.

Il lui laissa encore quelques minutes tout en lui passant le gant de toilette imbibé d'eau fraîche sur le visage et le front.

La femme se mit à tirer sur ses liens.

– Madame. Je ne peux pas vous libérer, mais je ne vous veux pas de mal. Vous ne réussirez pas à arracher le collant avec lequel je vous ai attachée. Vous m'entendez ?

Elle tira une dernière fois sur ses bras, comprit sans doute qu'elle n'atteindrait pas son objectif, se décontracta et fit oui de la tête.

Avant que l'assassin ait eu le temps de poursuivre, il la vit prendre une grande inspiration. Elle s'apprêtait à hurler. Il eut le réflexe de lui coller le gant de toilette sur la bouche.

Il s'adressa à elle en s'efforçant de prendre un air aussi menaçant que possible.

– Écoutez-moi bien. Je ne vous ai pas mis de bâillon parce que je ne veux pas que vous vous étouffiez. Mais si vous faites le moindre bruit, je n'aurai pas le choix. Vous ne voulez pas mourir étouffée, je suppose ?

Elle fit « non » de la tête.

– J'ai des choses à faire dans cette maison. Après, je pars. Si vous restez calme et si vous ne faites pas de bruit, ce soir, vous serez vivante et vous retrouverez vos enfants.

Il omit de lui dire qu'il n'avait pas prévu qu'elle retrouve son mari.

– Je me suis bien fait comprendre ?

Elle agita frénétiquement la tête de haut en bas. Il avait réussi à lui faire peur.

Il sortit de la pièce et attendit.

Tous les quarts d'heure, il se mettait à côté du lit et se contentait de respirer bruyamment. Cela suffisait à entretenir la terreur de Juliette. Elle ne piperait mot.

Dix minutes avant l'heure d'arrivée du notaire, il remonta une dernière fois dans la chambre du couple avant de se mettre en place pour, cette fois, accomplir la mission pour laquelle il s'était introduit dans cette maison.

Le notaire, contrairement à son épouse, ne dérogea pas à la règle. À seize heures pile, l'assassin l'entendit introduire la clé dans la serrure.

En imagination, il vit sa victime manœuvrer la poignée, ouvrir la porte, pénétrer dans la maison, se retourner pour refermer la porte et la verrouiller, puis se retourner de nouveau pour se retrouver face à l'entrée au fond de laquelle se trouvait l'escalier qu'il allait emprunter après avoir ôté ses chaussures.

C'est alors qu'il surgit du petit bureau.

Sans la moindre hésitation, de toutes ses forces, il enfonça son poing dans l'estomac de Philippe Martin qui se plia en deux et, comme prévu, tomba sur ses genoux.

Le meurtrier avait reconnu sa victime. Il n'avait pas à réfléchir. Il devait juste exécuter son plan.

Sa main gauche s'agrippa aux cheveux du notaire qu'il força à se redresser. Son bras droit enserra le cou de l'homme. Il se mit à serrer aussi fort que possible.

Il entendit un léger craquement, mais préféra ne pas prendre le risque de commettre une erreur en desserrant son étreinte pour voir s'il ne lui avait pas brisé la nuque. Il continua de serrer jusqu'à ce que ses muscles commencent à ne plus répondre.

Il relâcha alors sa prise.

Comme celui de Sophie, le corps de Philippe, devenu flasque, bascula sur l'avant. L'homme dut le retourner pour s'assurer qu'il était bien mort.

Après cet effort, il eut besoin de se reposer trois minutes, dans le fauteuil où il avait patienté.

Une fois sa respiration revenue à la normale, il monta l'escalier et se plaça à côté du lit, comme il le faisait régulièrement depuis qu'il avait décidé de laisser la femme seule dans sa chambre, ligotée, mais pas bâillonnée.

– C'était quoi ces bruits ? Il s'est passé quelque chose ?

– Ne vous en occupez pas. Et ne prononcez plus une parole. Du moins si vous voulez être vivante quand vos enfants rentreront à la maison.

La question de ses enfants lui brûlait les lèvres. Si quelqu'un les ramenait, l'homme allait-il leur faire du mal ? Mais elle avait trop peur pour continuer à parler. Et elle avait complètement oublié la séance de tennis de son mari.

L'assassin, comme il l'avait prévu, resta encore une bonne heure dans la maison.

Personne ne pourrait témoigner l'avoir vu dans la rue à l'heure probable de l'agression, tel que l'enquête des gendarmes et le travail du médecin légiste ne manqueraient pas de la reconstituer.

Au cours de cette heure, il ne monta pas auprès de Juliette. Il espérait qu'elle ne s'enhardirait pas jusqu'à crier et serait persuadée de son départ juste après le meurtre.

Il était dix-sept heures. Il commençait à faire sombre. La température de ce début d'hiver justifiait le fait qu'il ait relevé sa capuche et qu'il porte des gants. Cerise sur le gâteau, la rue était déserte quand il sortit.

Il marcha un long moment avant de retrouver sa voiture.

Contrairement à ce qu'il avait cru, au moment où il avait décidé de réaliser ce que son devoir lui commandait, il n'éprouvait aucun plaisir à éliminer ses victimes.

Pire, cela le dégoûtait.

Et puis il y avait les autres. Kylian et Sophie étaient célibataires. Et leurs parents méritaient eux aussi de souffrir. Philippe Martin, lui, était marié et avait deux enfants.

À force de surveiller la famille Martin, il avait développé une forme d'affection pour Juliette qu'il venait de faire souffrir et de terroriser.

Il admirait la manière dont cette femme si frêle, qui paraissait si jeune, s'occupait de ses enfants. Comment elle leur prenait la main et les serrait contre elle avant de traverser la rue tout en jetant des regards anxieux à gauche et à droite, le soin qu'elle prenait à les habiller avant de les faire sortir sous la pluie ou dans le froid, les sourires affectueux qu'elle leur offrait quand ils dégustaient tous les trois un chocolat chaud et une pâtisserie dans un salon de thé. Il trouvait cela émouvant.

Qu'allaient-ils devenir ?

Philippe Martin était un salaud, c'était sa conviction profonde. Mais il venait de faire deux orphelins.

Il démarra et roula une bonne demi-heure avant de trouver un petit-parking, au milieu de la forêt, où il serait tranquille.

Il resta jusqu'au milieu de la nuit à regarder, devant lui, son pare-brise qui se recouvrait peu à peu de givre. Il avait le regard vide.

Il ne doutait pas un instant du fait que son devoir était de tuer encore, jusqu'à ce que toutes les lignes de sa liste soient cochées.

Mais que c'était difficile. Que c'était difficile.

Sarah Guedj commençait à s'impatienter.

Cela faisait plus d'une demi-heure que Juliette aurait dû venir chercher ses deux enfants.

Il était presque dix-huit heures et elle devait encore baigner sa fille et préparer le dîner.

Heureusement, plusieurs des mamans l'avaient aidé à ranger la maison. Même le papa de Gregory, veuf depuis un an, avait tenu à mettre la main à la patte.

Elle avait distribué les grands sacs poubelle qu'elle avait achetés la veille, et, en moins d'une demi-heure, le grand salon et la véranda où le huitième anniversaire de sa fille Rébecca avait été souhaité par une ribambelle d'enfants avaient été débarrassés.

D'habitude, elle pouvait toujours compter sur Juliette pour donner le coup de balai final et passer la serpillière.

Elle avait dû faire appel à la bonne volonté d'une autre maman.

Elle connaissait Juliette depuis la première année de maternelle de sa fille qui, depuis, avait toujours été dans la même classe que l'aîné des Martin, Sylvain.

Ce jour-là, Juliette Martin avait, exceptionnellement, sacrifié les sacro-saintes activités de ses enfants pour qu'ils puissent aller à cette fête d'anniversaire.

Mais elle n'était toujours pas là et Sarah devait se coltiner ses deux gosses.

Elle hésitait à appeler. Après tout, Juliette avait pu avoir un empêchement. Il était toutefois étonnant que, dans ce cas, elle n'ait pas téléphoné. Ce n'était pas son style.

À dix-huit heures trente, Sarah n'y tint plus. Elle décrocha son téléphone et appela Juliette. Au bout de six sonneries, le répondeur se mit en marche.

Elle hésita à rappeler. Si son amie avait eu un accrochage, elle était peut-être en train de rédiger un constat amiable.

Elle commençait à être vraiment inquiète. Elle ne tint pas plus de cinq minutes avant de décider d'appeler Philippe.

Elle l'avait croisé deux ou trois fois. Il lui paraissait immense et, surtout, froid et distant. Sarah n'aimait pas le rencontrer. C'est pourquoi son cœur battait la chamade quand elle composa le numéro du mari de Juliette. Celle-ci, peu après leur première rencontre, lui avait donné une carte de visite sur laquelle figuraient les deux numéros.

Même résultat que pour Juliette. Le répondeur.

Sarah ne savait que faire. Elle appela son mari pour demander conseil.

Celui-ci tenait une épicerie fine située à moins d'un kilomètre de leur villa. Après avoir été mis au courant de la situation, il n'était pas particulièrement inquiet. À ses yeux, des milliers de circonstances anodines pouvaient expliquer le retard de l'amie de la famille et l'absence de réponse au téléphone. Mais il sentait que Sarah se faisait un sang d'encre. Et il aimait sa femme.

– Écoute. Le mieux est de ramener les enfants chez eux. À cette heure, un des deux parents y est sûrement. Il aura posé son téléphone quelque part et il ne l'entend pas. En plus, si Juliette a eu un accident en venant chez nous, nous le verrons au passage. Le temps que j'arrive, tu cherches sur internet le numéro de téléphone de l'étude de Philippe. À cette heure, elle est sûrement fermée, mais essaie, à tout hasard.

L'homme confia sa boutique à son employé en qui il avait toute confiance. De toute façon, en cette fin d'après-midi glaciale, les clients étaient rares.

Moins de cinq minutes plus tard, l'épicier était devant chez lui.

En entendant les bruits du moteur, Sarah se tourna vers les enfants.

– Sylvain, Chloé, mettez vos manteaux. On vous ramène chez papa et maman. Et n'oubliez pas vos paquets de bonbons. Sinon, je les dévore tous dès que je reviens. Rébecca, tu viens avec nous. On prend la voiture de papa.

Les enfants ne se firent pas prier. Le trajet ne dura pas plus de dix minutes. À cause des enfants, le mari de Sarah qui, d'habitude, tenait peu compte des prescriptions du Code de la route, roulait prudemment en respectant les limitations de vitesse. De toute façon sa femme, qui le connaissait, veillait au grain.

– Tu as vu, leurs deux voitures sont dans l'allée. Ils doivent être à l'intérieur.

– Mais il n'y a pas de lumière.

– Ils sont peut-être dans leur chambre. Elle donne sur l'arrière.

– C'est quand même bizarre qu'ils ne répondent pas. Et ce n'est pas le style de Juliette de laisser tomber ses gosses.

Sarah jeta un coup d'œil par-dessus son épaule. Son inquiétude lui avait fait oublier la présence des enfants.

– Où est maman, demanda Sylvain qui, lui aussi, commençait à prendre conscience du caractère inhabituel de la situation ?

C'est le père de Rébecca qui se chargea de rassurer l'enfant.

– Elle a peut-être oublié de vous acheter de bonnes choses pour le dîner et elle va revenir avec un sac rempli jusqu'au bord. Tiens ! Je suis sûr qu'elle est à mon épicerie, en train de la dévaliser.

Il avait pris un air enjoué.

– Ou alors elle s'est endormie. Il faut dire qu'elle a, à la maison, deux petits démons qui l'épuisent sans pitié. Je vais aller taper à cette porte comme si j'étais le diable qui vient prendre les petits enfants.

À défaut de détendre Sylvain, il réussit à arracher un sourire à sa femme.

– Arrête idiot ! Tu vas leur faire peur. Va plutôt sonner.

Il allait sortir du véhicule quand sa femme le retint. Comme il se tournait vers elle, elle fixa son regard vers la citerne de gaz. Interloqué, l'homme tourna la tête dans cette direction. Il comprit instantanément l'inquiétude de sa femme.

– Okay. Je tape à la porte. Je ne sonne pas.

Il frappa d'abord normalement. Trois fois. En laissant une quinzaine de secondes entre chaque fois. Puis il commença à frapper plus fort. Au bout de deux minutes, il ébranlait le vantail en tapant le plus fort possible, du plat de la main.

Plusieurs fois, il avait approché son nez de différents endroits de la jointure entre la porte et le chambranle.

Il fit ensuite le tour de la maison, essayant de manœuvrer chaque ouverture et de voir au travers de chaque fenêtre.

Un voisin, dérangé par le chambard, était venu aux nouvelles. Sarah dut descendre de la voiture et lui expliquer la situation.

Ils s'approchèrent tous deux de la porte d'entrée que son mari essayait encore de manœuvrer sans succès.

– A priori, la maison est vide. J'essaie encore les téléphones.

Sarah composa d'abord le numéro de Juliette.

Le couple et le voisin entendirent distinctement sa sonnerie résonner dans l'entrée de la maison.

– Elle a dû l'oublier. La loi de la tartine de beurre aidant, elle est en panne quelque part.

Son mari essayait de la rassurer.

– Essaie le numéro de Philippe.

Encore la sonnerie dans l'entrée.

– S'il te plaît, Sarah. Va avec les enfants. J'appelle les pompiers.

À contrecœur, Sarah s'exécuta. Son mari, pour le coup réellement inquiet, eut du mal à expliquer la situation au standard des pompiers. Mais, quinze minutes plus tard, un véhicule d'intervention stationnait devant la maison.

Des chants sortaient de la voiture des Guedj où Sarah, vaillamment, s'efforçait de distraire les gosses.

Deux hommes en bleu se firent expliquer la situation. L'un commença à faire le tour de la maison pour dénicher le meilleur endroit pour entrer. L'autre examinait la cuve de gaz pour trouver comment l'isoler de la maison.

Le voisin et le mari de Sarah entendirent distinctement le bruit d'une vitre qu'on brise. La porte-fenêtre du salon, dont le volet roulant n'était pas fermé, venait d'être sacrifiée par le soldat du feu qui avait trouvé préférable de casser un carreau plutôt que de s'attaquer à la porte d'entrée blindée.

Au travers des vitres, on pouvait suivre son cheminement. Il allumait les lumières au fur et à mesure de sa progression.

Comme à l'accoutumée quand les pompiers intervenaient, un véhicule de la Gendarmerie avait été envoyé et vint se placer derrière la camionnette rouge.

Les gendarmes sortaient de leur voiture quand la radio du second pompier grésilla. Le calme de la rue aidant, on entendit distinctement ce qui se disait.

– Les gendarmes sont là ?

– Affirmatif.

– Tu me les envoies. On a un corps. Et ce n'est pas une mort naturelle, ni accidentelle.

Le mari de Sarah se dirigea vers sa voiture et toqua à la vitre avant droite. Celle-ci descendit et il se trouva face à sa femme qui avait le sourire aux lèvres. Elle était en train d'animer un concours de blagues. Il lui chuchota à l'oreille.

Sarah était courageuse. Sa voix tremblotait quelque peu, mais elle sut conserver un beau sourire rassurant.

– Les enfants. J'ai une bonne nouvelle. Comme le papa et la maman de Sylvain et de Chloé ne sont pas encore là, on va les attendre à la maison. On continue la fête. Et, tenez-vous bien ! Ce soir, tout le monde peut se coucher tard.

Chapitre 14 : Esther, Antoine et Clémentine.

Les efforts des enquêteurs avaient porté leurs fruits. Pas dans la direction espérée.

Certes, des crimes et des délits avaient été mis à jour. Les coupables seraient punis. Julia serait, au moins en partie, vengée. Le dossier qui permettrait un jour de neutraliser, pour longtemps, un important trafiquant de drogue s'était sensiblement étoffé.

Mais deux jeunes gens avaient été assassinés. On n'en connaissait pas le motif. On n'avait pas le moindre suspect à se mettre sous la dent.

Fleur avait donné comme consigne à son équipe de poursuivre le travail de fourmi en espérant que quelque chose d'intéressant finisse par remonter. De toutes les manières, il n'y avait pas d'autre choix.

Elle piaffait de pouvoir reprendre le tour des cousins qu'elle avait entamé. Confiante dans ses facultés d'observation, elle tenait à les voir personnellement.

Occupée par les développements récents, elle n'avait pas encore interrogé Clémentine Arnaud, la sœur de Raymond et Lucie Philibert, ni Esther et Antoine Wolsheim.

Elle avait décidé de les contacter afin de prendre rendez-vous et les voir au plus tôt.

Il était seize heures. Elle avait consacré la matinée et la moitié de l'après-midi à rédiger les rapports en retard. Le bon déroulement des procédures engagées en dépendait et, malgré son envie de se replonger sans délai dans l'enquête, elle ne pouvait y déroger.

Elle ouvrit le fichier des protagonistes de l'affaire, constitué par la généalogiste, et complété depuis par Thibaut qui en avait fait un outil précieux pour tous les enquêteurs.

Le téléphone sonna à cet instant. Elle jeta un coup d'œil au cadran. C'était le colonel. La poisse ! Elle ne pourrait donc jamais organiser son travail sans que quelqu'un vienne fiche en l'air ses journées.

Elle décrocha le téléphone, oubliant de se présenter.

– Capitaine Duchemin ?

Comme elle le craignait, son chef lui demanda de venir dans son bureau « toutes affaires cessantes ».

Elle était inquiète. Elle craignait qu'un autre cousin ait été assassiné. Si c'était le cas, elle s'en voudrait. Elle n'aurait pas découvert le coupable à temps.

Le colonel était avec le commandant Messier.

– Mes respects Mon Colonel. Bonjour Vittorio.

La mère du commandant Messier était italienne.

– Capitaine, je crois que vous allez devoir vous coordonner avec le commandant Messier. Je le laisse éclairer votre lanterne.

– Bonjour Fleur. Hier soir, le colonel m'a demandé de m'occuper d'une affaire de meurtre à Metzeral. Un notaire qu'on a trouvé mort dans l'entrée de sa maison. Sa femme était scotchée à son lit, dans le vrai sens du terme, au premier étage. Complètement traumatisée, elle a été sédatée par les toubibs. Pour ce que j'en sais, on n'est pas près de pouvoir l'interroger. Fait étonnant, il l'a attachée soigneusement. Il lui a bandé les yeux. Mais il ne lui a pas mis de bâillon.

Elle réagit instantanément.

– Si c'est bien ce que je pense, ce n'est pas étonnant. Cela me rappelle une cycliste. On la neutralise, mais on ne veut pas qu'elle meure. Avec un bâillon, elle pouvait s'étouffer.

– J'avoue que je n'avais pas pensé à cela. Au moins un mystère résolu.

– Et qu'est-ce qui t'a fait penser à moi ?

– Au début, rien. Il y a un peu moins d'une heure, j'ai reçu les premiers résultats de l'autopsie. Un hématome important au niveau du foie. Puis un étranglement, sans doute à l'aide d'une clé. L'avant-bras qui enserre le cou de la victime. En tout cas, pas de trace de cordelette ou autre. Et aucun indice sur place.

– Le notaire a-t-il un lien de parenté avec nos deux victimes ? Tu as vérifié ?

– Un de mes adjoints s'en charge. Mais il faudra que ton équipe l'assiste, vous connaissez mieux le dossier. Peut-être le notaire faisait-il affaire avec la famille de tes victimes. J'ai demandé une commission rogatoire pour pouvoir prendre connaissance des dossiers de l'étude. Demain, on interrogera le personnel. S'ils ne savent rien, il faudra mettre deux ou trois personnes sur place pour tout éplucher.

Fleur se tourna vers le colonel.

– Que fait-on mon colonel ? Comment on s'organise ?

Tout le monde dans la pièce savait que Fleur craignait d'être mise sous les ordres du commandant Messier. Le sourire des deux hommes, au moment de la réponse, montra qu'ils avaient évoqué le sujet ensemble.

– Eh bien on ne s'organise pas. Vous êtes une grande fille. Le commandant Messier est un grand garçon. Vous devriez être capables de travailler ensemble. Vous, vous étudiez l'affaire sous l'angle d'un lien avec les meurtres de monsieur Groff et de mademoiselle Katz. Le commandant l'étudie sous l'angle du meurtre isolé. En particulier, il s'intéresse à la clientèle de l'étude et aux relations d'affaires du notaire. Les premières investigations montrent que c'était un vrai requin. Il ne devait pas manquer d'ennemis. En plus, vous avez de bons rapports avec le flic qui travaille avec nous. Allez tous les deux ! Au turf.

Le commandant se tourna vers Fleur.

– On se voit cinq minutes dans mon bureau ? Le temps de prendre un café et de s'assurer qu'on ne se marche pas sur les pieds, mais qu'on ne fait pas d'impasses.

Difficile de refuser. Et puis Fleur était trop heureuse d'avoir conservé son autonomie.

La réunion dura bien plus des cinq minutes promises.

Ils décidèrent de faire venir les personnes en charge des synthèses de leurs équipes respectives, le major Heitz pour Fleur, un adjudant-chef pour le commandant. Ils se transmirent oralement tous les éléments qu'ils avaient à leur disposition et passèrent ensuite un long moment à discuter à bâton rompu et à réfléchir à haute voix.

Le mode opératoire était le même pour les trois meurtres et le soin pris pour ne pas risquer de tuer un témoin qui n'était pas visé rendait difficilement envisageable le fait que les meurtres ne soient pas liés.

On avait imaginé des mobiles pour Kylian et Sophie. La drogue ne tenait plus. Restait la piste familiale. Mais le notaire ?

Le major envisagea l'existence d'un justicier qui tuait des salauds. Kylian faisait souffrir des gens. Philippe était un requin. Il avait dû en plumer plus d'un. Mais Sophie ? Une jeune femme qui croquait la vie à pleines dents. Elle profitait de tout l'argent qui lui tombait du ciel, mais elle n'avait eu besoin d'écraser personne pour l'avoir. Côté cœur, on ne pouvait pas la comparer à une mante religieuse. Elle ne collectionnait pas les partenaires et, quand elle rompait, c'était en général en douceur. Les peines qu'elle provoquait ne lui apportaient ni plaisir ni sentiment de puissance.

Dès le lendemain matin, les équipes se remirent au travail. Deux jours plus tard, le constat d'échec était là.

L'étude des dossiers du notaire avait permis de trouver nombre de suspects qui pouvaient lui en vouloir. Trop d'ailleurs. Pas un ne sortait du lot. Les équipes du commandant Messier continuaient d'étudier leurs pedigrees et leurs emplois du temps l'après-midi du meurtre. Ils ne se faisaient pas d'illusions. Au bout du compte, plusieurs victimes du notaire n'auraient pas d'alibi.

Alors commencerait le fastidieux travail destiné à savoir si l'un d'entre eux avait été présent à Metzeral au moment du crime. Et même si la géolocalisation d'un téléphone, un témoignage ou une vidéosurveillance désignait quelqu'un, il faudrait réussir à étayer le dossier pour le faire condamner. Tout le monde a le droit de se promener à Metzeral.

Côté famille, on n'avait rien trouvé non plus. Philippe Martin semblait avoir de bons rapports avec ses parents et sa sœur. L'arrangement financier concernant la répartition des parts de l'étude avait l'air de satisfaire tout le monde. La disparition du notaire plongeait tout ce petit monde dans l'incertitude la plus totale. Personne n'avait intérêt à ce qu'il meure si jeune. Qu'allait devenir cette étude qui assurait une vie opulente à toute la famille depuis des générations ?

Le père avait dû surmonter sa douleur et revenir d'urgence pour reprendre la suite de son fils. La génération suivante avait besoin d'une vingtaine d'années pour se préparer. Le père de Philippe Martin avait maintenant soixante-dix ans. Vendre l'étude rapporterait une belle somme, mais tuerait la poule aux œufs d'or.

Les amis du couple étaient rares. Ils avaient tous la même caractéristique. Ils n'étaient pas en affaires avec le notaire. Les relations se résumaient à des séances de sport, des barbecues, des restaurants et des promenades en montagne. Pas de quoi justifier un meurtre.

On ne trouva pas de maîtresse à la victime. On ne trouva pas d'amant à son épouse qui, de toute façon, aurait été bien incapable de neutraliser son mari d'un coup de poing dans le ventre. Mais l'amant qui, a priori, n'existait pas, aurait pu s'en charger.

L'équipe du commandant Messier chercha longtemps à savoir pourquoi c'est justement le jour où, exceptionnellement, Juliette Martin rentrait chez elle, que son mari avait été assassiné. Ils avaient hâte de l'interroger. Cette coïncidence leur posait problème. Ils n'avaient pas de réponse logique. Madame Martin n'avait pas choisi la date de la fête d'anniversaire. Et quelle utilité pour l'assassin qu'elle soit présente ? Qu'elle lui ouvre la porte ?

L'étude attentive de la serrure montra qu'elle avait été crochetée. Sans doute par un expert. Mais ce genre d'experts, en général, vole quelque chose. Rien n'avait été touché.

Alors un tueur à gages ? Mais qui pouvait être le commanditaire ? On rechercha tous les crimes qui ressemblaient à celui-là. À part ceux de Kylian et Sophie, on ne trouva rien. Si c'était un tueur à gages, c'était un original et il débutait dans sa carrière.

On n'avait pas non plus découvert de lien de parenté entre Philippe Martin et les deux jeunes assassinés.

Au bout de quarante-huit heures, Fleur proposa de faire de nouveau appel à Anne Schweer, la généalogiste.

Elle accepta la mission, pour un prix dont la modicité surprit et ravit le colonel.

Moins de vingt-quatre heures plus tard, elle était affirmative. Elle avait remonté une dizaine de générations. Rien ne reliait le notaire aux autres victimes.

Bref, les enquêteurs étaient perdus.

L'équipe du commandant Messier reprit le travail de fourmi, tout comme celle de la capitaine Duchemin, chacun pour son ou ses meurtres.

Trois personnes étaient mortes. Ils ne lâcheraient rien.

La Police se concentrait sur l'agression de Julia. Elle voulait étoffer les dossiers d'accusation. Ce n'était pas une tâche aisée.

Au bout de trois jours, Fleur estima qu'elle pouvait enfin se dégager du temps et finir la « tournée » de la famille des victimes.

Elle décida de commencer par Esther et Antoine Wolsheim. Cette fratrie habitait à la même adresse, celle de la sœur, ce qui lui faciliterait la tâche.

Et puis leur adresse se situait à Munster. Elle en profiterait pour s'aérer un peu dans les montagnes environnantes. Une petite marche dans la forêt qui bordait la route menant au Petit Ballon d'Alsace lui ferait le plus grand bien.

Après tout, elle pouvait bien se le permettre. Depuis des jours, elle consacrait tout son temps, y compris ses loisirs, à une enquête qui piétinait et était bien partie pour durer des mois, ou même des années.

Elle avait pris contact par téléphone avec Esther. Le rendez-vous était fixé à dix-sept heures trente. La jeune femme serait rentrée de son travail et elle avait promis d'avertir son frère.

Fleur quitta son bureau vers quinze heures.

Elle avait mis une tenue sportive et passe-partout. C'était un des avantages de son poste à la section de recherches. Elle pouvait enquêter en civil.

Dans son coffre, il y avait une paire de chaussures de marche.

Elle appréciait la route qui reliait Colmar à Munster. En quelques kilomètres, c'est un concentré d'Alsace qui s'offrait à elle.

Maisons à colombage colorées, champs sur lesquels trônaient le plus souvent quelques cigognes, vision des vignes qui s'étendaient à perte de vue à flanc de montagne, paysage forestier qui succédait aux vignes.

À Soultzbach-les-Bains, elle dédaigna la direction de Munster et tourna à gauche en direction de Wasserbourg et, après le village, s'engagea sur la route forestière aux multiples virages en épingle à cheveux qui monte dans la forêt. Elle trouva une entrée de piste où elle put stationner.

Elle marcha d'un bon pas pendant un peu plus d'une heure. Malgré le froid qui lui piquait le nez et les joues, cela lui fit un bien fou. Pour la première fois depuis des semaines, elle réussit à se vider la tête. À oublier la vision de tous ces morts, de la main de Julia qui serrait convulsivement celle de Thibaut.

Lorsqu'elle remonta dans sa voiture, elle se sentait bien. Elle sortit la petite thermos de café et la barre chocolatée qu'elle avait pris la précaution d'emporter. Elle s'accorda dix minutes supplémentaires à regarder le paysage hivernal. Elle reprit sa route.

Esther Wolsheim habitait une petite maison à flanc de montagne. La partie basse qui, compte tenu de la pente, n'avait d'ouvertures que sur le devant, l'arrière étant sous terre, se divisait entre un garage et une buanderie.

On accédait au rez-de-chaussée par un escalier situé sur le côté droit. Le salon, la salle à manger, la cuisine et les toilettes se trouvaient à ce niveau.

Trois petites chambres et une salle de bain constituaient l'étage auquel on montait par un escalier donnant sur l'entrée.

Le bâtiment était assez éloigné de la route et on y accédait par une allée qui devait, l'hiver venu, être souvent difficile à franchir.

À gauche de la maison, un vaste potager devait satisfaire une bonne part des besoins en légumes de la famille. De l'autre côté, une douzaine de poules se promenaient dans un enclos assez vaste et équipé d'un poulailler.

Quelques pommiers, cerisiers et mirabelliers parsemaient le reste du terrain qui n'était pas clos.

En étudiant le dossier, Fleur avait appris que, sans vivre dans la misère, la famille n'était pas riche.

Esther, l'aînée de la fratrie, âgée de trente-cinq ans, était hôtesse de caisse dans un supermarché du coin. Son conjoint, du même âge, auquel elle était liée par un PACS, occupait un emploi de chauffeur de car.

Antoine, le jeune frère, avait vingt-huit ans et était le plus souvent au chômage. Sans doute arrondissait-il ses fins de mois en travaillant au noir. Il avait trempé dans un trafic de drogue, ce qui lui avait valu quelques mois de prison ferme. Il semblait avoir retenu la leçon. À part cela, rien. Pas de trace de violence en particulier.

Si on en croyait les bases de données et les gendarmes locaux, le trio menait une vie chiche et paisible. Chacun possédait sa voiture. Des berlines achetées d'occasion, dont la moins ancienne approchait les dix ans.

Antoine circulait aussi, souvent, en moto.

Fleur stationna sur un terre-plein qui avait été creusé dans la montagne afin de permettre aux véhicules de stationner sans avoir à monter la pente menant à la maison.

Elle gravit l'allée puis l'escalier qui menait à l'entrée. Elle sonna à la porte.

Elle fut estomaquée à la vue de la femme qui lui ouvrit la porte. Si elle avait cru aux miracles, elle aurait pensé que Sophie Katz, dont elle n'avait vu que des photographies, en particulier celle de son cadavre, était revenue d'entre les morts.

La femme lui faisait un charmant sourire.

– Bonjour. Esther Wolsheim. Je suppose que vous êtes la gendarme qui a demandé à nous voir, mon frère et moi. Entrez, je vous prie.

Elle n'avait l'air ni étonnée, ni effrayée, ni énervée. Il était rare que des témoins susceptibles d'être mis en cause la reçoivent aussi bien.

Attitude sincère ou feinte ? Fleur comptait sur le reste de l'entretien pour le savoir.

Fleur entra en prononçant les formules de politesse d'usage, fut conduite dans un salon d'assez petite taille. À l'invitation de son hôtesse, elle s'assit dans un fauteuil moelleux.

Esther Wolsheim avait revêtu la tenue confortable qu'elle devait porter quand elle était chez elle. En l'occurrence un jogging. Il était propre, repassé, et de qualité. La femme semblait aimer son confort, mais ne se laissait pas aller. Ses cheveux, coupés assez courts, étaient impeccablement coiffés. Elle portait un léger maquillage.

– Pourrai-je voir votre frère ensuite ?

– Il m'a promis d'être là à dix-huit heures. En général, il tient à peu près ses promesses.

Fleur avait préparé une série de questions. Elle voulait bien sûr se faire préciser l'emploi du temps de la jeune femme au moment des meurtres, mais aussi mieux connaître ses relations avec le reste de sa famille. Visiblement, elle n'était pas du même milieu social que ses cousins. Elle voulait plus particulièrement connaître ses relations avec son frère. Elle était étonnée qu'à vingt-huit ans il habite dans le sous-sol de la maison de sa sœur.

Elle répondait, apparemment, en toute franchise.

Il est vrai qu'elle attirait la sympathie et n'était pas du tout gênée par cet interrogatoire.

À l'heure du meurtre de Kylian, elle était de service au supermarché. En revanche, elle n'avait pas d'alibi pour le meurtre de sa cousine Sophie. Elle était de repos, Julien, son compagnon, conduisait le bus d'une fanfare qui se rendait à Gand, en Belgique. Antoine était sans doute en balade, elle ne savait pas où.

Cette dernière précision permit à Fleur d'aborder la question des relations avec son frère. L'histoire était banale et triste.

Contrairement à leurs cousins, leur famille n'était pas riche. On n'en parlait jamais, mais, par bribes, elle avait compris que son grand-père, propriétaire de vignes, avait eu de mauvaises passes et avait été obligé de vendre pour éponger ses dettes. Après, il ne lui restait rien.

La suite n'était qu'une suite de malheurs. La grand-mère était morte d'un cancer. Le grand-père, veuf, s'était retrouvé quelques années plus tard avec les petits sur les bras. Un chauffard les avait privés de leurs parents quand Esther avait neuf ans.

– Et vos autres grands-parents ?

– Ils ont très vite décrété que leur état de santé ne leur permettait pas de nous prendre en charge.

– Pas d'oncles ou tantes ?

– Vous savez, quand on a la poisse, c'est pour de bon. Mon père et ma mère étaient enfants uniques.

Le papy avait élevé les deux gamins comme il avait pu. Esther avait tenté d'être la mère qui manquait à Antoine. Mais c'est lourd pour une enfant.

– Finalement, je m'en suis sortie assez bien. J'ai travaillé dès seize ans, pour soulager papy. Du coup, j'avais moins de temps à consacrer à mon frère. Mon grand-père était ouvrier agricole. Quand il rentrait, le soir, il était épuisé. Et je crois qu'il était honteux de ne pouvoir assumer, à lui seul, les dépenses de la famille.

Les conséquences étaient prévisibles. Antoine décrocha à l'école. Il trouva plus intéressant et moins difficile de gagner de l'argent en trafiquant qu'en travaillant.

– Je suppose que je n'ai pas besoin de vous apprendre la suite. Il y a trois ans, il s'est fait prendre et a été condamné à de la prison ferme.

– Et depuis ?

– Je crois qu'il n'a vraiment pas envie de retourner en prison. Il a du mal à se discipliner et il ne garde jamais très longtemps les emplois qu'il décroche. Mais il ne veut surtout pas avoir des ennuis avec la Justice.

– Et pourquoi habite-t-il chez vous ? Votre grand-père ne veut plus de lui ?

Un voile de tristesse passa sur le visage d'Esther.

– Mon grand-père était un homme droit. Il plaçait l'honneur et l'honnêteté au-dessus de tout. Il a considéré qu'il était responsable de la condamnation d'Antoine. Qu'il l'avait mal éduqué. Il ne l'a pas supporté. Des promeneurs l'ont retrouvé pendu dans la forêt, à quelques kilomètres d'ici. J'ai décidé d'héberger Antoine. Je voulais qu'il soit rassuré en sortant, qu'il ne replonge pas.

– Et votre conjoint prend cela comment ?

– Il m'a offert une merveilleuse preuve d'amour. Ici, c'est sa maison de famille. Nous y habitons depuis dix ans que nous sommes ensemble. Dans les trois mois qui ont précédé la sortie d'Antoine, il a transformé le sous-sol en studio. La chambre dans le garage, les toilettes, la salle de bain et une grande cuisine, qui sert aussi de salle de séjour, dans l'ancienne buanderie.

– Pourquoi pas une chambre au premier ?

– Je voulais vraiment qu'il ait envie de venir. Mon grand-père avait dû vendre sa maison il y a quelques années. Il ne pouvait plus l'entretenir et elle avait besoin de travaux. Le logement que nous occupions avec lui était en location. Nous avons dû le rendre après sa mort. À son âge, mon frère a besoin d'une vraie indépendance. Vous voulez visiter le logement ? C'est une vraie réussite. Julien en est très fier, à juste titre.

Fleur déclina l'offre de visite. Elle préférait y aller avec l'occupant.

– Et vos relations avec votre famille ?

– Inexistantes est sans doute le terme le plus approprié. Nous ne sommes pas du même monde. Ils sont mal à l'aise avec nous. Nous sommes gênés quand nous sommes chez eux. Nous ne nous sentons pas à notre place. Mais elles ne sont pas mauvaises non plus. Les rares fois où nous nous croisons, nous échangeons quelques banalités et quelques politesses puis chacun repart de son côté.

– Vous vous voyez donc.

La jeune femme sourit.

– Aux enterrements. Mais pas aux baptêmes ni aux mariages.

– Vous leur en voulez ?

– Sincèrement ? Je ne crois pas. Je ne ressens pas de rancœur. Du moins, je n'en ressens plus. Quand mes parents sont morts, j'étais une petite fille. J'étais triste. Je ne me suis pas posé de questions. Mais, avec le recul, je me suis rendue compte que personne n'avait tendu la main à mon grand-père. Quand j'avais seize ans, il m'a emmenée à l'enterrement d'une tante éloignée. Quand j'ai vu tout ce monde avec leurs beaux costumes, leurs belles robes, leurs belles voitures, j'ai eu la haine. Vraiment la haine. Je me suis enfuie et je suis rentrée en stop. À son retour, mon grand-père m'a passé un savon. À cause du respect dû aux morts. J'ai été privée de sortie une semaine. Aujourd'hui, je suis heureuse avec Julien. Nous ne sommes pas riches, mais nous avons de quoi vivre. Et regardez par la fenêtre. Regardez le paysage que nous offrent les montagnes. C'est gratuit. J'ai dépassé tout cela.

Fleur était impressionnée. Elle venait de prendre une belle leçon de vie. Heureusement, l'interrogatoire touchait à sa fin. Sinon, elle en aurait perdu le fil. Elle ne savait plus quoi dire.

Le bruit d'une moto vint briser le silence gêné qui s'était installé, ramenant la capitaine à la réalité.

Elle se mit sur la défensive. Là, elle n'avait plus à faire à une jeune femme dont la simplicité et la générosité avaient su la conquérir, mais à un trafiquant de drogue. Un ancien taulard.

Esther Wolsheim le remarqua. Elle se fendit d'un large sourire.

– Ne vous inquiétez pas capitaine. Mon frère n'a jamais été un de ces petits voyous que vous croisez souvent. Plutôt un jeune con pas bien méchant, mais qui voulait gagner de l'argent sans effort. Tellement con et tellement maladroit qu'il s'est fait prendre.

Fleur ne put se retenir de lui rendre son sourire.

– Ne vous inquiétez pas. C'est juste un témoin pour moi. Je me suis renseignée avant de venir, vous vous en doutez. Il ne fait plus parler de lui.

La porte d'entrée s'ouvrit.

– Salut tout le monde !

– On est dans le salon. Et il est dix-huit heures dix. Tu avais promis pour dix-huit heures.

Le jeune homme pénétra dans le salon en faisant semblant de s'excuser.

– Il y a eu une avalanche sur la route. J'étais sous deux mètres de neige. Il a fallu que je me dégage et que je remonte ma bécane.

Le jeune homme avait, comme sa sœur, un visage fin. Sa chevelure épaisse, mi-longue, était rejetée en arrière. Il portait encore son blouson de motard en toile épaisse, ouvert sur une chemise à carreaux de style bûcheron. Un jean et des bottes de cuir noir complétaient l'équipement.

Son sourire était lumineux et charmeur. Il ne devait avoir aucun mal à conquérir les femmes même si, à première vue, il ne donnait pas l'impression d'être un de ces machos de village qui recherchent le « score » pour pouvoir frimer devant leurs potes.

Sans qu'aucune crainte ne transparaisse, il tendit la main à Fleur qui s'était levée.

– Bonsoir capitaine. Je suis désolé pour ce retard, mais j'avoue que j'ai du mal avec la ponctualité. Croyez-le, n'avoir que dix minutes de retard est, pour moi, un véritable exploit. Que puis-je pour vous ?

Il s'exprimait dans un français impeccable. L'éducation du grand-père n'avait pas dû être si mauvaise que cela.

Contrairement à ce qu'elle avait anticipé, Fleur ne se trouvait pas devant un de ces petits voyous qui mettaient un point d'honneur à se montrer insolents et méprisants dès que les forces de l'ordre les interrogeaient.

Comme sa sœur, il attirait la sympathie.

L'interrogatoire du jeune homme fut plus simple que celui de sa sœur.

Une bonne partie de leur histoire était commune.

Il avait encore eu moins de relations que sa sœur avec la partie riche de la famille. Après l'incident du cimetière, celle-ci avait tout fait pour éviter qu'il les rencontre. Elle voulait le préserver du sentiment de rage et de haine qu'elle avait éprouvé. Quand ils étaient invités à des obsèques, elle se proposait de « représenter la famille ». Le grand-père, qui avait, même s'il refusait de le reconnaître, été secoué par la réaction de sa petite-fille, n'insistait pas pour qu'Antoine, trop heureux d'échapper à ce qu'il considérait comme une corvée, vienne.

Il regrettait d'avoir trafiqué de la drogue.

– Je vous avoue, pas pour ce que j'ai fait. J'ai dealé du cannabis uniquement à des adultes. J'en consommais aussi et j'avais besoin de me financer. J'avoue que j'ai du mal à me sentir coupable de cela. Mais la taule, c'est pire que ce que je m'imaginais.

Il avait été marqué. Son sourire disparut quand il aborda le sujet.

– Je savais que je prenais le risque d'être enfermé. Comme tous les types qui m'entouraient à ce moment-là, j'en rigolais. Je m'imaginais que, si cela m'arrivait, je traverserais cela comme j'avais traversé les ennuyeuses années du lycée. Que je bouquinerais. Que je taperais la belotte avec mes potes de cellule. Que j'écouterais de la musique toute la journée. Que je ferais du sport comme un malade pour avoir un corps d'acier en sortant. Je savais qu'avec ce que je faisais, je ne risquais pas une peine longue. Je n'avais pas idée qu'être enfermé serait si difficile à supporter pour moi. Alors non, je n'ai toujours pas de problème avec le cannabis. Mais j'en ai un avec la prison. Je vous jure que je me tiens à carreau.

Ses activités ? Des petits boulots quand il en trouvait. Souvent grâce à sa sœur qui lui faisait faire des intérims, en tant que manutentionnaire, dans le supermarché où elle travaillait. Sinon, des balades avec ses copains, ou tout seul. Pas des randonnées. Plutôt la tournée des bars.

Chacune de ses réponses durait une éternité. Elle ne négligeait aucun détail. Elle ponctuait ses propos d'anecdotes qui, très souvent, avaient peu à voir avec le sujet.

Fleur rongeait son frein. Elle ne voulait toutefois pas la froisser. Elle espérait encore dénicher, dans ce flot de paroles, un élément intéressant pour son enquête.

Rien qui aurait pu conduire directement à l'assassin ne sortit de cet entretien. La description plus que détaillée et sans détour de tous les membres de la famille permit quand même de préciser la personnalité de chacun.

Elle n'était pas jalouse des autres et ne tombait pas dans la calomnie. Fleur en arriva à la conclusion qu'elle voulait vraiment aider les enquêteurs.

Beaucoup de ses parents, éloignés ou non, en prirent pour leur grade.

Kylian, en particulier, fut traîné dans la boue.

Fleur prenait frénétiquement des notes. Elle passerait des heures à les mettre au propre. Elle les confronterait ensuite avec tout ce qu'elle savait des crimes et de cette famille. Il en sortirait sûrement quelque chose.

Finalement, elle estima que son après-midi serait ennuyeuse, mais utile.

Clémentine profitait, comme son frère, sa sœur, et beaucoup de ses cousins et cousines, de la fortune familiale. Elle faisait partie des branches les moins riches, mais reconnaissait aisément qu'elle ne manquait de rien. Un jour, elle toucherait un bel héritage.

Elle n'avait aucune idée du mobile de ces meurtres.

– Pour Kylian, ce pourrait être la vengeance. Pour Sophie, je ne vois pas. Quant au notaire dont vous m'avez parlé, je ne le connais ni d'Ève ni d'Adam. Vous êtes certaine que c'est notre famille qui est visée ? Sophie fricotait avec Kylian. Moi, je suis loin de tout cela.

Elle se troubla en revanche, quand Fleur lui parla des précautions qu'elle devrait prendre.

– Mais s'il s'attaque à la famille, il pourrait s'en prendre à mon fils !

Bien sûr, Fleur s'efforça d'écarter cette idée de l'esprit de la femme.

C'était pourtant sa pire crainte, que l'assassin s'attaque à un enfant.

– Vous devez nous protéger ! J'exige une protection jour et nuit.

S'ensuivit un moment difficile pour Fleur. Elle devait expliquer pourquoi elle insistait pour que Clémentine Arnaud prenne des précautions, mais pourquoi, aussi, le risque ne justifiait pas une protection.

L'argument du manque d'effectifs n'était de toute façon pas entendable par cette mère affolée à l'idée que son fils chéri risque d'être assassiné.

Fleur fut heureuse de pouvoir clore l'entretien au bout de deux heures.

Elle retourna à son bureau où elle resta jusqu'à une heure tardive. Elle voulait mettre ses notes au clair sans attendre. Il était vingt-deux heures quand elle termina sa tâche.

La série d'entretien que Fleur avait conduite contribuait à son malaise. Maintenant, elle pouvait mettre un visage sur le nom des gens qui risquaient de mourir étranglés.

Les dossiers de l'enquête étaient certes remplis de photographies, mais elles étaient impersonnelles.

Fleur avait vu ces gens, leur avait parlé. Certains lui avaient paru sympathiques.

Elle resta encore trois heures à se creuser la tête pour essayer au moins de deviner qui pouvait être la prochaine victime, afin de la protéger.

Sans succès.

Chapitre 15 : c'est impossible.

Il avait eu très peur en voyant cette femme aborder Clémentine Arnaud dans le parc où elle emmenait régulièrement son fils.

Il la connaissait. Il savait que c'était une gendarme qui enquêtait sur les exécutions qu'il avait menées.

Il n'était pas idiot. Il savait que la famille de Sophie et de Kylian serait suspectée, surveillée, interrogée. Voir des enquêteurs tandis qu'il surveillait ses futures proies n'était donc pas étonnant.

Il savait aussi que plus il avancerait dans sa liste, plus ce serait difficile pour lui de ne pas se faire démasquer.

Il n'était pas un génie. Malgré ses efforts, un jour, quelqu'un le remarquerait plus ou moins par hasard.

Ou lui-même ne repérerait pas une caméra de surveillance. Un policier soupçonneux contrôlerait son véhicule.

De toute façon, il n'imaginait pas vivre après avoir rempli sa mission.

Il n'allait tout de même pas reprendre tranquillement un boulot et se faire une petite vie peinarde.

En fait, il n'avait pas la moindre idée de ce qu'il ferait une fois sa dernière victime morte. Il préférait ne pas y penser.

En attendant, Clémentine lui posait des problèmes.

Elle était plus difficile à surveiller que les autres.

Les autres, à part Kylian, habitaient des coins tranquilles qu'il pouvait assez facilement observer sans se faire remarquer.

Kylian, lui, habitait et évoluait en pleine ville, où tout le monde passe inaperçu. Sophie et le notaire, quand ils n'étaient pas chez eux, étaient, eux aussi, en ville.

Clémentine habitait une rue relativement passante.

Ce « relativement » signifiait que sa présence pouvait y paraître suspecte aux yeux des voisins et que la probabilité de s'y faire remarquer était plus grande que chez les trois autres.

Et puis les flics ne s'attendaient pas à la mort des deux cousins, et encore moins à celle du notaire.

Maintenant, ils connaissaient toutes les futures victimes, même s'ils étaient sûrement incapables d'en dresser une liste précise. Lui seul la connaissait et elle n'était que dans son cerveau.

Il ne pouvait pas savoir si c'était le cas, mais, par précaution, il devait considérer qu'au moins une partie de ceux et celles qu'il visait avait équipé leur domicile de systèmes d'alarme perfectionnés. Il risquait de ne pas pouvoir bénéficier de l'effet de surprise comme pour Kylian, ou de ne pas pouvoir pénétrer facilement dans les domiciles, comme pour Sophie et ce salopard de notaire.

Sa plus grande crainte était que ses cibles, ou au moins certaines, soient mises sous protection.

Quand il s'approchait d'elles, pour mieux connaître leurs habitudes, il passait désormais de longs moments à essayer de repérer des gardes du corps en planque dans un véhicule.

Il était arrivé à la conclusion qu'il avait toutes les chances de se faire prendre avant d'avoir pu terminer sa tâche.

Pour Clémentine, il devait multiplier les précautions. Il changeait de moyen de transport. Parfois la voiture. D'autres fois la moto, d'autres fois encore, le vélo. Il les louait. Il lui arrivait de prendre son propre véhicule et de le stationner à des kilomètres. Il terminait à pied.

Une autre difficulté pointait son nez. Pour cause de présence possible d'alarme, il ne pouvait plus pénétrer subrepticement dans le domicile de cette femme. Quand elle sortait, elle ne quittait quasiment jamais son foutu petit bled où il n'avait pas trouvé d'endroit où l'agresser en sécurité et fuir sans se faire remarquer.

Quand elle s'éloignait, le plus souvent pour aller à Colmar, dans un hypermarché, c'était avec son mari. Plusieurs fois, il l'avait surprise à partir à Vieux-Brisach. Mais c'était pour offrir une pâtisserie à son fils qui l'accompagnait.

La tuer en Allemagne aurait eu l'avantage de brouiller un peu plus les pistes. Mais pas devant son gosse quand même.

Il ne voyait qu'une solution, se faire ouvrir la porte par ruse.

Il avait réfléchi pendant des heures à ce qu'il pourrait bien faire pour pénétrer en douceur dans sa maison. Il y avait tellement de possibilités qu'il avait fini par en faire une liste écrite qu'il cachait soigneusement chez lui, collée sous le four à micro-ondes. Il la détruirait une fois son forfait accompli.

Il devait tenir compte de deux difficultés.

Tout d'abord, sauf à être la dernière des imbéciles, Clémentine Arnaud devait se méfier.

Ensuite, il n'aurait droit qu'à une tentative. Il ne pouvait pas tester sa méthode comme il s'était entraîné à crocheter la serrure de Philippe Martin. Et des opportunités comme celles qui s'étaient présentées pour Kylian et Sophie ne risquaient pas d'arriver à Muntzenheim.

Après des jours d'hésitation et de tergiversations, il décida de se lancer.

Il avait bien réfléchi. S'il se faisait prendre, eh bien l'affaire serait close. Ce serait injuste, mais tant pis. S'il ratait son coup, mais n'était pas démasqué, il pourrait laisser se tasser la situation pendant deux ou trois ans avant de finir le travail.

Son plan nécessitait une pluie battante. Il devait se dérouler pendant que le mari était à son travail et le gamin à l'école.

Après avoir surveillé la famille, il savait que le mari allait régulièrement, seul, faire des emplettes à Colmar ou à Fribourg. En général, c'était pour des vêtements. Le dress code de son entreprise devait être très exigeant pour les cadres supérieurs. Quand il partait au travail, il portait systématiquement un costume frais.

La famille devait dépenser une fortune en pressing. C'est d'ailleurs madame qui se coltinait la corvée, plusieurs fois par semaine.

L'assassin avait acheté un casque et une mobylette d'occasion sur internet. Il avait bien sûr payé en liquide et n'avait pas quitté sa casquette et de larges lunettes de soleil pendant la transaction. Vêtements, casquettes et lunettes avaient fini dans une décharge sauvage, largement aspergés d'eau de Javel, et déchirés pour justifier leur présence dans cet endroit.

Pendant des jours, il épia la météo. Il ne servait à rien de se projeter à plus d'un jour. Il y avait trop d'erreurs. Il voulait aussi que la pluie dure longtemps. Il ne fallait pas qu'un décalage d'une heure ou deux fasse foirer son plan. Le pire qui pourrait lui arriver serait de se pointer là-bas et de devoir repartir parce que le soleil se serait montré, chassant la pluie espérée.

Il était dix heures quand, entrant la tête dans les épaules pour tenter d'atténuer l'effet des trombes d'eau qui le douchaient, l'assassin arrêta son deux-roues devant la maison de Clémentine Arnaud. Il coupa le moteur.

Il descendit, ouvrit la sacoche à l'arrière et en sortit un imposant paquet souple recouvert d'un plastique blanc opaque.

Prenant le temps de se secouer, il s'avança jusqu'à la porte d'entrée et appuya sur le bouton de la sonnerie.

Il dut attendre encore une minute à se faire saucer avant d'obtenir une réponse.

Pendant cette minute, il se remémora les gestes qu'il devait faire. Il ne devrait pas perdre de temps. Les éventuels voisins curieux ne devaient pas trouver trop longue la présence d'un livreur dans la maison.

Avant de partir, il avait prévu d'ouvrir sa veste et d'entourer le paquet, qui contenait en fait un drap de lit, autour de sa taille. Il devait l'emmener pour que les enquêteurs n'aient aucune chance d'y trouver un indice oublié par mégarde.

– Qui est là ?

– Bonjour Madame. Je suis bien chez monsieur Henri Arnaud ? C'est pour un colis.

– C'est mon mari. Je n'attends aucun colis pour lui.

– C'est un costume. Il vient d'être retouché.

permettaient de se soulager et des lavabos où il pouvait se débarbouiller.

Heureusement, personne ne l'attendait. Il était coutumier de ces escapades qui pouvaient durer plusieurs semaines. Une fois, il avait même trouvé un petit boulot au Danemark. Il y avait passé trois mois.

De temps en temps, il envoyait un S.M.S. rassurant.

Pendant toute cette période, il passa le plus clair de son temps à réfléchir.

Comment avait-il pu flancher ?

Il avait trahi les siens. Il s'en voulait.

Mais il savait aussi qu'il ne serait sans doute pas capable d'aller au bout de sa mission.

Il s'insultait, se traitait de déchet, pleurait souvent.

Peu à peu, lui qui pensait jusque-là agir de manière juste et rationnelle, se sentait glisser vers la folie.

Il revoyait le corps de Sophie. Il entendait la petite voix de Juliette lui demander sa pitié.

Surtout, il revoyait les enfants du notaire, Sylvain et Chloé. Ces gosses, auxquels il s'était presque attaché, il en avait fait des orphelins. Et le petit Alphonse, le fils de Clémentine. Lui aussi avait failli devenir un orphelin.

Qu'avait-il fait ?

Que devait-il faire ?

Qu'allait-il devenir ?

Qu'allaient devenir ceux qu'il aimait ?

Les bruits, les images, les sentiments se bousculaient dans sa tête. Il ne contrôlait plus son esprit.

Chapitre 16 : la transaction.

Fleur se trouvait dans les jardins de l'hôpital de Colmar.

C'était une belle journée d'hiver. Elle avait un peu de temps devant elle. Elle avait décidé d'accompagner Jasmine qui, comme presque tous les jours, rendait visite à son amie Julia.

Maintenant que l'enquête sur l'agression de la jeune étudiante avait permis de désigner les coupables et de trouver le mobile, plus aucun soupçon ne pesait sur Jasmine et l'amitié entre les deux jeunes femmes, née le tragique soir d'une agression, se renforçait de jour en jour.

Julia rentrerait bientôt chez elle, ou plutôt chez ses parents.

Elle avait fait le deuil de son année universitaire. Elle espérait pouvoir reprendre ses études l'année suivante, sans doute par correspondance.

Elle pouvait à peu près bouger tous ses membres, même si elle claudiquait entre les deux femmes qui la soulageaient en la tenant sous les aisselles.

Son visage avait repris sa forme normale, mais restait en partie recouvert de zébrures bleues qui mettraient encore du temps à s'estomper. Un de ses yeux était toujours parcouru de marques rouges.

Julia n'avait pas encore accepté les courtes sorties en ville que lui avait proposées son amie, avec l'accord des médecins.

– Tu sais très bien que je serai comme une bête de foire. Comment veux-tu que j'apprécie une promenade si les passants se retournent sur moi, la plupart étant persuadés que je suis une fille qui se fait tabasser par son mec ?

Jasmine comprenait, mais voyait s'approcher avec tristesse le moment où Julia partirait pour Nancy.

La jeune gendarme savait qu'elle pourrait aller la voir chez ses parents. Elle serait la bienvenue. Ils lui étaient reconnaissants d'avoir, par deux fois, sauvé leur fille.

Les trois femmes faisaient une courte pause sur un banc quand le téléphone de la capitaine sonna. Elle jeta un coup d'œil à l'écran.

– Zut, c'est le colonel.

Avant de décrocher, elle prit le temps de se tourner vers sa subordonnée.

– Jasmine, considère que tu n'as pas entendu ce que je viens de dire. C'est toujours un honneur et un plaisir d'être appelée par son chef.

La jeune femme lui répondit par un grand sourire et en se mettant au garde-à-vous.

Tout comme Julia, elle remarqua que le visage de la capitaine se décomposait au fur et à mesure que le colonel parlait.

Elle raccrocha et se tourna vers Jasmine.

– Je fonce à Muntzenheim. Il a recommencé.

– Sur qui ?

– Clémentine Arnaud.

– Merde ! Elle est vachement jeune. Et elle a un môme.

Elle se tourna vers Julia.

– Tu peux rentrer toute seule à ta chambre ?

Cela lui prendrait du temps, mais elle pouvait. Elle aussi avait été plongée dans cette tragédie qui n'en finissait pas. Elle comprenait.

Plus tard, Fleur se rendrait compte que le colonel avait omis de lui dire que la victime avait survécu. Elle n'était que légèrement blessée. Mais elle était traumatisée.

Sur l'instant, c'est la gorge serrée que la capitaine se dirigea vers sa voiture.

Elle n'avait pas démasqué l'assassin. Elle se sentait responsable de la mort de Clémentine.

C'était un de ces moments où Fleur remettait en cause sa vocation. Ou elle se sentait incapable d'être digne de l'uniforme qu'elle était pourtant si fière de porter.

Elle était submergée par le syndrome de l'imposteur.

Heureusement, cela ne durait pas. Elle se replongeait dans l'action et oubliait ses états d'âme.

Quand elle arriva sur place, Clémentine était en route vers l'hôpital de Colmar. Avant que les pompiers ne l'emmènent, elle avait tenu à décrire son agresseur aux gendarmes.

– Il faut qu'ils l'arrêtent. Il faut que ce cauchemar s'arrête, avait-elle déclaré au sauveteur qui insistait pour qu'elle soit transportée vers l'hôpital.

Fleur se précipita vers l'adjudant-chef qui dirigeait l'équipe en charge des constatations sur place et de l'enquête de voisinage.

Il n'avait que la description faite par la victime. Elle avait pu décrire ses vêtements, donner des indications sur sa corpulence. Elle n'avait pas vu son visage qui était dissimulé par un casque. Il faudrait plus de temps pour espérer étoffer les indices.

En attendant, un gigantesque dispositif se mettait en place. C'était une course contre la montre.

Pas loin d'une heure s'était écoulée depuis l'agression. Le temps qu'un passant s'étonne de voir la porte ouverte et prévienne les secours. Les premiers intervenants n'avaient pas immédiatement fait le lien avec la série de meurtres qui terrorisait la région. Ils s'étaient orientés vers un home-jacking.

Ensuite, le temps de faire remonter l'information, de mettre à exécution les plans prévus.

Dans un rayon de plusieurs dizaines de kilomètres, gendarmes et policiers français et allemands mettaient des barrages en place.

Tous avaient conscience que si l'agresseur était bien organisé, il avait depuis longtemps changé de véhicule et de tenue. Il pouvait être loin en France, en Allemagne ou même en Suisse. La région ne manquait pas de voies rapides. Tous espéraient le coincer quand même. Ils ne savaient pas encore à quel point leurs craintes étaient fondées.

Fleur n'avait, à ce stade, pas grand-chose à faire. Elle essayait de glaner des informations pour plus tard.

– Au fait, mon adjudant-chef, la victime a pu vous dire pourquoi il a loupé son coup ? Jusqu'à présent, il n'a commis aucune erreur.

– Elle a été vraiment courageuse capitaine. Elle était complètement traumatisée. Je vous assure capitaine, dans un sale état. Mais quand elle nous a vus, elle a tenu à témoigner sur le champ. Mais pour revenir à votre question, elle est affirmative sur un point. Le tueur n'a pas loupé son coup. Au dernier moment, alors qu'il pouvait la tuer sans difficulté en quelques secondes, il a décidé de lui faire grâce. Elle est persuadée que c'est la vision de son visage dans un miroir, alors qu'il venait d'assurer sa prise, qui l'a fait craquer et l'a poussé à partir sans finir ce qu'il était venu faire.

Fleur se fit montrer les lieux.

– On se doutait qu'on avait affaire à un tueur-justicier. Pas un psychopathe. Il était toujours derrière ses victimes quand il les a tuées. Il ne voyait pas leur visage en les étranglant.

La capitaine s'aperçut rapidement qu'elle ne servait à rien à Muntzenheim. Elle rejoignit la section de recherches.

Après un bref entretien avec le colonel, elle réunit son équipe.

Les barrages étaient en place. Les gendarmes locaux effectuaient l'enquête de voisinage. Thibaut avait été chargé de récupérer les vidéosurveillances disponibles dans les environs du lieu de l'agression. Une équipe les étudierait.

Pendant le reste de la journée, Fleur tourna en rond dans son bureau. Elle espérait qu'un élément remonterait qui lui permettrait de résoudre cette affaire.

Des sentiments se bousculaient dans sa tête.

Ils n'étaient pas contradictoires. Ils étaient tous négatifs.

Elle avait honte d'avoir, à cause du manque d'effectifs, essayé de convaincre Clémentine Arnaud qu'une protection ne serait pas utile.

Elle était en colère contre elle-même. Elle n'avait pas réussi à coincer ce type qui pouvait continuer à sévir. Clémentine était persuadée d'avoir été sauvée par un miroir. Le tueur ne craquerait pas forcément la prochaine fois. Il pouvait même s'en prendre à la même cible. Voire, pire encore, à son enfant.

Elle rentra tard. Elle avait eu du mal à quitter le bureau, même si elle n'y était, c'est le moins qu'on puisse dire, pas productive.

D'ailleurs, elle aurait tout aussi bien fait d'y rester. Elle passa une mauvaise nuit à ressasser, dans son lit, les mêmes idées noires que dans son bureau.

Au bout d'une douzaine d'heures, les forces de l'ordre durent se rendre à l'évidence. L'agresseur était passé entre les mailles du filet. Peu à peu, les barrages furent levés.

Pendant des semaines, l'enquête, comme à son habitude, piétina. Fleur était d'une humeur massacrante. Chacun craignait une nouvelle agression.

Elle se produisit cinq semaines après le meurtre avorté de Clémentine Arnaud

Un matin, la brigade de Gendarmerie de Munster demanda à parler à Fleur.

– Bonjour capitaine. Vous vous occupez bien de la série de meurtres concernant des cousins.

– Oui, et un notaire qui n'a rien à voir avec eux. Vous avez une info ?

– Antoine Wolsheim, c'est bien un de vos clients ?

Fleur eut toutes les peines du monde à garder son calme, à ne pas hurler un « Mais qu'est-ce qui se passe ? Crache le morceau ! ».

Elle se contenta d'un « Il lui est arrivé quelque chose » ?

– Il s'est fait agresser devant chez lui.

Seule l'excellente constitution de la capitaine de Gendarmerie lui évita la crise cardiaque. Son interlocuteur dut sentir son anxiété.

– Il est mort ?

– Oh non.

Son impatience l'empêcha de laisser au malheureux gendarme qui avait fait le rapprochement et l'avait contactée aussitôt d'apporter les précisions nécessaires, ce qu'il était pourtant sur le point de faire.

– Mais bon Dieu ! Qu'est-ce qui s'est passé ?

– On l'a tabassé. On n'a pas cherché à le tuer, mais on l'a sérieusement tabassé. Un poignet fracturé. Quelques dents déchaussées. Une côte fêlée. Des contusions partout. On l'a frappé à coup de pied et de poing. Pas d'arme utilisée.

– Il est où ?

– À l'hôpital de Colmar.

– On peut l'interroger ?

– A priori, pas avant demain. Les toubibs doivent faire plein d'examens et il a eu une légère commotion cérébrale qu'ils veulent surveiller cette nuit.

Pas besoin de préciser que la fin de journée et la nuit de Fleur ne furent pas des moments agréables. Comme si cela ne suffisait pas, il lui fallut attendre onze heures du matin, le lendemain, pour interroger Antoine Wolsheim. Et encore, elle obtint ce droit uniquement parce que le jeune homme déclara vouloir coopérer avec la Gendarmerie et avoir hâte de témoigner.

Quand Fleur pénétra dans sa chambre, le garçon, prévenu par le personnel de l'hôpital, avait mis son lit en position semi-assise.

Les plâtres, les pansements et les hématomes témoignaient de la violence de l'agression qu'il avait subie.

Mais il avait l'air éveillé.

Par-dessus tout, il n'avait pas la mine abattue et effrayée qui caractérise souvent les personnes victimes d'une agression récente. Il semblait en possession de ses moyens.

Fleur se fit la réflexion qu'elle n'avait pas à faire à un quidam moyen.

À une période de sa vie, il avait été un trafiquant. Il n'avait jamais été un caïd, mais il avait évolué dans ce milieu où on ne se fait pas de cadeaux. Et les mois passés en prison avaient dû l'endurcir encore plus. Il avait clairement dit, lors de son interrogatoire, qu'il ferait tout pour ne pas y retourner. L'agression qu'il avait subie la veille n'était sans doute pas la première.

Il accueillit la capitaine, accompagnée du major Heitz, avec une grimace qui fit office de sourire.

Contrairement à Clémentine Arnaud, il ne fit pas reproche à la gendarme de ne pas avoir arrêté l'assassin et de ne pas l'avoir protégé.

– Bonjour capitaine. Bonjour monsieur. Excusez-moi pour le monsieur, mais je ne connais pas votre grade. Et même si vous étiez en uniforme, je ne saurais pas reconnaître vos insignes.

Il essaya de se redresser pour tendre la main à ses visiteurs, fit la grimace et y renonça.

– Bon ! C'est l'hiver. J'ai le temps de me remettre avant le bal du quatorze juillet.

Il trouvait même la force de faire de l'humour.

Fleur, par politesse autant que par compassion, demanda de ses nouvelles.

Les médecins lui avaient promis une guérison complète d'ici quelques semaines. Il garderait peut-être de légères séquelles au niveau de son poignet. Une mobilité un peu réduite et des douleurs persistantes.

– Mais rien de grave, crut-il bon de préciser. Je crois que je m'en sors bien.

Le récit de son agression ne prit pas beaucoup de temps.

Il était arrivé chez lui en moto. Il avait tout de suite remarqué qu'un autre motard était stationné devant la maison, au niveau de la route.

– Il était habillé comme un motard, avec une veste en cuir. Je n'ai pas remarqué le modèle et la marque de la moto. Je dirai que c'est une deux cent cinquante centimètres cubes des plus classiques. Il avait gardé son casque. J'aurais dû me méfier. J'ai enlevé le mien et je me suis dirigé vers lui. Je pensais, à ce moment-là, que c'était un copain qui venait me rendre visite.

À peine Antoine Wolsheim était-il arrivé à portée que l'homme, sans préavis, l'avait frappé.

– À la tête d'abord. Sans doute pour me sonner afin que je ne sois plus en état de riposter. Il a parfaitement réussi son coup. S'il ne m'avait pas eu à la surprise, je vous jure que c'est lui qui serait à l'hôpital.

Ensuite, l'homme lui avait fait un balayage, pour le faire tomber.

Il avait ensuite enchaîné sur une série de coups de pied.

– Je ne suis pas un expert. Mais je pense qu'il voulait me faire mal, pas risquer de me tuer. Il a frappé presque partout, mais j'ai senti qu'il retenait ses coups quand il m'a frappé au visage et au ventre.

Antoine eut la force de sourire.

– Mais il m'a quand même fait sacrément mal.

Selon la victime, l'agression n'avait duré que quelques secondes. Moins d'une minute en tout cas. Ensuite, l'agresseur avait tranquillement enfourché sa moto avant de s'enfuir.

– Il n'a pas prononcé un mot. Rien. Peut-être qu'il ne voulait pas que je puisse reconnaître sa voix.

Antoine n'avait aucun autre indice à fournir. Pas de détail physique ou vestimentaire qui aurait pu orienter les recherches. La moto n'avait ni couleur ni décoration particulière.

Le jeune homme avait été agressé par quelqu'un qui avait fait beaucoup d'effort pour apparaître comme monsieur Toulemonde.

L'interrogatoire de l'équipe médicale qui avait soigné le garçon n'apporta rien. Malheureusement, contrairement à ce qu'on voit à la télévision, aucun médecin ne put affirmer quelque chose comme « l'agresseur était gaucher et mesurait un mètre soixante-quinze ».

L'enquête menée sur place par les gendarmes de Munster n'apporta pas grand-chose non plus. Pas de témoins directs. Pas de moto qui se fait remarquer en passant à grande vitesse. Le terre-plein situé devant la maison des Wolsheim était bitumé et aucune trace de pneus ne put y être relevée.

Fleur, comme ses collègues, était dubitative. Avait-on affaire à un agresseur qui n'avait rien à voir avec l'assassin recherché, ou bien s'agissait-il du tueur qui poursuivait une vengeance contre les descendants de Jules Wolsheim, mais qui ne supportait plus d'infliger la mort ?

Dans le premier cas, il faudrait savoir pourquoi Antoine avait tenu à témoigner, mais n'avait pas révélé l'origine de son agression.

Parce que, pour les enquêteurs, une chose était certaine. Si Antoine Wolsheim avait été agressé pour une raison personnelle, il connaissait son agresseur. Ce ne serait pas le cas s'il avait été agressé en tant que cousin.

Tout dans son attitude faisait pencher pour la seconde solution.

Au moins pouvait-on espérer que la tuerie cesse, même si on pouvait s'attendre à quelques agressions qui seraient rendues plus compliquées par les mesures de protection que les forces de l'ordre avaient dû se résoudre à mettre en place.

– Certes, notre agresseur semble de ne plus vouloir tuer, mais on ne va pas lui décerner une médaille pour autant. On ne va pas relâcher notre effort. Si le passé d'Antoine Wolsheim lui a permis de supporter l'agression dont il a été victime, n'oublions pas l'état dans lequel se trouvent Juliette Martin et Clémentine Arnaud. Elles risquent de ne jamais se remettre de leur traumatisme.

Fleur s'exprimait au cours d'une des réunions de synthèse qui ponctuaient les semaines d'enquêtes.

– On n'a toujours aucun indice et on ne connaît toujours pas le mobile, rétorqua le major.

– Je ne le sais que trop. Mais il doit y avoir, dans nos dossiers, quelque chose qui nous mettra sur la piste. Je le sens. Je suis même certaine que ce quelque chose est quelque part dans mon cerveau. Mais je ne le trouve pas.

Effectivement, depuis quelques jours, la capitaine de Gendarmerie était persuadée d'avoir vu, entendu ou lu quelque chose qui ne collait pas avec le reste.

Ses collègues avaient bien remarqué qu'elle était devenue lunatique. Elle semblait souvent absente. Elle paraissait rêvasser, mais tous savaient qu'elle réfléchissait. Tous espéraient entendre, un jour, un cri jaillir de son bureau. Incapable de garder sa découverte pour elle, elle réunirait ses adjoints pour une réunion impromptue, afin de conforter l'idée qui venait de germer dans son esprit. Ou, si elle était absolument persuadée d'avoir raison, elle foncerait chez le colonel pour lui rendre compte qu'elle avait quasiment réglé l'affaire.

Mais, pour le tueur en série, rien ne venait.

Un matin, Thibaut arriva au bureau un peu après Fleur. Il s'installa à son poste de travail et commença, comme on le lui avait demandé, à compléter la base de données créée pour l'affaire, en compilant la multitude de rapports que les enquêteurs produisaient chaque jour.

– Si tu continues à taper à la vitesse d'un escargot, il va falloir que tu passes tes nuits ici, fit observer Jasmine en passant à côté du jeune homme.

– Tu as passé une mauvaise nuit ? Ou plutôt une trop bonne nuit, ajouta-t-elle d'une voix mielleuse, en le regardant d'un air entendu ?

– Tu me connais. En dehors du service, je mène une vie d'ermite. Hier, à la salle de sport, je me suis inscrit à un cours d'initiation à la boxe. Pour voir. Je me suis déboîté les mains. Résultat, aujourd'hui, je tape à deux doigts, et pas à dix.

– Cela t'apprendra à vouloir jouer les durs à cuire, rétorqua Jasmine en le gratifiant d'un rire moqueur et en s'éloignant vers l'imprimante fin d'y récupérer des documents.

À la surprise générale, Fleur bondit hors de son bureau.

– Merci Thibaut. Ton cours de boxe vient d’ouvrir une nouvelle piste.

Elle ignora l’air interloqué que prit le jeune homme qui ne voyait pas quel lien il pouvait y avoir entre son cours de boxe et l’enquête.

– Je m’arrache. Ce n’est peut-être pas la bonne piste, mais c’est une piste.

– Capitaine ! Attendez ! Ne partez pas seule et dites-nous où vous allez, hurla le major pour essayer de la retenir.

Peine perdue. Elle avait déjà franchi la porte de la section de recherches et fonçait vers son véhicule.

– Mais bordel ! Elle a déjà été à un cheveu d’être tuée parce qu’elle enquêtait seule. Et elle remet cela.

Tout le monde fut surpris. De mémoire de gendarmes, c’était la première fois qu’on voyait le major Heitz sur le point de perdre son calme légendaire. Mais il était vraiment inquiet pour sa cheffe.

– J’espère qu’on ne va pas être obligés de violer la procédure à chaque enquête. Mais bon, je fais borner son téléphone.

L’équipe de la capitaine Duchemin passa le reste de la journée à suivre ses déplacements. Elle ne fut pas particulièrement productive dans les autres domaines où elle était censée travailler.

À ce suivi assidu s’ajouta le « jeux des hypothèses ».

Pourquoi va-t-elle là ?

Qui va-t-elle voir ?

Est-elle en danger ?

Chapitre 17 : le mobile.

Afin d'arrêter Antoine Wolsheim, Fleur lança l'organisation d'une équipe d'intervention.

Certes, à aucun moment l'assassin n'avait employé d'arme. Il avait toujours agi à mains nues. Des éléments laissaient à penser qu'il avait renoncé à tuer. Il avait toujours épargné ceux qui n'étaient pas une de ses cibles désignées. Mais il fallait prendre des précautions. L'affaire était d'importance et les gendarmes ne pouvaient pas risquer de faire un impair comme, par exemple, laisser s'échapper le suspect.

C'est pourquoi l'arrestation fut laissée à l'antenne du G.I.G.N. de Reims.

Tout le monde comprenait cette décision. Mais les gendarmes de la section de recherches durent attendre que leurs collègues d'élite fassent le déplacement. Une vraie torture.

Vers la fin de l'après-midi, tout le monde se préparait.

Bien sûr, la brigade de Gendarmerie de Munster devait être mise à contribution. C'est pourquoi un des organisateurs de l'assaut la contacta par téléphone.

La réponse de la brigade ne fut pas celle qu'on en attendait.

– Antoine Wolsheim ? Mais on le cherche déjà, depuis un peu plus d'une heure en fait. On s'apprêtait à lancer un avis de recherche.

– Qu'a-t-il fait pour que vous le recherchiez ?

– Mais rien ! On essaie de le retrouver avant qu'il ne se suicide.

– Qu'est-ce qui vous fait penser qu'il va se suicider ?

– C'est sa sœur qui nous a appelés. En rentrant chez elle, elle a trouvé une lettre inquiétante. Effectivement, il laisse à penser qu'il va en finir. C'est pour cela qu'on s'est mis tout de suite sur le coup. Problème, on n'a aucune idée de l'endroit où il est allé. Il a pris sa moto. Personne ne l'a vu.

– Okay ! Vous scannez la lettre et vous nous l'envoyez.

– C'est comme si c'était fait. Au fait, si vous avez l'hélico sous la main, on est preneur.

Effectivement, l'hélicoptère était déjà en train d'étudier la maison où habitait Antoine Wolsheim.

C'était un sacré coup de théâtre. Toute la préparation se figea. De toute façon, le suspect n'était pas chez lui.

Fleur ne put se retenir d'exprimer son dépit.

– J'espère qu'il ne va pas nous faire ce coup-là. Ne serait-ce que pour les familles. Je ne veux pas d'une fin bâtarde qui ne nous laissera que des bouts de preuves ou des présomptions. Et puis on n'est même pas absolument certains que c'est lui. S'il se suicide, le vrai coupable pourrait nous échapper.

– S'il n'est pas coupable, pourquoi se donner la mort, demanda le chef de détachement du G.I.G.N. ?

Tout le monde attendait. Personne n'avait encore le cœur à annuler l'opération, même si tous la savaient inutile.

Le colonel crut bon d'intervenir pour réveiller un peu les troupes.

– De toute façon, même s'il se suicide, l'enquête ne sera pas terminée, sauf si, dans la lettre qu'il a laissée à sa cousins, notre terrain de chasse n'était pas les pistes de ski ou les plages, c'était la forêt.

Fleur continua à asséner question après question pendant une bonne heure. Esther était épuisée, mais répondait de bonne grâce.

Fleur, après le premier interrogatoire, savait déjà beaucoup de choses. En particulier, elle se souvenait que le suicide du « papy » avait été une épreuve terrible pour Antoine qui se sentait responsable, parce qu'il était en prison. Elle ne remit pas ce sujet sur le tapis.

Elle ressortit de l'hôpital en début d'après-midi, après une courte visite à Julia.

Elle n'était pas plus avancée.

Dans les jours qui suivirent, elle se consacra à étayer les soupçons pesant sur Antoine Wolsheim. D'autres enquêteurs creusaient toujours d'autres pistes.

Un matin, vers dix heures, Thibaut frappa à la porte du bureau de la capitaine.

– Capitaine.

– Oui.

– Cela fait des semaines que je passe mes journées à compléter la base de données.

– Oui, je sais. C'est une manif ? Tu veux une semaine de permissions ? Bon, je suis bonne fille. Je t'accorde une demi-heure.

Son sourire bienveillant démentait ses propos.

Thibaut lui renvoya son sourire.

– Non, ce n'est pas pour cela. Cela dit, pour la demi-heure, j'accepte. Mais je voulais vous dire autre chose.

– Tu as l'autorisation de parler, tu sais, si ce n'est pas pour dire des conneries.

– Depuis quelques jours, je compile les rapports d'interrogatoires des codétenus de monsieur Wolsheim et des surveillants pénitentiaires qui l'ont côtoyé. Ils sont unanimes pour dire qu'il a été désespéré d'apprendre le suicide de son grand-père.

– Oui, on le sait. C'est quoi ton scoop ? Parce que j'espère qu'il y en a un. Sinon, je te retire la demi-heure de pause que j'ai eu la faiblesse de t'accorder.

– Quelque chose me turlupinait. Mais je ne savais pas quoi. Cela m'a sauté aux yeux ce matin, pendant que je prenais mon petit-déjeuner. J'ai vérifié en arrivant. Je ne m'étais pas trompé.

Regard interrogateur de la capitaine.

– Eh bien, son désespoir s'est développé en deux temps.

– En deux temps ? Précise.

La capitaine regardait fixement le jeune gendarme. Elle avait confiance en lui. S'il la dérangeait, ce devait être pour une bonne raison.

– C'est sa sœur qui lui a appris le suicide de son grand-père. Elle a appelé la prison et a obtenu le droit de le lui annoncer elle-même. Elle a fait le déplacement. Il s'est effondré. Mais, deux jours plus tard, d'après un de ses codétenus, cela est devenu encore pire. Il a fallu le conduire à l'infirmerie et il a été mis sous calmant.

– Poursuis. Tu ne t'arrêtes pas là j'espère.

– Oh non. La crise, il l'a faite juste après la remise du courrier.

– Je crois savoir où tu veux en venir. Mais, à toi l'honneur.